U0646981

本教材为浙江省哲学社会科学
"十四五"规划项目"跨媒体叙事视域下文学理论重塑研究"
(23NDJC167YB) 的阶段性成果

浙江省普通本科高校"十四五"重点立项建设教材

Transmedia Dissemination of
Literary and Art Classics

文艺经典跨媒介传播

程丽蓉　袁海涛 / 主编

王飞　王涛　陈景 / 副主编

ZHEJIANG UNIVERSITY PRESS
浙江大学出版社
·杭州·

图书在版编目（CIP）数据

文艺经典跨媒介传播 / 程丽蓉，袁海涛主编.

杭州 ： 浙江大学出版社，2025. 3. -- ISBN 978-7-308-25601-8

Ⅰ. IO-05

中国国家版本馆CIP数据核字第 2024CL4760 号

文艺经典跨媒介传播

WENYI JINGDIAN KUAMEIJIE CHUANBO

程丽蓉　袁海涛　主　编

王　飞　王　涛　陈　景　副主编

策划编辑	马一萍
责任编辑	郑成业
责任校对	李　晨
封面设计	春天书装
出版发行	浙江大学出版社
	（杭州市天目山路148号　邮政编码310007）
	（网址：http://www.zjupress.com）
排　　版	杭州林智广告有限公司
印　　刷	杭州高腾印务有限公司
开　　本	787mm×1092mm　1/16
印　　张	16.5
字　　数	255千
版 印 次	2025年3月第1版　2025年3月第1次印刷
书　　号	ISBN 978-7-308-25601-8
定　　价	58.00元

版权所有　侵权必究　　印装差错　负责调换

浙江大学出版社市场运营中心联系方式：0571 - 88925591；http://zjdxcbs.tmall.com

前 言

PREFACE

　　"文艺经典跨媒介传播"是结合文学、艺术、传播学、文化产业、市场营销的跨学科课程，主要以具有代表性的最新文艺作品传播案例为对象，包括小说、影视、绘画、音乐、动漫、游戏等，探讨文艺经典的大众传播和新媒体传播策略。该课程通过案例分析文艺经典的跨媒介传播，带领学生了解文艺经典传播的策略、方式，学习运用文艺经典跨媒介传播的项目策划和制作方法，掌握文艺经典向文化产品和文化项目转化的途径，结合小组研讨合作，提升其将文艺经典转化为文化产品和文化项目的能力。

　　本书即这门课程的配套教材，聚焦文艺经典如何通过跨媒介和跨媒体的叙事传播转化为文化产品和文化项目，综合运用文学、艺术学、传播学、叙事学、文化产业、市场营销等学科知识，在 20 世纪以来科学、媒介技术和哲学迅速发展的背景下，结合典型案例分析演示和讲解文艺经典跨媒介传播转化的策略和方法，为前述学科专业学生、从业人员和政府文化部门提供文化产品创意设计和文化产业项目建设的参考。

　　本教材形式为"主教材＋文艺经典的文化产品项目转化实践指导与训练＋文艺经典的文化产品项目转化案例＋文艺经典重生创意策划文稿"，以二维码形式展示案例和创意策划文稿，主教材与数字化资源相互补充。本教材注重将文艺经典研究最新成果与中外文化产业领域经典案例相结合，使学习者在"知识融通—辨析思考—创新创意—实践行动"的过程中，实现文艺虚拟世界与文化产业现实的无缝衔接与转化，为学习者搭建从理论到行动的坚实桥梁。

主教材内容包括文艺经典的建构与重构，不同传播媒介和途径的优缺点，文艺经典的改写、重写和续写，文艺经典的影视化传播、网络传播、移动数字传播、多媒介叙事与传播、跨媒体叙事与传播等八个部分，将有关领域的最新科研成果融入教材内容，理论解析与文本分析相结合，讲解大众传媒和数字媒体时代文艺经典传播的类型、特点与策略，以及各种形态与方式的传播如何利用不同媒介手段的特点，将文艺经典转化为文化产品和文化项目；解析文艺经典的多媒介和跨媒体转化如何从满足单一文本读者需求转变为满足多种媒介或融合媒介消费者需求，以及如何服务于国家与社会的新时代需要。

"文艺经典的文化产品项目转化实践指导与训练"部分围绕主教材对应版块章节内容设计实践训练课题，提供课题的要求、有关参考资料和资源，提出实践操作方案或行动路线的多种可能，以供学习者进行思考和练习。

"文艺经典的文化产品项目转化案例"数字资源包括与主教材各部分内容相匹配的中外案例 30 例，用以辅助教学，主要分为文艺经典重写文本与原文本节选对照、影视改编文本与经典原文本节选对照、跨媒介转化产品案例、跨媒体叙事转化文化产品与文化产业项目案例几个部分。

"文艺经典重生创意策划文稿"数字资源展示了编者多年教学实践中学生的创新创意和重写训练成果，帮助学习者进一步深化理解和提升应用，也为文化主管部门和业界人士提供 Z 世代新青年鲜活的创意策划资源。

在教材设计中，我们充分贯彻"新文科"建设理念，注重人文社会科学多种学科知识的跨界融合，尤其是文学艺术与数字媒介技术的融合，力图打造一本反映大众传媒和数字传播时代最新理论和典型实践案例的新形态教材。

着眼于中华文化经典传承与创新发展以及中华文化走出去的国家战略，教材内容设计和案例分析均注重传达国家民族意识，解析批判西方文艺经典跨媒介传播中的"媒介帝国主义"意识形态，注重红色经典的传播，以主流意识形态浸润和引领学习者树立正确的经典观和媒介观。

本教材特色鲜明，创新性强，体现在：其一，为国内首部以"文艺经典跨媒介文化产品项目转化"为主题的教材；其二，"新文科"特色突出，跨学科交叉融合，包含文学、艺术、文艺理论、传播学、文化产业和市场营销等多个学科专业知识；其三，"主教材＋实践指导与训练＋案例＋创意策划文稿"四位一体，达成"科研—教学—实践—产业—科研"的良性循环，实现产学研一体融合；其四，将学术研究成果转化为教学成果，引入多媒介叙事、跨媒体叙事、平行宇宙、场景传播、沉浸传播、分众传播、具身认知、体验经济、整合营销等前沿理论研究成果，并将之与文艺经典文本分析与传播和市场转化实践相结合，呈现文艺经典在新时代文化市场转化和产品转化的策略及实践；其五，注重学以致用，使学习者理解在新媒体时代文学如何与传媒融合，传播学与文学如何相互赋能，有利于学习者掌握文艺经典传播的多种策略，将文学文本转化为各种传媒文本，实现文学文本的市场化、商业化、产业化。

本教材既是浙江省哲学社会科学"十四五"规划项目"跨媒体叙事视域下文学理论重塑研究"的阶段性成果，也是浙江省普通本科高校"十四五"重点立项建设教材。教材兼顾学术研究与实践创新，涉及多个学科和文化产业的诸多领域，既适用于高校本科中文、传播、文化产业等专业的选修课，又可为从业人员和政府文化部门提供文化产品创意设计和文化产业项目建设的方法参考，市场适应面广。当然，作为国内首部以"文艺经典跨媒介文化产品项目转化"为主题的教材，书中所涉前沿知识和技术内容较多，编者为学力学识所限，难免存在疏漏或错讹之处，敬请专家、读者批评指正。

特别声明，本教材所收录的每个创意策划文稿均注明了贡献者的班级、姓名，并特别致谢。在近五年的课程教学中，编者与授课班级同学在共同学习探索实践中结下了深厚的师生情谊。经过本课程学习，他们坚定了自己的职业规划方向，有的选择继续在文化创意策划和文化产业管理方面深造，还有的就业于阿里巴巴、网易、腾讯等互联网公司或大型连锁书店策划部。本教材的出版得到了同学们的热烈支持，身为人师，编者深感欣慰，也深感教书育人的责任在身。各位主编、副主编多年精诚协作，不辞辛劳，才完成此书，感谢大家一路携手共进。本教材也得到浙江省教育厅以及浙江工商大学人文与传播学院、教务处和社科部的鼎力支持，先后获批校级、省级教改项目和"十四五"重点立项建设教材，浙江大学出版社以"纸质＋数字化"新形态出版本教材，编辑马一萍老师和郑成业老师辛勤策划与编辑，特此感谢！

编者

2025 年 3 月

目 录

CONTENTS

文艺经典的文化产品项目转化案例

文艺经典重生创意策划文稿

CHAPTER 1

第一章

—————

文艺经典的建构与重构

—————

第一节　何谓经典

什么是经典？什么是文艺经典？哪些文艺作品才有资格被列入经典？这个问题看起来是简单的类似"开书单"的问题，实际上却关联着人类历史上很多权力的较量与平衡，甚至其背后有着许多惊心动魄、改变历史进程的事件。最典型的例子便是《圣经》——它在哪个范围被哪些人崇尚为哪个群体的经典，它的不同版本哪个为真、哪个为假，以及如何理解和阐释，等等，都很大地影响着各个历史时代的世界格局。

对"经典"的定义主要有三：其一，指传统的具有权威性的著作；其二，泛指各宗教宣扬教义的根本性著作；其三，指著作具有权威性。古今中外，各个知识领域中那些典范性、权威性的著作，就是经典。更宽泛地讲，经典就是被某个社会群体尊为自己文化之根本，且后来为其他社会群体所普遍接受和认同为这个群体的文化之代表的典籍。文艺经典即这种"经典"中的文学艺术部分。

哈罗德·布鲁姆在《西方正典：作家与书院时代》中曾这样说：

> 对于这二十六位作家，我试图直陈其伟大之处，即这些作家及作品成为经典的原因何在。答案常常在于陌生性（strangeness），这是一种无法同化的原创性，或是一种我们完全认同而不再视为异端的原创性。……这种特性要么不可能完全被我们同化，要么有可能成为一种既定的习性而使我们熟视无睹。[1]

可见，在布鲁姆看来，"原创性"是文艺经典的核心。怎么理解他所说的"无法同化的原创性"和"我们完全认同而不再视为异端的原创性"呢？前者很好理

1　哈罗德·布鲁姆：《西方正典：作家与书院时代》，江宁康译，译林出版社，2005，第2-3页。

解，就是指那种独一无二的创造，写他人之所未写，发前人之所未发，比如普鲁斯特的《追忆逝水年华》——没有人能用十五页来写一个贵族起床，在床上思接千里；后者难理解一点，通俗讲，就是作家所观察和捕捉到的是那种我们已经熟视无睹、习以为常的东西，他敏锐地观察到了其中的不正常或不合理，而把它反映和书写出来，这就是"烛照"。就如鲁迅的《阿Q正传》中写的，"所有人都吃人"，"所有人"包括"我哥哥"都对"吃人"已经见惯不惊、麻木不仁，但是"我"却偏偏要追问"从来如此，便对么"。两种类型的书写都具有原创性，都是文艺经典的基因。

经典并非固化的、一成不变的，相反，它是由诸多因素和力量建构出来的。文艺经典尤其如此。

布鲁姆接着说，"经典的原义是指我们的教育机构所遴选的书"。"经典是具有宗教起源的词汇，如今已成为为生存而互相争斗的文本之间的选择，不管你认为这个选择是由谁做出：主流社会、教育体制、批评传统，或者我主张的是由那些自认为被某些古代名家所选中的后起作者。一些学术激进派人士近来甚至主张，跻身经典的作品是由成功的广告和宣传捧出来的。"[1] 很显然，布鲁姆认为，现在的经典是由"主流社会、教育体制、批评传统"挑选出来的，以及"由成功的广告和宣传捧出来的"，这些都是建构经典的力量。

那么，在布鲁姆看来，什么才是文学经典呢？他说，"只有审美的力量才能透入经典，而这力量又主要是一种混合力：娴熟的形象语言、原创性、认知能力、知识以及丰富的词汇"。他指出："为了服膺意识形态而阅读根本不能算阅读。获得审美力量能让我们知道如何对自己说话和怎样承受自己。莎士比亚或塞万提斯，荷马或但丁，乔叟或拉伯雷，阅读他们作品的真正作用是增进内在自我的成长。深入研读经典不会使人变好或变坏，也不会使公民变得更有用或更有害。心灵的自我对话本质上不是一种社会现实。西方经典的全部意义在于使人善用自己的孤独，这一孤独的最终形式是一个人和自己死亡的相遇。"[2] 可以看到，他列出了他心目中的西方经典作家清单，他们的作品才被他视为经典，而其中，莎士比亚又是经典中的经典。他借

1　哈罗德·布鲁姆：《西方正典：作家与书院时代》，江宁康译，译林出版社，2005，第13页。
2　同上，第31页。

拉尔夫·沃尔多·爱默生的话这样赞誉莎士比亚：

> 爱默生恰如其分地写道："莎士比亚不属于杰出作家之列正如他不属于大众一样。他的聪明令人不可思议，而其他人的才智却能被了解。一位好读者似乎可以钻进柏拉图的脑子里去思考，但无法如此对待莎士比亚。我们仍不得其门而入，就经营才能和创造性来说，莎士比亚确实举世无双。"
>
> 我们有关莎士比亚的一切言论都不及爱默生的领悟重要。没有莎士比亚就没有经典，因为不管我们是谁，没有莎士比亚，我们就无法认知自我。
>
> ……
>
> 没有经典，我们会停止思考。[1]

事实上，任何一个时代的转型期都会发生经典重订、重识和重释的现象，这意味着各种权力之间的斗争与妥协。西方宗教阐释的垄断与反垄断之争直接导致了宗教改革和近代思想革命；而在中国，古有"焚书坑儒"和"独尊儒术"的大起大落，今有新文化运动和五四运动的"打倒孔家店"和"整理国故"，1990 年以来更有关于经典建构与重构问题的长期论争。所以，"反经典者（葛兰西）坚信经典构成的意识形态性，认为创造经典（或使一部经典不朽）本身就是一种意识形态行为"。因此，维护经典就是维护传统和统治（掌控）权力。这也是为什么我们身为中国人必须学习和传承中华文化经典。再看问题的另一方面，胡适曾说"一时代有一时代之文学"，其中就包含了一个时代被奉为经典的文学在另一时代就不一定再被视为经典之意，那些越能经历时间和空间考验的，才越是经典的。但是，这话也可以反过来理解，也就是说，不同时代也可以有不同的经典，推而广之，不同地域、不同阶层、不同群体都可以有自己不同的经典。这就是经典的多元化问题。下面我们细谈一下经典的建构和多元化问题。

1　哈罗德·布鲁姆：《西方正典：作家与书院时代》，江宁康译，译林出版社，2005，第 33 页。

第二节　文艺经典的建构

经典的建构和重构问题备受学界瞩目，许多著名学者都对此有重要论述。这里我们重点介绍具有代表性的观点——童庆炳先生的论述。不过，虽然讨论的是文艺经典的建构力量问题，但实际上，我们更希望从童先生的论述中发现，在进行文艺经典转化的文化生产过程中，应该注意哪些力量的运用，而不仅是停留在学术研究层面。

童庆炳的《文学经典建构诸因素及其关系》[1]一文指出，文学经典和文学经典化是一个重要的课题，因为这个课题关系到文学史的编撰和文学教育等一系列重要问题的解决。文学经典是时常变动的，它不是被某个时代的人们确定为经典就永久性地成为经典，文学经典是一个不断建构的过程。文学经典建构的因素是多种多样的，至少要有如下几个要素：（1）文学作品的艺术价值；（2）文学作品的可阐释空间；（3）意识形态和文化权力的变动；（4）文学理论和批评的价值取向；（5）特定时期读者的期待视野；（6）"发现人"（又可称为"赞助人"）。就这六个要素看，前两项属于文学作品的内部因素，蕴含"自律"问题；第（3）和（4）项属于影响文学作品的外部因素，蕴含"他律"问题；最后两项"读者"和"发现人"，处于"自律"和"他律"之间，它是内部和外部的连接者，没有这两项，任何文学经典的建构都是不可能的。文学作品本身的艺术价值是建构文学经典的基础。一部完全没有艺术价值的文学作品，其所描绘的世界、所表现的感情，就不能引起读者的阅读兴趣和心理共鸣，也不能满足读者的期待，无论意识形态和文化权力如何"操控"，最终也不可能成为文学经典。反之，能够被建构为文学经典的作品，总是具有相当的艺术水准

1　童庆炳：《文学经典建构诸因素及其关系》，《北京大学学报（哲学社会科学版）》2005 年第 5 期。

和价值，能够引起读者的阅读兴趣和心理共鸣，也能够满足读者的期待。政治意识形态的变动以及文化权力的变动对于文学经典建构的影响是很大的。但第一不能把这种"影响"归结为"决定作用"，第二不能认为只要是意识形态的影响都是"操控"，都是负面的。

关于文学经典的重构和重评问题，洪子诚在《中国当代的"文学经典"问题》一文中以 20 世纪 50—70 年代中国大陆文学经典重评行为为例，讨论其中涉及的许多复杂问题，可以供我们窥一斑而知全豹。他指出，文学经典在当代社会生活中的位置、经典重评实施的机构与制度，以及经典确立的标准（"成规"）这三个方面对于重构和重评经典至关重要。[1]

M. H. 艾布拉姆斯的"文学四要素"理论模型指出了文学的四要素：作家、作品、读者、世界。其中任一要素的变动都可能影响文艺经典的地位。以作家要素为例，因人废言或因人兴言的现象极为普遍，甚至作家所处的地域、作家的交友圈都会影响他的作品的口碑。比如，李劼人就因为地处四川成都，远离京沪文化核心区，而长期未受重视。西方许多作家也是生前寂寂无闻，去世后若干年才被重新发现，重新被视为经典作家，莎士比亚便是如此。经典要经得起时间考验，但没有人能设定这个时间是多长。

大众传媒时代"媒介要素"的凸显改变了艾布拉姆斯"文学四要素"理论模型的基本格局。对文学四要素的不同侧重形成了不同的文学理论流派。

大众传媒的兴起不仅让媒介进入公众视野，而且引发了作家角色的转变问题。在大众传媒兴起之前，作家的创作常被视为自娱自乐，目的总是寄情抒怀。但在大众传媒时代，作家会更多地将目光投向"赚钱"，即成为文学的生产者。用法兰克福学派的文化理论来说，作家就是文化产业的从业者。将作家与市场结合并没有贬低作家的价值和地位，从 18 世纪之后西方作家的创作来看，很多作家都已经有了鲜明的经济意识、市场意识和读者消费意识。他们注重读者和市场的需求，重视自己的文学生产所产生的社会效益和经济效益，例如狄更斯、安东尼·特洛罗普等。特洛罗

1　洪子诚：《中国当代的"文学经典"问题》，《中国比较文学》2003 年第 3 期。

普是在福斯特和高尔斯华绥之前非常重要的英国作家，他曾在自传里强调自己创作带来的经济利益，在他看来，比其他作家赚的钱多是一件很荣耀的事情。

特洛罗普的自传里还提到，作家的创作可以简化为一套可被教授和训练的机制以获得经济利益。也就是说作家的创作其实是有"套路"的，而且这种"套路"是可以被教授，还可以被训练的。浪漫主义时期，文学强调个人主义和与此相关的自由、天才、想象、理想等。但在大众传媒兴起、文学生产意识觉醒后，作为文学生产者的作家更强调可以加工为文学的人生经验，以及如何将人生经验转化到文学世界里以反映社会生活。这一套技巧是可以被训练出来的。19—20世纪出现了一批所谓的"小说艺术论""小说创作论"书籍，总结归纳小说的叙事艺术，这正是文学创作可被教授、可被训练的表现。

由此可见，文学的生产意识和市场意识非常重要。以笛福的《摩尔·弗兰德斯》为例，用以往教科书式的方法观察一个作家的创作，通常是对文本进行解读，分析理解人物形象、人物关系、环境、艺术特色、思想内涵等经典几问；但更深入的研究需要全方位展开，《窥视与劝诫：笛福的文学生产实践》[1]这篇文章从文学生产的角度分析笛福的《摩尔·弗兰德斯》，探寻作品是怎样被创作出来的，为什么是这样去写而不是那样去写。

此文指出，笛福的小说创作首先是为了使读者与作者、作者与作品之间形成双向建构，契合当时社会的需要。笛福深谙18世纪的文学生产之道，他涉猎广泛，有经商、从政、办报的经历。除笛福外，很多成功的长篇小说作家都具备这一特点，如金庸、张恨水、狄更斯、茅盾、老舍等都有丰富的社会经验，这促成了他们敏感的社会市场意识，使他们不像浪漫主义文学家那样更多地关注个人，也不像现代主义文学家那样更多地关注类型，而是向外看，看文学的外部世界。他们更强调让文学反映、投射出整个外部的社会历史场景。

其次，笛福非常注重反映当时社会时代的伦理道德。用哈贝马斯的话来说，"公共领域说到底就是公众舆论领域"，他不是将文学视作一个自说自话的自我娱乐场

1　胡振明：《窥视与劝诫：笛福的文学生产实践》，《文艺理论研究》2020年第4期。

域，而是将它当成公众舆论场域来经营。他在这里发声，表达自己关于道德伦理甚至军事政治的看法。文学生产的核心任务之一是传达某种意识形态，笛福也特别注重用文学生产来传达 18 世纪英国社会一些重要的公共社会意识形态，"他率先在小说中运用窥视 / 劝诫的模式，把作者的创作意图转化为读者窥视他人生活的阅读期待，把读者获得的阅读愉悦提升为作者苦心孤诣设置的道德劝诫"，作者巧妙地把公共领域的话题，即关于伦理道德的讨论与读者隐秘的心理需求结合起来。一般的读者都会有窥视欲，窥视欲是人类的某种共性，通常是通过他人阴暗消极沉沦的生活面，去疏泄自己潜意识中压抑的欲望。笛福的两部作品《摩尔·弗兰德斯》和《罗克珊娜》都属于罪犯的自传。罪犯是逾越了主流社会规范的人群，禁忌是他们所作所为的代名词，包括财产的禁忌、性禁忌等。罪犯自传会包含很多心理活动，这种隐秘的心理活动会吸引大众关注，引发读者思考。笛福就在文学创作中巧妙地把当时社会主流意识形态中所关注的伦理道德话题和政治经济话题同读者的窥视欲望和愉悦需求结合起来了。

女性成长和贫困问题是 18—19 世纪的英国和欧洲大陆文学的主流主题，笛福充分运用了这些主流主题以吸引读者。

可见，笛福作为一个作家具有非常强烈的市场意识和非常清醒的文学生产意识。他把这种意识贯彻到了他的叙事策略的运用当中，这是非常重要的。前人的成功经验表明，在进行一个文化项目或者是文学文化产品策划的时候，策划者一定要有清醒的市场意识和文学生产策略，这样才能够比较容易获得成功。

茅盾、张恨水的文学生产意识之强在现代中国文学中颇具代表性。茅盾除了有比较丰富的文学批评经验之外，还有一个特殊的身份，就是商务印书馆的编辑。出版社的编辑最主要的任务就是组稿、编稿，这要求编辑不仅要有市场意识，还要讲策略和手段。编辑需要具备独到的眼光和意识去发现符合市场需要的文稿。茅盾的编辑身份让他很有文学市场意识，加之他政治家以及社会活动家的身份，使得他的视野不仅仅在上海、江浙，也不仅仅在中国，而在整个世界。所以他在创作小说的过程中，把这些认识都融入其中，这使他的文学生产具有了世界格局。哪怕他写的《春蚕》只是写了乌镇，他家乡的蚕农因蚕丰收反而受灾这样一个故事，也通过小镜头投射出整个世界经济秩序的大动荡。由此可见，文学生产不光要有市场意识，还要有很高的站位、开阔的视野，这样的文学作品才值得后世流传下去。

当代作家的文学生产则运用了各种各样的手段，表现出一种由全球化、网络数字技术和不断变化的文化规范所塑造的文学创作与生产意识。西方作家经常使用数字平台，既作为生产手段，也作为发行手段。许多西方作家使用社交媒体、博客和网站与读者联系，经常分享他们的写作过程、草稿或序列化内容。中国作家同样利用微信和豆瓣等平台来连载小说、分享见解和收集反馈。作家还会融合不同文化元素来吸引全球读者，反映他们所生活的不同社会。中国当代文学在关注本土问题和运用传统美学的同时，越来越多地关注全球主题，并融入国际叙事。当代作家经常模糊流派之间的界限，结合幻想、科幻和现实主义元素来创造复杂的叙事。这反映了后现代的嬉戏和对传统文学界限的拒绝。在叙事技巧上，非线性叙事、多视角和不可靠叙述者等创新叙事技巧的使用继续增长。互动和参与性文学，如视频游戏和虚拟现实中的文学，正在增加。作家们正在探索这些新媒体，将其作为讲述故事和直接吸引观众的方式。作家的作品经常涉及政治、人权和社会正义问题，通过寓言和隐喻巧妙地批判社会规范和历史叙事，反映了他们作为当代社会评论家和批评家的角色。

当代作家深受技术进步、全球化和不断变化的读者期望的影响，正在探索新的文学形式和平台，以表达他们独特的愿景，并与更广泛的受众建立联系。在这种不断探索之中，新的经典也在不断酝酿和浮现。

第三节　经典多元化

　　文学经典可以从多个角度进行分类，按体裁可分为小说、诗歌、散文、戏剧经典，按时代可分为古代、现当代文学经典，按风格或流派可分为浪漫主义、现实主义、魔幻现实主义等经典，还可以按主题、内容、地域或民族划分。这些分类方式并非相互排斥，一部作品可能同时属于多个分类。比如，《红楼梦》既是古代小说经典，又是中国文学经典，还是爱情主题文学经典。但"多种类型"不等同于"多元"。"多种类型"指的是在某一领域或范畴内，存在不同的分类或者种类，这些类型可能是基于不同的特征、属性或者功能进行划分的。"多元"则更多地强调在一个共同体系或框架内，不同元素或组成部分的共存和交融，这些元素可能包括不同的文化、种族、性别、宗教信仰等。"多元"强调的是这些不同元素之间的相互尊重、容纳及和谐发展。例如，在多元社会中，不同族群间相互展示尊重与容纳，从而可以安乐共存，没有冲突或同化。"多种类型"的内涵主要关注分类的多样性和差异性，它侧重于对事物进行细致的分类和区分，以便更好地理解和应用这些事物。"多元"的内涵则更为丰富和深刻，它不仅关注不同元素的共存，还强调这些元素之间的相互影响和融合。"多元"的概念中蕴含着一种包容、和谐的理念，旨在促进不同元素之间的交流和合作。

　　在当今文化研究领域，"经典多元化"已成为一个备受关注的话题。传统的"经典"观念正逐渐被打破，取而代之的是对经典作品多元化解读的推崇和对多元经典的认同。"经典多元化"既受到解构主义理论、文化研究、媒介环境的深刻影响，也与文化产业的当代发展互为因果。这些理论重塑了我们对经典文本的理解和解释。

一、解构主义

解构主义，起源于 20 世纪 60 年代，由法国哲学家雅克·德里达提出，该理论主张打破传统的、固化的意义结构，认为意义并不是固定不变的，而是随着语境、文化和历史的变迁而不断变化的，强调文本的开放性和多重解读的可能性。这为经典作品的多元化解读提供了理论基础。德里达指出，传统哲学和语言学往往追求一个确定、稳定的意义"在场"（presence），但这种追求是徒劳的。事实上，由于语言的流动性及其内在矛盾，意义总是在不断变化和推迟中，没有最终确定的解释；总是处在"延异"（différance）之中，强调意义的差异性和延迟性。在解构主义视域下，"经典"不再是一个固定不变的概念，而是一个充满活力和多样性的领域。这种思想使得人们对许多经典作品进行重新评估，以揭示文本中意义的多样性和复杂性，尤其是揭示以前被忽视或压制的意义层次。德里达还强调写作的重要性，认为写作是一种差异的游戏，是意义不断生成和变化的过程。通过写作，作家和读者共同参与意义的建构，使得文本的意义变得丰富多样。这种观念为经典作品的多元化解读提供了实践指导。

例如，用解构主义方法分析莎士比亚《哈姆雷特》的语言和结构中固有的歧义和矛盾，揭示文本中的含义是如何不稳定和多重的，从而对试图确定单一、连贯解释的传统阅读提出挑战。在解构主义者看来，《哈姆雷特》中的语言展示了词语的不确定性和滑动性。哈姆雷特著名的独白"生存或者死亡"（to be, or not to be）中，否定（"死亡"，not to be）的使用破坏了对存在或本质的任何直接解释。剧作提出很多剧中没有给出答案的问题，让哈姆雷特的台词（如"高贵的"，noble）可以被无休止地重新阐释。作品采用"戏中戏"，上演了"贡扎戈谋杀案"，是一种经典的解构手法。这种元戏剧（meta-theatre）元素使观众对真实和虚构的理解变得复杂，凸显了在戏剧故事世界和观众所处的现实世界这双重世界当中表演行为本身及其意义的建构。哈姆雷特与其他角色的互动充满了歧义和双关义。例如，他与普罗尼尔斯的对话就以双关语和文字游戏为标志，破坏了直接的沟通。这种语言上的嬉戏呈现出语言和意义的不稳定性。哈姆雷特性格中的矛盾——他在行动与不行动、理智与疯狂、真诚与欺骗之间的摇摆不定——并不是这部剧作需要解决的矛盾，而是复杂的人类心理和人类经历的矛盾本质的反映。这些矛盾使得观众或读者无法明确地阐释哈姆雷特是谁或是什么，从而解构了传统的人物分析。剧中哈姆雷特不断推迟的复仇行动和抉择可以被视为"延异"的体现，意义总是被推迟、永远不完整，总是处于过程之中。剧中哈姆雷特父王的鬼魂到底是真实的灵魂，还是哈姆雷特想象中的虚构，或者是恶魔，这不确定且模糊不清。这种模糊性破坏了指导哈姆雷特行为的外部条件的真实性，使人们对哈姆雷特父王被谋杀这一故事的可靠性以及解释的基础产生怀疑。解构主义揭示了《哈姆雷特》是一部充满未解决冲突和解释可能性的文本，其中的意义并非固定，而是不断变化的。这种方法为该作品打开了无休止的重新诠释之门，透露出人类理解和沟通的复杂性。

在德里达解构主义理论的影响下，"经典"的多元化得到了深入的探讨。意义具有不稳定性和多样性，这意味着经典作品可以被多重解释。不同的读者可以根据自己的经验、文化背景和价值观来解读作品，从而赋予作品不同的意义。这种多重解释性丰富了经典作品的内涵和价值。解构主义认为，一个文本中蕴含着多种可能的意义和解读方式。以莎士比亚这部被公认为文学经典作品的《哈姆雷特》为例，不同的读者和研究者可以从中解读出不同的主题和意义：有的人看到复仇的悲剧，有的人看到人性的复杂，还有的人看到权力的斗争。这种多重解释性正是解构主义所强调的，它使得经典作品呈现出更加丰富的内涵。另外，读者与作者存在互动关系。在解读经典作品时，读者不再是被动的接受者，而是积极参与意义的建构，通过与作者的对话和互动，发掘出作品更深层次的意义和价值。不同的文化背景为经典作品的解读提供了更加丰富的视角和解读方式。

多元化的媒体环境为经典作品的传播提供了更多的渠道，同时也促进了作品意义的多元解读。在艺术领域，解构主义通过对传统艺术形式的解构来达到新的艺术效果。例如，在现代艺术作品中，艺术家们常常打破传统的构图和色彩运用规则，以非线性的方式呈现作品，从而引发观众对作品意义的重新思考。这种解构和重组的过程不仅丰富了艺术作品的表现形式，也使得经典艺术作品在形式上呈现出更加前卫和辩证的特点。

二、文化研究

经典多元化问题也受到文化研究理论的深刻影响。斯图尔特·霍尔和雷蒙德·威廉姆斯等理论家倡导的文化研究关注文学和其他文化产品如何反映、延续或挑战社会权力结构。这一理论将经典扩大到包括来自不同文化和背景的作品，这些作品以前在经典研究中被边缘化。传统的经典定义往往基于特定的审美标准或历史地位，而文化研究则鼓励从更广泛的社会、政治和历史背景中考察作品，从而拓展经典的概念。一些曾被忽视或边缘化的作品，在文化研究的视角下，可能因其反映了特定社会群体的经验或揭示了权力的运作方式而被重新评估为经典。文化研究强调对多元文化和边缘群体的关注，这也促进了经典作品的多元化。传统上被视为非经典或次要的文化和艺术作品，如少数民族文化、女性艺术、流行文化等，开始在文化研究的推动下获得更多的认可和关注。这种关注不仅丰富了经典的内涵，也推动了文化多样性的发展。文化研究带来的批判性视角对经典作品进行了去经典化的处理。它揭示了经典作品背后可能隐藏的权力结构、意识形态偏见和社会不平等现象。通过这种批判，文化研究促使人们更加审慎地对待经典作品，避免盲目崇拜或过度解读。同时，它也鼓励人们探索更多元、更包容的经典观。文化研究倡导跨学科的研究方法，这有助于从多个角度解读和分析经典作品。传统的文学研究往往局限于文本分析和对作者意图的探讨，而文化研究则引入了社会学、心理学、历史学等多学科的理论和方法。这种跨学科的解读方式不仅深化了对经典作品的理解，也促进了经典作品在多元化背景下的传播和接受。

以奇努司·阿契贝的《分崩离析》为例，可见文化研究如何将文学经典扩展到包括来自不同文化和背景的作品，特别是那些以前在以西方为中心的文学研究中被边缘化的作品。这部小说出版于 1958 年，是非洲文学中最早获得国际认可的主要作品之一，在重塑经典观念方面发挥了关键作用。

阿契贝的叙述直接挑战了主流文学将非洲描绘成原始社会或文化匮乏之处的欧洲中心主义视角。小说通过对尼日利亚伊博人社会细致入微的描述，呈现了非洲文化传统的复杂性以及殖民主义的影响，是对西方叙事的一种反叙事。小说提供了一种有尊严的丰富多彩的非洲生活图景，打破了传统西方文学经典中的非洲想象。

《分崩离析》描绘了欧洲殖民主义与传统伊博文化之间的碰撞，展示了殖民统治对在地文化的破坏性影响，特别是殖民主义对非洲的社会、宗教和文化结构的破坏。小说通过伊博地区意志坚定的成员奥孔克沃的故事，从非洲内部人士面临的文化冲突和社会变迁的视角，为历史上被殖民叙事压制的个人和群体发声。这类主题正是文化研究的关注焦点——探讨权力机制如何影响文化互动和文化变迁，强调在文学中呈现不同声音的重要性，以确保对人类经历更具包容性的理解。阿契贝将伊博人的口头传统、谚语和民间传说融入小说的叙事结构，从而将非西方文学美学引入主流。这不仅拓宽了经典的文体界限，而且突出了口头传统和非西方叙事形式的文学价值。文化研究提倡这种更广泛的审美，承认各种文学形式的有效性和丰富性。《分崩离析》已成为世界各地许多教育课程的主要内容，经常被用作探索身份、殖民主义和抵抗主题的文本，甚至被纳入大学和中学的教学大纲，促使学生和学者了解更多样的文化和历史背景。这部小说促进了关于文化身份、殖民历史和后殖民现实的全球对话，使其成为文化研究和后殖民研究的重要文本。可见，文化研究有助于重新评估和扩展文学经典，并将反映全人类文化和经历的作品纳入经典之列。

三、媒介环境

21世纪以来，多元化的媒介环境为经典作品的传播提供了更多的渠道和可能性，这也促进了作品意义的多元化解读。同时，媒介研究探讨不同的媒介形式如何影响文学作品的创作、传播和接受，讨论文学改编成电影、电视和数字媒体的跨媒介叙事，也拓宽了对经典的理解。

以简·奥斯汀《傲慢与偏见》的改编和跨媒介叙事为例，这部出版于1813年的小说，迄今已被广泛改编成各种形式的媒体，包括电影、电视剧，甚至出现了现代化的数字改编作品。这部小说衍生的多部电影和电视改编作品反映了当代社会的态度和价值观。1995年英国广播公司（BBC）的电视改编作品，由科林·费斯饰演达西先生（Mr. Darcy），因忠实地遵循小说的时代细节和对话而闻名，展现了19世纪初英国的浪漫元素和社会规范。2005年乔·赖特执导的电影，由凯拉·奈特莉和马修·麦克法登主演，提供了一种视觉动态更轻快的诠释，吸引了更年轻、更现代的观众。这些改编作品在风格和叙事选择上各不相同，影响了观众对角色以及阶级和性别等主题的看法。不同背景和时代的现代复述和改编将这部小说的故事迁移到不同的文化背景中，如宝莱坞电影《新娘与偏见》，在原文本的爱情和社会地位主题基础上，融入了印度社会的包办婚姻等特定文化问题，展示了奥斯汀作品的普遍性和适应性。数字平台的出现为《傲慢与偏见》引入了新的互动形式。例如，美国网络连续剧《莉兹·贝内特日记》是以 YouTube 上的 Vlog（视频日志）形式呈现的现代改编版，通过评论和社交媒体进行互动，聚焦职业焦虑和学生债务等当代问题，使数字原生观众更容易理解和参与其中。媒介研究批评和探索了各种改编作品对《傲慢与偏见》原文的忠实性、文化含义以及对奥斯汀声誉和遗产的影响。这些改编和研究培养出了充满活力的粉丝文化，粉丝们创作并分享自己的故事。这种粉丝参与将文本的生命延伸到了原文本之外，鼓励与人物和主题进行更深入的、往往是个人的互动。这些改编和研究也使小说原文对于不熟悉 19 世纪初英国语言或文化背景的受众来讲更具亲和力。教师和教育工作者经常将改编作品作为一种工具，将奥斯汀所处的历史时期与当代问题联系起来，丰富学生对小说的理解和欣赏。《傲慢与偏见》的改编及其媒介研究促成了经典文本与不同媒介重释之间的互动，延长了小说的艺术生命，使得改编成为更大范围的文化对话的一部分，经典变得更为多模态化。

四、文化产业理论

第二次世界大战后，法兰克福学派理论家西奥多·阿尔多诺和马克斯·霍克海默提出的文化产业理论指出，大规模生产的文化产品已成为社会控制的工具，导致大众对文化的被动消费。这一观点促使人们对经典作品的商业化和消费方式进行批判性的重新评估。乔治·奥威尔的《1984》这样的反乌托邦小说为各种形式的媒体和产品所采用，促使人们反思文化工业的监视功能和极权主义本质，以及大众消费文化对小说反独裁倾向的维护或破坏。根据阿尔多诺和霍克海默的观点，文化产业是资本主义条件下的文化大规模生产，制造了大量旨在安抚和操纵大众的标准化、商品化的文化产品。经典文学作品转化为文化产业中的商品，被无休止地改编成电影、电视，甚至是主题公园景点。虽然这可以提高文学经典的受欢迎程度，但也有可能削弱原作品的文学质量和深度。商品化往往强调具有广泛吸引力的元素，可能会将复杂的主题过于简单化以适应大众消费偏好。文化产业促进文化产品的标准化，会影响人们对经典作品的感知和消费。例如，对莎士比亚戏剧的流行改编可能会以牺牲其他主题或诠释为代价来突出某些主题或诠释，从而以符合主流价值观和情感的方式塑造公众认知。这一过程可能导致对经典的同质化理解，细致入微的解释被广泛接受的观点所掩盖。在文化产业的背景下，经典作品可能会失去其真实性，它们被重新调整用途并面向当代观众进行营销。简化或更改文本使其更易被现代消费者接受或理解，这可能会剥夺对其经典地位至关重要的原始语境和意义。例如，《1984》等小说中的黑暗主题和社会批判可能被低估，而其更具市场价值的反乌托邦方面则被放大。

文化产业在推动经典文学全球化方面发挥了重要作用，通过翻译和改编，使标志性作品能够跨越不同文化和语言。然而，这种全球影响有时会导致文化同质化，当地的文学传统和经典作品为更占主导地位的西方经典作品所掩盖。同时，文化产品的消费者不仅仅是被动的接受者，他们会影响经典作品的生产和多样化。消费者的偏好可以催生经典文学改编作品和产品的类型，这使得经典作品为当代价值观所塑造。从事文学批评和学术研究的学者们可能会被吸引去研究在流行媒体上受到关注的经典作品，可能会转移学术界对其他值得关注的作品或解读的注意力，使学术格局偏向于市场。文化产业对"经典"的多样化产生了深远的影响，经典被视为大众消费品，影响其解读和传播。虽然这使人们更易于获得经典文学，却也引发了人们对文化参与的深度、真实性和可变性的质疑。

在文化产业发展和文化研究、媒介研究、解构主义等理论影响下，文学经典从具有固定解释的静态作品转变为反映多层次的复杂社会对话的、不断发展的文本。"经典"的多元化不仅有助于丰富社会群众的审美视野和思考空间，也为文化创新和发展提供了更多的可能性和动力。

第四节　媒介的力量：在传播中建构经典

从人类发明语言到现今的互联网时代，信息传播主要经历了三个阶段：语言传播信息、印刷品传播信息和数字网络媒体传播信息。每一次技术革新都使信息传播速度变得更快，传播范围变得更广。媒介的变化不仅改变了信息传播的方式，还对社会的思维方式产生着潜移默化的影响。在语言传播时代，由于信息传播的清晰度较低，人们需要高度参与传播并思考所获取的信息，这种高度参与造就了人类的思辨能力。而到了印刷时代，纸媒的普及使得信息传播更加广泛和快速，人们的思维方式也逐渐由深度思考转变为线性思维。到了互联网时代，多媒体的传播方式则让人们的思维方式变得多元化和碎片化。

媒介是经典作品传播的重要途径。无论是文学作品、音乐作品还是影视作品，都需要通过媒介进行广泛传播才能被更多人知晓和认可。《红楼梦》《哈姆雷特》等文学经典作品通过印刷媒介的传播，成为世界文学库中的瑰宝。媒介在塑造经典形象方面发挥着重要作用。以电影为例，许多经典电影角色如《教父》中的维托·唐·柯里昂、《阿甘正传》中的阿甘等，都是通过电影的传播而深入人心。媒介还承担着记录和传播经典事件的任务。例如，奥运会、世界杯等重大体育赛事通过电视和网络媒介的传播，成为全球观众共同关注的经典事件。

媒介为文学传播、创作生产和阅读消费变化带来的影响是深远而广泛的。随着媒介的多样化，作者的创作动机也变得更加多元。网络平台的兴起让更多的作者有了展示自己才华的机会，创作热情被前所未有地激发。同时，读者的即时反馈也影响了作者的创作方向，使得作品更加贴近读者需求。新媒介还为文学创作提供了更多的可能性。超文本小说、互动式小说等新型文学形式应运而生，这些形式突破了传统文学的局限，为读者带来了全新的阅读体验。多种媒介形式为读者提供了多样化的阅读体验。电子书、有声读物等新型载体让读者可以根据自身喜好选择阅读方式，更加便捷地获取文学作品。新媒介的互动性让读者能够更深入地参与到文学活动中。在线评论、社区讨论等功能让读者与作者、其他读者进行实时交流，共同探讨，增强了阅读的趣味性和深度。随着网络文学的兴起，市场格局也发生了明显变化。传统出版业面临挑战，越来越多的作者选择通过网络平台发布作品，直接与读者接触，降低了出版成本，提高了传播效率。

文学作品传播方式的变化也带动了产业链的延伸和相关产业的发展。网络文学平台不仅提供阅读服务，还涉足影视、游戏等衍生产品的开发，形成了完整的文化产业链。新媒介还提供了跨文化交流的便利。文学传播最大限度地打破了地域限制，让不同国家和地区的文学作品能够迅速传播到世界各地，促进了跨文化交流，让读者能够接触到更多元化的文学资源。文学作品通过新媒介的快速传播，能够迅速引发社会关注和讨论。一些具有深刻社会意义的作品甚至能够引导社会舆论，推动社会进步。

可见，文学传播变化带来的影响是多方面的，它不仅促进了文学创作的创新与发展，提升了读者的阅读体验和互动性，还深刻地改变了文学市场和产业格局，推动了社会文化的交流与进步。

21世纪以来，媒介对于文学经典来说变得更为重要，各种形式的媒介——如文本、电影、数字平台和视觉艺术与文学作品的解读和接受互动并产生影响。在媒介融合技术支持下，文学经典的多模态化逐渐成为常态。

媒介融合是指不同媒介形式和技术的融合，这对文学经典的消费和理解产生了重大影响。比如，一部改编成电影、有声读物或互动网站的小说会涉及不同的感官和认知过程，从而改变使用者对故事的体验和解读。每种媒介都可以强调原作品的不同方面，如电影中的视觉细节或有声读物中的语气和节奏，从而为解读经典作品提供新的视角。多模态文学使用文本、图像、声音和互动等多种模式来创造更具层次感、更复杂的叙事，通过提供多个参与和解释的切入点来增强讲故事的能力。比如，平面小说将视觉艺术与文本相结合，通过视觉象征和空间布局丰富叙事，提供了一种纯粹基于文本的叙事可能无法完全传达的深度和背景。数字文学如超文本小说和互动小说兴起，允许读者与叙事互动，做出可以改变故事结果的选择。这种互动为文学引入了动态的组成部分，使读者成为叙事体验的共同创造者，进一步强调了阅读和解释文本的表演性。

不同的媒介有助于将文学经典置于更广泛的文化和历史背景下。纪录片、播客和在线数据库可以提供背景信息、批判性分析和学术解释，从而增强对经典作品的理解。在线教育平台则会提供视频讲座和互动时间表，解释小说的历史时期，帮助读者欣赏文本的背景及其社会或政治的细微差别。

跨媒介改编和多模态化使文学经典作品更容易获取，更具包容性，可以适应和满足不同的学习偏好、能力和需要，包括为视力受损或有阅读困难的人提供机会。经典的不同翻译媒介形式也有助于弥合文化鸿沟，使文学更容易被广大受众接受和理解。文学经典的跨媒介改编和多模态化也带来审美的变异。每一种改编或多模态表达都可以对原文本的美学取向进行不同的解释，从而产生不同的艺术阐释结果，这鼓励人们不断地重新参与经典阅读、阐释乃至重构。新的媒介造就了新的文学经典及其解读和欣赏方式，成就了现代技术和多样化媒体环境下文学经典的多元化重生。

在经典多元化背景下，各种文化交流和融合成为常态，因而保持民族优秀文化传承和坚持主流价值观是至关重要的。我们应认识到这种多元性，并尊重每种文化的独特性，增进对不同文化的理解和欣赏，从而推动一个包容和开放的社会环境的形成。同时，注重挖掘和保护民族文化资源，结合现代科技手段，如数字化技术，对民族文化进行记录和保存，并利用互联网平台推广和传播民族文化，吸引更多年轻人关注和参与文化传承。我们还应注重坚守主流价值观的核心地位，在吸收和借鉴其他优秀文化的同时，保持对本民族文化和价值观念的认同和尊重。通过经典作品的传播、多元化阐释和重写，加强文化交流与对话，促进不同文化之间的理解与和谐共处，引导民众树立正确的世界观、人生观和价值观，形成积极向上的社会风尚。

CHAPTER 2

第二章

————

文艺经典的传播媒介

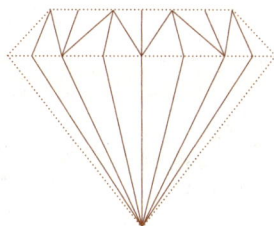

————

第一节　文艺传播的途径与方式

文艺传播的途径与方式主要包括以下几种，每种方式都有其独特的优缺点。

一、口头传播

口头传播是一种古老且直接的传播方式，主要通过面对面的语言交流来传递信息。口头传播具有即时性、互动性、情感传递和灵活性等优点，但同时也存在信息失真、范围有限、难以保存和回顾以及受传播者能力影响等缺点。

1. 口头传播的优点

具体而言，其优点在于以下几个方面。

（1）即时性

口头传播允许信息即时传递，无需等待编辑、印刷或发布过程。这种即时性使得口头传播在紧急情况下特别有效，如传达警告、指示或协调行动。

（2）互动性

口头传播具有高度的互动性。传播者和接收者可以直接对话，澄清误解，即时回答问题，并根据反馈调整信息内容。这种互动性有助于加深理解和增强沟通效果。

（3）情感传递

口头传播能够传递情感和非语言信息，如语调、语速、面部表情和肢体语言等。这些信息对于理解说话者的意图和态度至关重要，有助于建立信任、产生共鸣。

（4）灵活性

口头传播可以根据听众的反应和需求进行即时调整。传播者可以根据情况改变话题、重点或表达方式，以适应不同听众的需求和兴趣。

2. 口头传播的缺点

口头传播的缺点主要在于以下几个方面。

（1）信息失真

在口头传播过程中，信息可能因记忆误差、理解偏差或主观解读而失真。随着传播链条的延长，原始信息的准确性可能逐渐降低。

（2）范围有限

口头传播通常受限于传播者的声音范围和听众的听力范围，因此其传播范围相对较小。在没有现代扩音设备的情况下，口头传播难以覆盖大量人群。

（3）难以保存和回顾

与书写或电子媒体不同，口头传播的信息无法以物化形式固定下来。一旦信息传递完毕，除非被听众记住，否则无法回顾或验证。

（4）受传播者能力影响

口头传播的效果很大程度上取决于传播者的表达能力、知识水平和个人魅力。不同的传播者可能传递出截然不同的信息和情感效果。

3. 信息时代口头传播的优势

在信息时代，口头传播仍然具有一定的优势，这些优势主要体现在以下几个方面。

（1）即时互动与反馈

口头传播提供了即时互动的机会。在信息时代，尽管数字通信工具已经非常发达，但面对面的口头交流仍然能够提供最直接的互动体验。通过口头传播，信息发送者可以及时观察到接收者的反应，并根据反馈调整自己的表达方式或内容，从而达到更好的沟通效果。

（2）情感与信任的传递

口头传播能够传递丰富的情感信息。在面对面的交流中，人们可以通过语调、表情、肢体语言等多种方式来表达自己的情感，这有助于建立信任、产生共鸣。在信息时代，尽管我们可以通过文字、语音或视频进行远程交流，但面对面的口头交流在建立深层次的人际关系方面仍然具有不可替代的作用。

（3）灵活性与适应性

口头传播具有很高的灵活性与适应性。在信息时代的快节奏环境中，情况经常发生变化，而口头传播可以迅速地对这些变化做出反应。例如，在团队协作或项目管理中，通过口头会议可以快速地讨论和调整计划，以适应新的情况。

（4）丰富性与多维性

口头传播能够传递多维度的信息。与书面文字相比，口头语言更富有表现力，能够更生动地描述事物和情境。在信息时代，尽管我们可以通过图片、视频等多媒体方式来传递信息，但口头描述仍然能够提供一种独特而丰富的信息体验。

（5）低成本与易获取性

口头传播通常不需要复杂的设备或技术支持，因此成本较低且易于获取。在信息时代，尽管我们拥有各种先进的通信工具，但在某些场合（如家庭聚会、朋友闲聊等），口头传播仍然是最直接、最方便的交流方式。

可见，在信息时代，口头传播仍然具有独特的优势，这使得口头传播在信息时代的各种场景中仍然发挥着重要作用。

二、书写印刷传播

中国的书写历史可以追溯到数千年前，早期的甲骨文、金文等都是书写的雏形。隋末唐初（公元 618—649 年），中国发明了雕版印刷术，这是印刷技术的早期形态。到了唐咸通九年（公元 868 年），世界上第一本印刷品《金刚经》在中国诞生，标志着印刷术进入实际应用阶段。北宋庆历年间（公元 1041—1048 年），毕昇发明了泥活字印刷术，这是印刷术的重大革新。随后，木活字、铜活字等也相继出现，不断推动印刷技术的进步。中国的印刷术在宋元时期开始传入韩国、日本、阿拉伯等地区，最终传播到欧洲和美洲。15 世纪中叶，德国人古腾堡对活字印刷术进行了改进，他发明了金属活字和印刷机，使得印刷术在欧洲得到了广泛应用。这一技术创新大幅降低了印刷成本，提高了效率，推动了欧洲文艺复兴和启蒙运动的发展。从雕版印刷到活字印刷，再到现代印刷技术的不断进步，书写印刷传播在推动人类文明的进程中发挥了重要作用。随着科技的进步，数字化转型正在印刷出版业中深入推进，为行业带来了新的发展机遇。

1. 书写印刷传播的优点

书写印刷传播的优点主要在于以下几个方面。

（1）与口头传播相比，书写印刷传播可以将信息以物化的形态固定下来，信息不易丢失，具有更强的持久性。例如，书籍、报纸等印刷品可以保存多年，甚至成为历史的见证。

（2）印刷技术使得信息可以大规模地复制和传播，极大地扩大了信息的受众范围，并显著加快了信息传播的速度。根据相关数据，印刷媒介如报纸、杂志等的发行量可以达到数十万甚至数百万份，迅速将信息传播给广大受众。

（3）书写印刷品提供了深入阅读和思考的空间。读者可以根据自己的节奏和兴趣进行阅读，有利于对信息的深入理解和消化。

（4）印刷媒介如专业书籍、行业杂志等，往往具有针对性，能满足特定读者群体的需求。这种分众化的传播方式使得信息能够更加精准地触达目标受众。

2. 书写印刷传播的缺点

书写印刷传播的缺点主要在于以下几个方面。

（1）相较于电子媒介或网络媒介，书写印刷传播的速度较慢，更新频率也相对较低。例如，一份日报需要经过采编、印刷、分发等多个环节才能到达读者手中，而网络新闻则可以实时更新。

（2）印刷品的生产需要消耗大量的纸张、油墨等资源，印刷和发行成本也相对较高。这不仅增加了信息传播的成本，也对环境造成了一定的压力。

（3）与网络媒介相比，书写印刷品缺乏即时的互动性。读者无法直接通过印刷品与其他读者或作者进行实时的交流和反馈。

（4）尽管印刷媒介可以大规模复制和传播，但其受众范围仍然受到地域、语言和文化等因素的限制。例如，一本用特定语言出版的图书可能只能在该语言的读者群体中传播。

在信息时代，书写印刷传播仍然具有其独特的价值和意义，但也需要与其他传播方式相结合，以充分发挥其优势并弥补不足。

三、电子媒介传播

1. 电子媒介传播的发展

19世纪是电子媒介的雏形期，见证了电信技术的初步发展。1837年，摩尔斯发明了有线电报，并在1844年开通了世界上第一条电报线路。这一发明开启了电信传播的时代，使得信息能够迅速跨越长距离传递。1876年，贝尔发明了电话，实现了人类口头传播的远距离即时通信。20世纪初，电子媒介进入了一个新的发展阶段。1906年，费森登利用无线电传送语言和音乐的试验在美国取得成功，为无线电广播的诞生奠定了基础。1920年，世界上第一座广播电台KDKA在美国匹兹堡开始播音，标志着广播作为大众传播媒介的诞生。随后，1926年，英国人贝尔德成功进行了电视试验，1936年，英国广播公司（BBC）电视台正式开播，电视作为新的电子媒介开始进入大众视野。20世纪90年代以后，随着网络技术和数字压缩技术的飞速发展，电子媒介迎来了新的变革。互联网逐渐普及，并成为信息传播的重要渠道。网络不仅实现了信息的全球即时传播，还具有多媒体内容、互动性强以及个性化服务等特点。电子邮件、社交媒体、新闻网站等新型电子媒介形式不断涌现，极大地改变了人们获取和分享信息的方式。

从电报、电话到广播、电视，再到互联网，每一次技术的突破都推动了信息传播的速度、范围和方式的革新。

2. 电子媒介传播的优点

电子媒介传播的优点主要在于以下几个方面。

（1）传播速度快

电子媒介利用电波或网络进行信息传播，速度远超传统媒介。例如，广播和电视可以实时传递信息，新闻报道可以与事件的发生几乎同步进行。

（2）覆盖面广

电子媒介的信号可以覆盖广泛的区域，甚至使信息实现跨国传播。广播和电视内容可以通过卫星或网络传播到全球各地。

（3）生动真实

电子媒介结合了声音、图像和文字，为受众提供了多维度的信息接收方式。电视和网络视频能够呈现生动的画面和声音，使信息传播更为真实和立体。

（4）互动性强

多媒体电脑和网络等电子媒介提供了即时的互动机会。受众可以通过评论、点赞、分享等方式与信息发布者或其他受众进行实时互动。

（5）信息获取便捷

通过搜索引擎和各类信息平台，用户可以便捷地获取所需信息。电子媒介还提供了个性化的信息推荐服务，满足用户的不同需求。

3. 电子媒介传播的缺点

电子媒介传播的缺点主要在于以下几个方面。

（1）信息储存性差

相比印刷媒介，电子媒介传播的信息往往不易长期保存。除非特意下载或保存，否则信息一旦播放完毕便难以回溯。

（2）信息选择性差

电子媒介传播的信息通常是线性播放的，受众无法像阅读书籍那样自由选择内容和控制进度。例如，在广播或电视播放过程中，受众只能按照播放顺序接收信息。

（3）注意力易分散

由于电子媒介常常同时传递多种形式的信息（如声音、图像、文字等），受众的注意力可能会被分散，导致对单一信息的理解不够深入。

（4）依赖特定设备

受众接收电子媒介的信息依赖特定的设备，如收音机、电视机或电脑等。这提高了信息接收的门槛和成本。

（5）可能引发健康问题

长时间使用电子媒介可能会对受众的视力、听力等造成一定影响。此外，过度依赖电子媒介也可能导致社交障碍等心理问题。

四、网络传播

1. 网络传播的发展

网络传播的发展历史可以追溯到 20 世纪末。随着互联网技术的诞生和普及，网络传播逐渐崭露头角。最初，互联网主要用于学术和军事，信息传播范围相对有限。然而，随着万维网（world wide web，WWW）的出现，互联网开始走向大众，成为人们获取信息、交流思想的新渠道。进入 21 世纪，网络传播迅速崛起。各类门户网站、社交媒体等平台如雨后春笋般涌现，极大地丰富了网络传播的内容和形式。人们开始通过网络发布新闻、分享观点、交流想法，网络成为一个真正的公共话语空间。

移动互联网的兴起进一步推动了网络传播的发展。智能手机和移动互联网的普及使得信息传播更加便捷和快速。社交媒体应用如微博、微信、抖音等迅速流行，成为人们获取信息、娱乐和社交的重要工具。近年来，随着 5G、大数据、人工智能等技术的不断进步，网络传播进入了一个全新的时代。信息传播的速度更快，内容更丰富多样，互动性也更强。同时，网络直播、短视频等新型传播方式也应运而生，极大地改变了人们的生活方式和信息传播模式。

网络传播的发展历史是一部技术与社会的互动史。从最初的学术和军事用途，到后来的大众化、社交化，再到现在的智能化、多元化，网络传播不断适应着社会的变化和技术的进步，成为人们生活中不可或缺的一部分。不过，网络传播也有其优点和缺点。

2. 网络传播的优点

网络传播的优点主要在于以下几个方面。

（1）实时性

网络媒体能够在第一时间发布信息，信息传播速度快，内容可以即时更新和调整，这确保了信息的时效性和准确性。这种实时性使得网络传播在报道突发事件、传递紧急信息等方面具有显著优势。

（2）互动性

网络媒体提供了双向交流的平台，使受众可以与内容进行互动。这种互动性增强了用户的参与感和黏性，有助于建立良好的品牌形象和客户关系。例如，通过社交媒体平台，用户可以轻松地对内容进行评论、分享和点赞，从而与发布者和其他用户进行互动交流。

（3）全球性

网络媒体突破了时空限制，使得信息可以在全球范围内传播和接收。这为企业和组织拓展国际市场、提升影响力提供了有力支持。通过互联网，不同国家和地区的人们可以轻松地获取和分享信息，促进了全球文化的交流和融合。

（4）多样性

网络媒体形式多样，包括新闻网站、博客、社交媒体、视频网站等。这种多样性使得传播者可以根据不同受众的需求和偏好，选择合适的传播形式和内容类型。例如，针对年轻受众，可以选择通过短视频平台进行信息传播；而对于专业受众，则可以通过博客或新闻网站发布深度报道和分析文章。

（5）节约成本

相比传统媒体，网络媒体的宣传成本相对较低。此外，网络媒体还可以根据需求进行精准定向推广，提高了宣传效率和成本效益。这对于预算有限的个人或小型企业来说尤为重要，这些企业可以通过网络媒体以较低的成本实现有效的信息传播和推广。

3. 网络传播的缺点

网络传播的缺点主要在于以下几个方面。

（1）信息质量参差不齐

网络上的信息来源广泛且复杂，导致信息质量参差不齐。有些信息可能缺乏严谨性、深度或原创性，甚至可能是虚假的。这要求受众具备一定的信息筛选和判断能力。

（2）匿名性带来的风险

网络传播具有很大的匿名性，传播者可能处于一个极端隐蔽的地位。这种匿名性可能激发人们在网上恶意传播虚假信息的欲望，因为传播者认为自己的身份不会被轻易揭露。这增加了网络信息的不可信度和传播风险。

（3）传播效率低下

虽然网络传播速度快、范围广，但由于信息过载和受众分散，其传播效率可能并不高。有时，重要的信息可能被淹没在海量的信息流中，难以被目标受众注意到。

（4）导致受众沉迷于虚拟世界

过度依赖网络传播可能导致人们沉迷于网络的虚幻世界，对现实世界产生厌恶感。长时间沉浸在网络世界中可能对个人的心理健康和社交能力产生负面影响。

（5）个人隐私泄露

网络传播过程中存在个人在线身份泄露、网络钓鱼等安全问题，可能导致用户个人隐私和利益受到威胁。近年来，随着大数据和人工智能技术的发展，个人隐私保护问题愈发突出。

网络传播虽然具有诸多优点，如传播范围广、时效性高、方便快捷和互动性强等，但也存在虚假信息泛滥、聚焦度低、语言表达有歧义、信息处理环境复杂以及个人隐私受损等缺点。在使用网络传播时，我们需要充分利用其优点，同时警惕并应对其潜在的缺点和挑战。

第二节　当代文艺经典大众传播的途径

当代文艺经典大众传播的途径包括网络便捷式传播、深度阐释与解读、创新文化产品开发、影视改编与传播以及现场表演与展览性传播等多种方式。这些途径相互补充、相互促进，共同推动文艺经典在当代社会的广泛传播，让经典作品在当代社会中焕发新的光彩，产生积极的社会价值。

一、网络便捷式传播：跨越时空的文艺盛宴

随着互联网的广泛普及和深入发展，网络便捷式传播已成为推动文艺经典大众化的重要力量。以有声书为例，这一创新形式使得《红楼梦》等经典文学作品得以突破时空限制，使人们随时随地都能聆听其中的智慧与韵味，满足了现代人快节奏生活中的精神需求。网络文学平台，如起点中文网、纵横中文网等，提供了大量改编自经典文学作品的网络小说，如《红楼梦》《西游记》的现代同人小说、金庸武侠小说的续集等。这些作品通过在线阅读、有声书等形式广泛传播，让经典文学以新的面貌进入大众视野。借助"长图""H5"等充满趣味性和互动性的数字媒体形式，古典文学作品得以生动再现，古老的故事被注入了新的活力。抖音、快手等平台上的"一分钟读名著""经典文学解读"等短视频系列，通过精练的语言和生动的画面，让用户在短时间内了解经典文学作品的主要内容和思想内涵，让忙碌的都市人在短时间内领略到《百年孤独》《了不起的盖茨比》等世界文学名著的魅力。这些渠道使受众的收获更加丰富，体验更加贴近原典阅读。

这种传播途径的优势在于突破时空限制、传播速度快、形式多样、互动性强、能够迅速吸引年轻受众。但其也存在明显的劣势，如信息质量参差不齐，存在误导性解读；过度依赖电子设备，可能影响现实生活中的社交和阅读体验；版权问题频

发，未经授权的传播侵犯原作者权益；等等。

二、深度阐释与解读：揭开经典的神秘面纱

在互联网的浪潮下，对经典名著进行深度阐释和解读的产品如雨后春笋般涌现，为大众了解并把握经典的精髓提供了极大的便利。例如，年轻的旦角演员通过短视频平台，以生动有趣的方式介绍京剧唱腔和手眼身法步，既普及了戏曲知识，又让观众领略到了戏曲名段的艺术魅力。同时，学者们借助微信公众号等平台，系统而深入地介绍各类文学流派和作家作品，为人们更好地理解经典谱系提供了宝贵的参考。例如，某大学文学教授在哔哩哔哩（B站）平台开设了"文学经典导读"课程，以通俗易懂的语言和丰富的例证，引导观众深入理解《诗经》、唐诗宋词等中国古典文学的魅力。在线课程平台，如网易云课堂、腾讯课堂等，也推出了"经典文学赏析""国学大师讲座"等课程，由专家学者授课，深入剖析经典文学作品的内涵和艺术价值。微信公众号，如"读库""十点读书""人文小苑"等，定期发布经典文学作品的深度解读文章，引导读者从多个角度理解作品。这些探索不仅为受众深入理解文艺经典搭建了桥梁，还通过深入浅出的解读方式，有效提升了大众的精神境界和审美水平。

这种传播途径专业性强，教育意义显著，有助于提升公众文化素养，而且互动性强，受众可以通过留言、讨论等方式与专家和其他受众交流心得。但这种途径也存在缺点，即其创作和接受的门槛较高，对普通受众来说理解难度较大；传播范围有限，相较于网络便捷式传播受众面较窄；更新速度可能无法跟上网络热点等。

三、创新文化产品开发：赋予经典新的时代内涵

在尊重原作的基础上，创作和开发新的文化产品是延续经典文脉、赋予经典新鲜生命活力的重要方式。以《西游记》这部人物设定和故事情节广受人们喜爱的经典作品为例，在保留经典元素的基础上，创作者们将其改编为国漫作品、开发成网络游戏等，如根据《西游记》改编的游戏《梦幻西游》以及单机动作角色扮演游戏《黑神话：悟空》等，让玩家在游戏中体验经典故事情节和人物形象。这些跨媒介改

编产品或作品既保留了原作的精髓，又融入了创作者的个性解读和时代特色，为经典注入了新的活力。此外，《山海经》等神话经典也被重新梳理线索、设置人物、搭建情节，开发成新的文艺作品，并取得了显著成效。例如，根据《山海经》改编的国产动画电影《大鱼海棠》，以其独特的视觉效果和深刻的情感表达赢得了观众的广泛好评。与此同时，故宫博物院推出的"故宫口红""千里江山图"系列文创产品，将经典艺术作品与现代设计相结合，成为热销商品。这些创新方式不仅让经典作品焕发新的光彩，还让它们在当代社会中发挥更加积极的作用。

这种传播途径的优势很突出：赋予经典新生命，吸引年轻受众；商业价值高，有助于推动文化产业的发展；文化传播效果显著，通过产品形式让经典文化更加贴近受众生活。但是，这种传播途径也面临着挑战，包括：改编风险大，可能破坏原作的艺术价值和精神内涵；成本高昂，需要投入大量资源进行研发和推广；市场反应不确定，存在一定的商业风险。

四、影视改编与传播：视觉盛宴中的经典再现

影视改编是文艺经典大众传播的重要途径之一，它将文字描述的场景和人物形象地转化为直观、生动的视觉画面，使观众在欣赏的过程中更加深入地理解和感受经典作品的魅力。以《红楼梦》为例，无论是王扶林执导的同名电视连续剧（1987年），还是谢铁骊执导的同名系列电影（1989年），都通过影视改编的方式将这部古典文学巨著呈现在观众面前。这些作品不仅保留了原作中的经典情节和人物形象，还通过演员精湛的演技、精美的场景和精心编排的剧情吸引了大量观众并产生了广泛的社会影响。除了电视剧和电影，戏曲改编也是文艺经典传播的重要途径。越剧《红楼梦》通过电影的形式走向全国，其婉转悠扬的唱段和深情款款的表演一直广受欢迎，让观众在欣赏的过程中感受到经典作品的独特魅力。另外，根据《霸王别姬》改编的同名电影（1993年）更获得了国内外多项大奖。近年来，随着网络视频平台的兴起，越来越多的经典文学作品被改编成网络剧或网络电影。例如，《三体》等科幻小说的影视化改编不仅扩大了文艺经典的传播范围，还通过直观、生动的视觉呈现方式让经典作品更加深入人心，并产生了深远的社会影响和国际影响。

将文艺经典改编为电影或电视剧，让更多观众了解和欣赏这些作品，增强和提升了大众对文艺经典的体验效果；而制作关于文艺经典背后的故事、作者生平或创作过程的纪录片，也为观众提供了更能接近和深入了解文艺经典的渠道。比如，BBC制作的纪录片《杜甫》以国际化视角讲述杜甫的生平和创作，为西方观众了解这位伟大诗人提供了便利，同时也给中国观众带来了新的认识角度。该片引发了广泛讨论，这进一步推动了中国文学经典的传播，有效地促进了中外文学经典的交流，为具有不同文化背景的观众提供了共同欣赏和理解文学经典的机会。

影视改编传播途径的优点在于：视觉冲击力强，艺术感染力高；受众面广，能够迅速扩大经典作品的影响力；传播效果好，容易引发社会关注和讨论。其缺点主要在于：改编难度大，需要克服技术和艺术上的诸多难题；存在原作精神流失的风险；观众期待的落差可能导致口碑分化。

五、现场表演与展览性传播：身临其境的艺术体验

现场表演与展览性传播作为文艺经典大众化的重要方式，具有独特的魅力和价值。现场表演，如音乐会、戏剧演出等，通过面对面的传播使观众能够直接感受到艺术作品的魅力并产生强烈的共鸣。这种身临其境的艺术体验让观众能够更加深入地理解和感受经典作品的内涵和情感。近年来，随着文化产业的蓬勃发展，越来越多的经典文学作品被搬上舞台，如话剧《雷雨》、音乐剧《猫》等。这些现场表演以其独特的艺术魅力和深刻的情感表达，得到了大量观众的关注和喜爱。又如孟京辉执导的话剧《恋爱的犀牛》，改编自廖一梅的同名小说，通过现场表演展现了都市青年的爱情观和生活状态。

展览性传播则通过艺术展览、博物馆陈列等形式，将经典艺术作品呈现在公众面前，供观众直接接收艺术信息并产生深刻的审美体验。比如，故宫博物院举办的"千里江山——历代青绿山水画特展"，展出了包括《千里江山图》在内的多幅经典青绿山水画作品。另外，故宫博物院定期举办的古代文物展览、中国美术馆推出的当代艺术作品展等，都以直观、生动的方式展示了文艺经典的独特魅力和价值。

这两种方式都具有沟通直接、手段多样、反馈及时、互动性强等特点，通过现

场的氛围和互动让观众更加深入地了解和感受文艺经典的魅力，有助于提升观众的审美体验，有效推广文艺经典并使之产生积极的社会影响。但是，这两种方式受地域和时间限制较大，无法覆盖所有潜在受众；成本高昂，需要投入大量资源进行组织和宣传；票务问题有可能引发观众争议和不满情绪。每种传播途径都有其独特的优势和不足。在实际应用中应根据具体情况和目标受众选择合适的传播方式以实现最佳效果。

六、其他传播途径

当代文艺经典大众传播的途径还在不断地扩展和创新，以适应数字化、网络化和社交化的趋势。

1. 数字化平台

通过微信读书、掌阅等电子书平台，以及得到、喜马拉雅等有声书平台，大众可以方便地获取和阅读（或听取）文艺经典；通过学习教育平台提供的在线课程，诸如中国大学MOOC、网易云课堂等提供的文艺经典的解读和赏析课程，大众可以更深入地理解经典作品。比如，白先勇先生主持制作了经典剧目青春版昆剧《牡丹亭》，为了扩大其影响力，团队通过各类媒体平台进行广泛宣传，包括新华社、《人民日报》等主流媒体，以及社交媒体平台。白先勇先生频频亮相媒体，耐心回应记者提问，提升了剧目的知名度，青春版昆剧《牡丹亭》的巡演在国内外引起广泛关注，成功吸引了中西方年轻观众和文化人士。

2. 社交媒体

微信公众号和微博最为流行，许多文化机构、学者和爱好者通过微信公众号和微博分享文艺经典的内容以及对其的解读和评论，吸引了大量粉丝和关注者；短视频平台后来居上，在抖音、快手等平台上，用户可以观看关于文艺经典的短视频介绍、解读和表演，借助更加直观和生动的形式接触经典。

3. 线上活动与直播

网络直播和线上读书会均有较高关注度。通过斗鱼、B站等直播平台，艺术家、学者和演出团体可以实时分享文艺经典的演出、讲座和讨论，与观众进行互动；利用

Zoom、腾讯会议等工具进行线上读书分享，能够让读者们共同讨论和分享对文艺经典的理解和感受。电视和网络平台的综艺节目也是一种影响较大的文艺经典传播方式。比如，《中国诗词大会》以诗词为主题，通过竞赛形式来考验参赛者对诗词的理解和记忆，这一节目不仅提高和加深了大众对古典诗词的兴趣和了解，还推动了古典文化的现代传播。参赛者来自各行各业，年龄跨度大，显示了诗词文化的广泛吸引力。

4. 线下活动与体验

文艺节庆活动、主题展览和讲座都吸引了大众参与。定期举办各类文艺节庆活动，如书展、电影节、戏剧节等，能够吸引大众亲身参与和体验。在图书馆、博物馆等公共场所举办有关文艺经典的主题展览和讲座，则能够为大众提供与专家面对面交流的机会。比如，国家级非物质文化遗产之一、流行于河南省宝丰县的传统民俗活动马街书会——每年正月十三，来自全国各地的说书艺人聚集在马街村展示说书音乐艺术。在马街村广严寺及火神庙附近的河坡、山冈、麦田等地，艺人们摆起阵势、支起摊子，进行说书献艺。群众也可以参与其中，享受这一曲艺盛会。马街书会已成为当地的重大节日，到会艺人多时达 3000 人，听书群众最多时有 10 多万人，极大地推动了曲艺文化的传播。

5. 虚拟现实（VR）与增强现实（AR）技术

沉浸式体验和互动展览是线下文艺经典大众传播的重要方式。借助 VR 技术，大众可以身临其境地体验文艺经典中的场景，如通过 VR 观看经典戏剧的演出；使用 AR 技术，在博物馆或图书馆举办文艺经典的互动展览，能够让观众以更新颖的方式接触和理解经典。

这些途径不仅丰富了文艺经典的传播方式，还提高了大众的参与度和互动性，使文艺经典更加贴近现代生活，满足不同受众的需求。

CHAPTER 3

第三章

———

文艺经典的互文、改写与重写

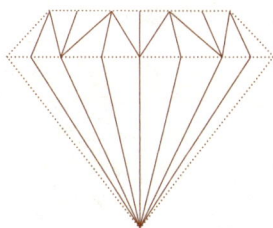

———

第一节　互文、改写与重写的理论观念

一、互文

　　互文，也称互辞，是一种修辞手法，在古今中外的文学作品中广泛应用。它是指将属于一个句子的意思分写到两个句子中，读者在理解时需要把上下句的意思互相补足。在西方文学理论中，互文被视为一种文本理论，互文性理论又被称为文本间性理论，主要探讨文本之间的相互关系与影响。这一理论的核心观点是，任何文本都不是孤立的，而是与其他文本存在着广泛的联系。法国符号学家茱莉亚·克里斯蒂娃是这一理论的重要推动者，她在其著作中首次提出了"互文性"的概念。克里斯蒂娃认为，任何一个文本都是在它以前的文本的遗迹或记忆的基础上产生的，或是在对其他文本的吸收和转换中形成的。换句话说，每一个文本都是对其他文本的吸收和转化，它们之间相互参照、相互影响。

　　互文性理论强调文本的多元性和开放性，罗兰·巴特等理论家进一步发展了这一观点，提出任何文本都是互文本，即每一个文本都是在重新组织和引用已有的言辞。这意味着文本的意义不仅仅局限于其自身的表述，还在于它与其他文本的关联和对话。这种关联既可以是显性的引用、模仿或借鉴，也可以是隐性的文化、历史或社会背景的共鸣。苏联学者米哈伊尔·巴赫金在其对话理论和复调理论中，也揭示了文本间的互文性。他强调了文本之间的对话关系以及多声部性，这与互文性理论中文本间的相互影响和借鉴相呼应。

　　经典作品往往蕴含了丰富的文化内涵和历史背景，即与其他文本的互文关系。通过对这些互文关系的挖掘和分析，可以更深入地理解经典作品的内涵和价值。互文性理论为我们提供了一种全新的视角来审视和理解文本，尤其是经典文本。结合

不同理论家的论述，我们可以更加全面地把握文本之间的相互联系和影响，从而更深入地探讨文本的意义和价值。

互文手法能够丰富作品的内涵，使读者通过与其他作品的对话获得更多的思考和理解角度。同时，它还能激发情感共鸣，借用其他文学作品中的情感元素，加深读者对作品中情感表达的理解和共鸣。作家还通过引入其他文化中的符号、习俗、传统等，与本土文化产生交流和对话。例如，美国作家海明威的小说《老人与海》描绘了古巴老渔夫与巨大的马林鱼搏斗，故事融入了古巴文化中关于运气、命运和奋斗精神的符号，与西方文化进行了对话。这种跨文化的互文手法不仅展现了不同文化的魅力，还使读者在对比中深化了对各自文化内涵的理解。

有些文学作品通过与历史事件的对话，对历史事件进行重塑和解读，构建了一个时空交错的复杂文学景观，探索历史与现实之间的关联。这种互文能够加深作品的思想内涵，为读者提供一个全新的视角以审视过去、理解当下，使读者在思考历史的同时，也能对现实问题进行反思。比如，翁贝托·艾柯的小说《玫瑰之名》选取14 世纪欧洲，特别是神圣罗马帝国（德意志第一帝国）和罗马教廷（教皇）之间权力争斗的真实历史事件作为故事背景，展现了一个充满政治和宗教冲突的时代。通过对这一历史时期的深入挖掘，作品为读者提供了一个理解当时社会复杂性的窗口。作者不仅是在复述历史，更是站在现代的角度，用当代的价值观和认知去重新审视那个时代的事件。这种审视帮助读者建立历史与现实的联系，理解历史对当下的影响。作者通过小说中的历史事件，引发读者对现实问题的思考。小说中的政治和宗教冲突还引发了关于权力、信仰和自由的现代讨论。同时，小说也通过将现实问题映射到历史背景中，帮助读者从历史的角度审视和理解当下社会。这种互文关系赋予了作品更深层次的思考价值。

小说采用多重叙事视角，让读者从不同的角度看待历史事件和人物。这种手法增强了作品的立体感和思想深度，也使得历史与现实之间的对话更加丰富多彩。作者通过象征和隐喻等文学手法，将历史与现实、抽象与具体巧妙地结合起来。这些手法不仅丰富了作品的内涵，还使得历史与现实的互文对话更加含蓄而深刻。

互文手法还常常表现为文学作品之间的引用，将其他作品中的经典语句、场景、形象等进行转述或改编。这种手法不仅是对原作品的致敬，更在新的语境下赋予了原作品新的意义。詹姆斯·乔伊斯的小说《尤利西斯》大量引用荷马史诗《奥德赛》，使古典英雄的历险与现代人的心灵历程相呼应，形成了一部充满互文性的文学作品。这种引用和改编使读者能够在不同文本间建立联系，增强作品的文化底蕴和历史厚重感，还使读者在与其他作品的对话中获得了更多的思考和理解角度。这种跨文本、跨文化的交流与对话，正是互文性理论所强调的文本间的相互联系与影响的具体体现。

除了深化作品内涵，互文性还有助于构建一个更为庞大、完整的作品世界，形成更为复杂和丰富的文学景观。互文性使得作品能够相互引用、借鉴，从而构建一个更加宏大的故事背景。以《红楼梦》为例，这部古典名著中融入了大量的诗词、曲赋，这些文本之间的互文关系不仅丰富了故事情节，还为读者展现了一个庞大且细腻的封建社会世界。其中的诗词、曲赋与小说的主线情节形成互文，共同构建了一幅完整而复杂的社会画卷。

互文性还可以通过对其他作品中的人物、情节、主题的引用和重构，创造出一个多层次、多维度的作品世界。比如，现代奇幻小说的代表作《指环王》主要基于J. R. R.托尔金自己的创作，而其中的精灵、矮人、巫师等角色则明显受到北欧神话、希腊罗马神话等传统神话的影响。这些角色在《指环王》中被赋予了新的性格特点和故事情节，形成了独特的奇幻人物群像。《指环王》中的冒险情节，如寻找并摧毁魔戒的旅程，与许多传统史诗中的英雄旅程有着异曲同工之妙。这种情节的引用和重构使小说充满了紧张刺激和未知探险的氛围。小说中善与恶的对抗，尤其是对抗索伦及其邪恶力量的情节，是传统神话和史诗中常见的正邪斗争主题。小说中人物之间深厚的友谊，以及他们为了摧毁魔戒所展现出的勇气和牺牲精神，都是对这些传统主题的现代化诠释。魔戒作为权力的象征，引发了众多角色的争夺和内心的挣扎，是对传统文学中权力主题的延伸和深化。《指环王》中的中土世界包含了多种种族和文化，如精灵、人类、矮人、巫师等，每个种族都有其独特的文化和历史背景。中土世界拥有复杂的地理环境和政治格局，各个地区和国家之间存在着复杂的关系和纷争。这种设定构建了一个多层次、多维度的奇幻世界。

二、改写与重写

改写是对原作品的重新表述，旨在保持原作品的基本内容和意义不变，但表达方式、语言风格等可能有所不同。重写则是对原作品的深度再创作，可能涉及情节、人物、主题等方面的重大改变，以适应新的传播环境或受众需求。

在解构主义理论背景下，改写和重写被赋予了新的意义。如前文所讲，解构主义质疑文本意义的确定性，打破了传统翻译转换或解读中作者与读者、原文与译文之间的主客二分模式。在解构主义视角下，文本不再是封闭、固定的意义载体，而是开放、多元、可变的。这种观念为改写和重写提供了理论基础，使得对原文的改写和重写成为一种合法的甚至是必要的行为。

在解构主义的影响下，改写不再是简单地对原文进行修改，而是对原文进行深度的再创造。改写者可以根据自己的理解、文化背景、审美观念等对原文进行改造，使其更符合目标受众的阅读习惯和审美需求。这种改写不仅改变了原文的形式，还赋予了原文新的意义和内涵。在解构主义的指导下，重写可以打破原文的结构和框架，重新构建一个新的文本世界。重写不仅涉及对原文内容的重新诠释，还包括对原文形式、风格、语言等的全面改造。通过重写，原文的意义和价值可能得到全新的展现和延伸。

解构主义为改写和重写提供了理论支持和实践指导。它鼓励改写者和重写者打破传统的束缚，以更开放、多元的视角审视和处理文本。同时，任何改写和重写都是基于特定文化、历史和社会背景的，因此必然带有主观性和相对性。这要求我们在进行改写和重写时保持谨慎和批判性思维，避免过度解读或误读原文的意义，以确保对原文的准确解读和合理改造。

改写和重写能够使经典作品以新的面貌呈现，获得更多年轻受众的关注。例如，将古典文学作品改写为现代小说、电影或电视剧（剧本），可以让经典故事更加贴近现代生活，增强观众的代入感。同时，重写也可以为经典作品注入新的思想和观念，使其在新的时代背景下焕发新的活力。

互文、改写与重写在文艺经典传播中发挥着重要作用，不仅可以丰富作品的内涵和表现形式，还可以使经典作品跨越时空，与不同时代的读者产生共鸣。

第二节　文艺经典的互文式传播

　　茱莉亚·克里斯蒂娃的互文性理论指出，文本不是一部孤立的作品，而是文本网络中的一个节点，受到其他文本的影响。她将文本比喻为"马赛克"，意味着文本是对其他文本的引用、吸收和转化。互文性讨论文本中的符号，包括单词、短语、字符、情节设置等，如何不仅在个人作品中，而且能够作为更大符号系统的一部分来创造意义。1967年，罗兰·巴特在他的文章《作者之死》中提出，对文本的解释不应受到作者意图的限制。他认为，文本的意义不仅仅来自作者的个人经历、历史背景或文本背后的初衷，是读者而不是作者赋予文本生命，使页面上的文字变得有意义。根据这种观点，文本是一种引文结构，受作者和读者所处文化和社会环境的影响，不同读者对文本的解释可能会有很大差异。对于巴特来说，文本独立于其创作者而存在，是多个作品融合和冲突的空间。作者不是文本意义的主要来源，因此他们的传记和个人背景不应限制对文本的解释。此后，巴特进一步发展互文性理论，指出文本是多个其他文本的交叉点，多种声音和参考相互作用。文本的意义从这个网络中产生，而不是从单一的权威来源产生。

　　在克里斯蒂娃和巴特的基础上，后结构主义的互文性研究关注文本如何与其他文本相互作用，包括直接引用、典故、文体模仿、主题并列、叙事方法等，评估这些互文联系对不同文化和历史时期文本接受的影响，理解这些联系如何改变我们对原始文本和后来文本的解释，探究殖民主义、性别政治和意识形态等权力话语在塑造文本间关系中的作用。这一理论不仅有助于揭示文学作品之间复杂的影响网络，加深我们对文本如何跨越时间和空间进行交流的理解，也有助于观察文艺经典是如何进行互文式传播的。

　　文学经典的互文式传播涉及一个复杂的参考、改编和转换网络。作家采用各种模式和策略来关联和重新解释过去的文本，主要包括以下几种。

1. 典故

典故是对另一个文本、事件、人物或神话框架的直接或间接引用。它根据读者对引用材料的熟悉程度来为新文本增加深度或上下文。这种模式通过将叙事与更广泛的文化和文学传统联系起来，唤起更深的含义或是对比和比较，使文本叙事更加丰富、深广。

2. 戏仿

戏仿是以喜剧性或批判性的方式模仿另一部作品的风格和／或内容，通常是为了揭露原作品的缺陷或重新解释其主题，目的是质疑和批判原作品的主题、风格或社会影响，提供新的视角或突出以前被忽视的方面。例如，阿特伍德从奥德修斯的妻子珀涅罗珀及其十二位女仆的角度重述《奥德赛》的故事，质疑了原史诗的叙事和道德框架。

3. 模仿

与戏仿不同，模仿是对原作的致敬，展示原作风格的多个侧面，或者探索不同的文本元素如何在新的语境下相互作用。

4. 改编

改编包括改变原文本以适应不同的文体、媒介或背景，例如将小说改编成电影、戏剧或其他的文学形式。这一策略使新的受众能够重新品味原文本并重新解释其主题或结构，以适应不同的文化或时代环境。

5. 引用

引用涉及在新文本中直接使用另一作品的行或段落。引用可以赋予新文本权威性，增强主题深度，或者以有意义的方式将新作品与原始材料直接联系起来。

6. 重置

重置是将经典文本中的元素置于全新的背景或叙事框架中进行重新整合与呈现，这可以通过经典的镜头突出当代问题，也可以在现代背景下探索永恒的主题。

7. 风格转换

风格转换是将文本从一种文类转换为另一种文类，例如将悲剧史诗改编成漫画。

风格转换挑战了传统解读，鼓励读者以全新的视角看待熟悉的故事。

8. 人物与情节、结构的重新整合

即将经典文学中的人物或情节整合到新的故事中，保持一些原有的特征，但往往在很大程度上有所不同。这种策略是在新的叙事或社会背景下对这些人物或情节进行更深入的探索。

以上这些模式和策略往往相互结合、交织运用，以当代理论思想为支撑，赋予经典原文本以新的意义，传达当代思想情感，反映当下社会人生。以下是运用这些模式和策略的几个典型案例。

詹姆斯·乔伊斯采用荷马史诗《奥德赛》的结构来组织其意识流小说《尤利西斯》。《尤利西斯》的每一章都对应着《奥德赛》中的一次冒险，尽管故事背景是现代的，但乔伊斯将史诗中的事件转化为都柏林的日常事件。《尤利西斯》中的利奥波德·布鲁姆、斯蒂芬·德达勒斯和莫莉·布鲁姆的角色与奥德修斯、泰勒马科斯和珀涅罗珀相对应，探索了当代背景下的身份、流亡和返乡主题。乔伊斯将神话转换为世俗生活场景，表达了当代人的精神堕落与古典英雄时代褪逝的落寞。

让·里斯的《藻海无边》作为夏洛蒂·勃朗特《简·爱》的前传，是以后殖民主义思想对原作的回应。小说从阁楼上的"疯女人"伯莎的角度"讲述"了她的故事。里斯将《简·爱》中一个次要的边缘化角色伯莎移到故事中心，将她从一个情节配角转变为一个有着丰富背景故事的富有同情心的主人公。小说将叙事设定在加勒比海，详细描述了这里种族和帝国的紧张关系，批评了《简·爱》中以欧洲为中心的殖民主义观点和态度，同时探讨了性别和权力之间的关系，强调了种族、阶级和性别的交互作用。

托马斯·艾略特的《荒原》是跨越几个世纪的文学和文化文本的马赛克式整合作品，融合了但丁的《神曲》、莎士比亚的戏剧和佛经等各种来源的语录、典故和改编段落，创造了一个声音和文化文献的拼贴文本。通过将不同的文本交织在一起，艾略特描绘了第一次世界大战后欧洲精神和文化的荒凉，以及对个人和集体救赎的追求。这首诗是一场跨文化对话，将西方和东方的文学传统联系起来，探讨了人类的绝望和精神复兴的可能性。

这些案例表明，文学经典的互文式传播不仅涉及对主题或人物的借用，还涉及对叙事、结构和思想的复杂改编，以评论、批判和扩展原文。互文式传播使当代文本能够与文学经典进行对话，从而丰富文学传统，为原作和新作提供新的见解，既尊重经典文本的完整性，又突出其在不同背景和时代下的持续传承与适应。

◆ **文艺经典的文化产品项目转化实践指导与训练**

互文理论与文本鉴读

谢育任：《互文视域下的〈三体〉》，《名作欣赏》，2022 年第 36 期。

论文摘要：《三体》系列是由中国当代作家刘慈欣创作的科幻小说，讲述了地球人类文明发现外星"三体"文明后，两个文明交流对峙、生死博弈、航行宇宙的兴衰历程。《三体》系列是一部史诗性的宏大之作，包含各种科学元素和人文符号，如量子纠缠、太空电梯、黑洞等。从互文性的角度分析《三体》系列中的部分文化符号，可见各类文本对它的影响。

◆ **文艺经典的文化产品项目转化案例**

文艺经典互文案例

1. 外国文学互文经典案例：詹姆斯·乔伊斯《尤利西斯》互文《奥德赛》

扫描二维码
获取文本

2. 中国文学互文经典案例：张曙光《尤利西斯》互文《奥德赛》

扫描二维码
获取文本

第三节 文艺经典的重写和改写式传播

文艺经典的重写和改写式传播涉及经典文本如何在不同的文化和媒体中被改编、重新解释和转化，这一过程凸显了文学传统的活力，以及文艺叙事如何在不断变化的社会背景下保持连续性和相关性。重写和改写式传播主要有以下模式和策略。

一、重写

重写即直接根据原作的结构、主题或人物创作新作品，通常是进行重大修改以适应当代情感或不同的文化背景。这种方法允许作者对原文进行批评或与之进行对话，通过熟悉的故事来解决可能过时的意识形态问题或突出的当代问题。譬如，J. M.库切的《福》是对丹尼尔·笛福的《鲁滨逊漂流记》的改写和批判。库切小说的主人公苏珊·巴顿被故事中的作家笛福窃取了人生故事，导致她在自己的人生故事里只能沉默。小说通过这一设定，探索了殖民主义和作者权力身份的主题，苏珊·巴顿成为一个挑战男性叙事者权威的女性形象。

二、翻译

翻译不仅仅是一种语言转换，也是一种文化适应。文本不仅被转换成另一种语言，而且往往会根据目标语言发生微妙的变化，使其易于理解或被新受众所接受。翻译可以向全球受众开放文本，弥合文化分歧，并允许多种解释。

安德烈·勒菲弗尔的重写理论扩展了文学文本不断被重写以适应不同文化、政治和社会背景的观点。他在《翻译、重写和文学声誉的控制》等著作中提出，翻译只是众多重写形式中的一种，包括编辑、批评和改编。勒菲弗尔强调，这些改写不是中立或客观的行为，而是受到各种意识形态和诗学因素的影响。

勒菲弗尔认为，所有重写，无论是翻译、改编还是批判性解读，都受到文学系统内权力动态的影响。这些改写有助于调整作品，使其符合当时占主导地位的文化和意识形态规范，并且往往会根据这些规范塑造甚至扭曲作品的接受度。

他着重论述了三种类型的重写：一是翻译，它不仅仅是语言之间的转换，也符合某些文化意识形态取向；二是批评，在教育系统中教授文本和在文学中批评文本的方式会对文本的解释和地位产生重大影响；三是编辑，文本编辑出版的方式，包括省略或强调某些内容，可能会改变其内涵和效果。

勒菲弗尔使用"折射"一词来描述文学是如何通过重写被改编的，类似于光是如何通过透镜折射的。从这个意义上说，"折射"意味着文本被扭曲或改变，以符合目标文化的意识形态和美学要求，这影响新受众对文本的感知和理解。

勒菲弗尔还强调赞助人在重写过程中的作用，包括出版商、媒体、教育机构和政治环境的影响。这些赞助人可以对文学作品的制作施加控制，决定哪些作品在特定文化中出版、推广，从而受到推崇。他认为，重写有助于构建和维护文学经典，塑造高级文学的标准、文本阅读的方式，以及受赞扬的作者。这一过程通常包括将外国影响融入文化自身的文学传统，以及改编国内作品以满足当代品位和政治议程。

勒菲弗尔的理论揭示了塑造文学声誉和文本在时间中存续的隐性力量。它挑战了文本忠实性和真实性的概念，声称所有文本传播都涉及受文化和意识形态力量影响的某种形式的控制，解释了文本不是静态的，而是通过各种形式的重写被动态地重新解释、重塑和重新利用。重写受到更多的社会政治和文化动态的影响，并反过来影响当下社会文化。比如，《西游记》和《三国演义》在不同文化和媒介之间的各种改编，使其与不同的文化价值观和规范产生共鸣。将莎士比亚翻译成现代英语或其他语言，或将《李尔王》置于不同的文化或历史背景下，这些重写使文本易于阅读和传播，并使其与特定的文化或政治价值观相一致。[1]

1　参见安德烈·勒菲弗尔：《文学名著的翻译、改写与调控》，蒋童译，商务印书馆，2023；杨嬿桦：《解读勒菲弗尔翻译改写及操纵理论》，《海外英语》2022年第7期。

三、当代化

当代化包括更新经典文本的背景、语言和主题，使其与当前时代的读者产生共鸣。通过将语境更改为当代读者更熟悉的时代社会文化背景，使古典或以往被遗忘和忽视的文本可以保持与当代文化生活的联系，并为人所知。海伦·菲尔丁的《布里奇特·琼斯日记》这部现代小说改编自简·奥斯汀的《傲慢与偏见》。小说将故事背景设定在当代伦敦，将主人公转变为一个处在各种社会关系之中应对生活压力的单身女性。菲尔丁对奥斯汀的爱情与社会主题进行了全新的诠释。

四、续集和前传

通过添加发生在原始情节之前或之后的新故事，来扩展经典文本的叙事，将故事的生命延长到原来的框架之外，这一策略可以使作者或创作者进一步发展经典文本的世界和人物，探索新的主题、未回答的问题或不同的视角，或更深入地发展次要角色，或延续一个流行的故事，从而使叙事为新一代人保持活力。

续集遵循原作的事件，继续故事或关注原作中所描绘的行为的后果。续集探索人物的后期生活或同一世界中随后发生的事件。续集可以扩展原作的主题和冲突，更深入地探索其后果，或为角色引入新的挑战，以满足观众希望花更多时间在熟悉的世界中或与心爱的角色相处的愿望。例如，亚历山德拉·里普利的《斯嘉丽》是玛格丽特·米切尔的《乱世佳人》的官方续集，它延续了斯嘉丽·奥哈拉试图赢回瑞德·巴特勒并探索其爱尔兰血统的故事。这部续集延续了原著的开放式结尾，回应了读者心中期待的"接下来会发生什么？"的问题。玛格丽特·阿特伍德的《证言》是《使女的故事》的续集，于2019年出版，彼时距离《使女的故事》问世已经过去了30多年。它通过三位女性叙述者的视角探讨了吉利德反乌托邦政权的内部运作及其最终垮台。阿特伍德扩展了权力、抵抗和妇女在社会中的作用等主题。斯蒂芬·金的《睡眠医生》这部续集讲述了前集小说《闪灵》中的小男孩丹尼·托伦斯成年后的故事，叙述他与创伤性过去的持续斗争，深入探讨了他的心理成长，同时叙述了他试图拯救一个与自己心理创伤类似的年轻女孩的经历。

前传发生在原作事件之前，通常解释原作故事的核心人物或背景的起源及发展。前传可以帮助读者深入了解某些冲突的起源，或深入探究角色的过去。前传通过提供能够阐明人物行为动机或关键情节点起源的背景信息，丰富原始叙事，增加故事的复杂性，增强原作的情感分量。例如，约瑟夫·兰扎拉的《失乐园：小说》是约翰·弥尔顿的长篇叙事诗《失乐园》的前传，介绍了路西法从天堂坠落之前的背景故事，详细叙述了他从大天使到地狱统治者的转变，深入探讨了他的动机和天体政治的运作过程。克莱夫·刘易斯的《魔术师的侄子》虽然不是《纳尼亚传奇》系列出版的第一本书，却是其前传，详细描述了纳尼亚的产生过程，解释了围绕魔法衣柜和早期书籍中发现的其他元素的许多谜团。

可见，续集和前传可以用来丰富原始叙事、回答未解决的问题、提供更深入的角色发展和探索新的主题。这些策略有效地维持了读者的参与度，并为熟悉的故事提供了新的视角，确保了原创作品的持久流行和相互关联。

五、跨媒介改编

跨媒介改编涉及将文本从一种文学或艺术类型转换为另一种类型，可能融合多种流派的元素。不同的类型提供了全新的体验方式和体验效果，可以突出原文本叙事中不太明显的方面，也可以突出叙事的不同方面以吸引不同的受众。一部小说可能被改编成电影、芭蕾舞、音乐剧，甚至电子游戏。这一过程可能涉及叙事结构、人物发展和主题焦点的重大变化，以适应新类型的惯例和受众期待，探索原作在不同背景下的叙事可能性，接触更广泛或不同的受众，阐明故事或人物的新维度。这种改编形式可以重新激发人们对原文本素材的兴趣，将经典作品传递给新一代。明清时期，《水浒传》被改编为戏曲和评书，中华人民共和国成立后，这部小说屡次被成功改编为影视剧。例如1972年版的同名电影将梁山传奇的壮烈和悲情进行了完美的演绎，凸显了梁山好汉们不屈不挠的精神和对抗压迫的勇气，呼应了当时的时代精神。1998年版电视剧《水浒传》精心编排和改编了小说的故事情节，还原了原著的精髓和场景。2011年版电视剧《新水浒传》是对《水浒传》的重新演绎，采用了全新的剧情发展结构，将梁山好汉的形象进行了现代化的再塑，使人物更加立体饱满。该剧还采用了高科技特效和华丽的场景，为观众带来了震撼的视觉体验。

加拿大学者琳达·哈琴等在《改编理论》[1]一书中提出，改编不仅仅是衍生作品，更是作品的创造性表达形式。改编既是一个创作过程，也是一个重写的产物，不同的受众对原作的感知不同。改编是一种重复的形式，但这种重复不是复制，它既提供熟悉感，也提供创新。哈琴将"改编"描述为"重写"，它是分层创作，原作没有被抹去，在改编作品的表面下仍然可见，这使得新作品与其原始材料之间存在复杂的相互作用。这种互文性意味着"原创"作品既是"幽灵般"的存在，也是观众或读者体验的基础文本。她强调改编包括重复，但应当是没有复制的重复。这突出了改编的创新性和创造性，使其区别于单纯的复制。每一次改编都既是熟悉又新颖的，提供可以为受众所接受的舒适和惊喜。改编文本与原文本的互动并非简单借用或引用，而是通过批评、评论和扩展等多方面与原文本对话，改编文本中改编者自己的解释通常与被改编的文本一样多。她指出，改编必须由三方协商参与：一是与原文本的协商，即改编作品与原材料的紧密程度，选择保留或改变什么，以及如何解释原作的中心主题；二是与受众的协商，即如何满足或颠覆受众的期望，这可能因受众对原文本的熟悉程度而异；三是与媒介或文类的协商，即如何利用媒介的惯例和可能性——无论是电影、文学、戏剧还是其他形式——来有效地重新解释原始材料。

哈琴还讨论了改编的伦理含义，例如文化挪用或扭曲原始材料的可能性。在美学层面上，她鼓励创作者考虑每种媒介最能表达或代表什么，承认每种改编都必然会通过突出某些方面而非其他方面来改变原文本。她还发现，改编往往会在时间和空间上重新定位文本，通过当代文化的视角来解读原文本。这不仅使旧文本与新受众相互关联，还对过去和现在的文化背景进行评论。许多文本都有多重改编，每一种改编都会影响其他文本的感知和理解方式。这种累积效应丰富了互文对话，使对原始材料的探索更加丰富。

例如，《西区故事》将莎士比亚关于世仇家族的悲剧改编成了一部关于20世纪50年代纽约敌对帮派故事的音乐剧。改编作品通过歌曲和舞蹈来传达爱情和冲突的

1　琳达·哈琴、西沃恩·奥弗林：《改编理论》，任传霞译，清华大学出版社，2019。

主题，使故事易于理解，引起了 20 世纪中期观众的共鸣。新黑色电影《银翼杀手》改编自菲利普·迪克的科幻小说《仿生人会梦见电子羊吗？》。小说通过叙事探索哲学主题，其中包括大量的内心独白和阐述，而改编的电影更多地关注视觉故事和情绪表达，对原始科幻故事进行了独特的大幅度处理。电影《时时刻刻》改编自伍尔夫的小说《达洛维夫人》，将不同时代的三个故事情节交织在一起。这部电影运用视觉和叙事技术，探索了女权主义、精神疾病和存在主义恐惧等复杂主题，通过伍尔夫的作品将跨越时空和不同背景的人物及其人生故事联系起来。小说《傲慢与偏见与僵尸》在简·奥斯汀经典的摄政时期浪漫故事《傲慢与偏见》中加入了恐怖和喜剧元素，融入了僵尸启示录的场景。这种不同寻常的组合创造了一种既模仿又向原作致敬的小说混合类型，吸引了恐怖文学和经典文学的粉丝。

跨媒介转化越来越广泛地出现在各种艺术形式之中。在戏剧方面，多种现代媒介的介入使得京剧的艺术边界发生融合，京剧由此展现出新的艺术媒介形态；百老汇音乐剧与好莱坞歌舞片也发生大量的互文性转化。在电影方面，刘易斯·卡罗尔的《爱丽丝梦游仙境》经历文学、电影、音乐、游戏等跨媒介流转；先锋派等实验艺术在当代电影中融合了文学、戏剧、绘画等多种媒介，突破了传统电影的界限，为观众带来新的沉浸式体验；丰子恺"古诗新话"系列漫画也被频繁地进行跨媒介转化，呈现了一种加密编码式的新型绘画参照关系；20 世纪 60 年代以来的延展电影（expanded cinema）更是拓展了电影的时空界限、感知模式和叙事边界。

2023 年出版的《改编与超越：混杂跨文本》一书揭示了当代改编实践中的混杂性（hybridity）、跨文本性（transtextuality）和跨媒介性（transmediality）。戏剧、舞蹈、漫画、广告、流行音乐等不同媒介之间发生"异花授粉"（cross-pollination）、扩展和挪用等多样的跨媒介和跨文本现象。[1] 跨媒介改编具有多功能性和创造性。通过将故事转移到不同的媒介和文类中，创作者可以发现其新的含义，为熟悉的叙事注入新的活力，并鼓励各种媒介采用创新的讲故事技巧。跨媒介"世界建构"理念重新定义了改编，以"世界建构"为目的，跨媒介的混合文本可以在口语和舞蹈表演、传记

1　参见 Eva C. Karpinski and Ewa Kębłowska-Ławniczak(eds.), *Adaptation and Beyond: Hybrid Transtextualities* (NY: Routledge, 2023).

漫画、广告、中国昆剧和流行歌词之间进行让人意想不到的"异花授粉"、扩展和挪用。这种混合性和跨对话性的结合催生出多样的商业化的美学形式，由此形成独特的文化空间，以解决当下的社会问题，吸纳广泛的受众参与其中（第八章将专门讨论"故事世界建构"问题，可结合参看）。

六、叙事扩展

叙事扩展是文学、电影和其他媒介中使用的一种创造性策略，通过添加新的情节元素、人物或详细的背景故事来阐述原始故事。这种方法使创作者能够深化叙事背景，丰富人物发展，探索只有在原作中才被触及或暗示的次要情节，可以详细描述特定角色、背景或重大事件，或者添加补充主要叙事的全新故事情节，更深入地发展原始主题、背景和人物，建构更为丰满细腻的故事世界，对人物及其动机提供更深入的见解，使得受众体验更丰富、更身临其境。

例如，《神奇动物在哪里》最初是 J. K. 罗琳的《哈利·波特》系列中提到的一本虚构教科书。这本虚构教科书被扩展成了探索魔法世界的电影系列，时间设定为哈利·波特故事开始前的几十年，并引入了新的人物、神奇的生物和情节，丰富了魔法世界的传说。动画电视连续剧《星球大战：克隆人战争》系列以《星球大战》系列电影中的第二集《克隆人的进攻》和第三集《西斯的复仇》为背景，细化和深化了银河共和国、克隆人士兵以及阿纳金·天行者和欧比-万·克诺比等背景和角色故事，探索了战争的复杂性以及共和国逐渐向帝国转变的过程。《侠盗一号：星球大战故事》填补了第四集《新希望》事件的叙事空白，详细描述了反抗军联盟是如何获得死星计划的。这部资料片不仅为原版电影中的关键时刻提供了故事背景，还揭示了以前不为人知的角色对《星球大战》传奇的贡献。

七、文本间对话

这一策略指创作一部与经典文本对话的新作品，要么回应其主题，要么反驳其叙事，要么平行叙述其故事情节，鼓励读者重新思考原文的含义，并批判性地探讨其在现代社会中的地位。当一个文本融合、反思或质疑另一个文本的思想和形式时，就会产生文本间对话。它通常表现为主题相似、风格呼应或叙事反应，可以被视为作品之间跨越时间和空间的一种智力和艺术交流形式。文本间对话的主要目的是丰富读者的阅读体验，为新作品和原作提供更深入的见解，并挑战或强化早期文本中提出的观点。这种策略也有助于将一部作品置于特定的文学或文化传统中，建立更广泛的联系，为其解读提供信息并使其复杂化。

例如，迈克尔·坎宁安的小说《时时刻刻》是对弗吉尼亚·伍尔夫《达洛维夫人》的重新想象，通过三个生活在不同时代的女性的相互关联的故事，探讨了精神疾病、创造力和女权主义的主题，呼应了伍尔夫的叙事风格和主题关注，同时也提供了在不同时代社会背景下观察思考这些问题的新视角。汤姆·斯托帕德的戏剧《罗森克兰茨和吉尔登斯顿死了》从莎士比亚的《哈姆雷特》中选取了两个次要角色，并将他们置于舞台中心，探索存在主义主题和戏剧的本质。该剧与《哈姆雷特》的对话不仅借用了原作的人物和背景，还融入了莎士比亚关于命运、现实和荒诞的主题。简·斯迈利获普利策奖的小说《一千英亩》将莎士比亚《李尔王》的故事转移到了20世纪美国爱荷华州的一个农场，探讨家庭、权力和背叛的主题。通过改变背景和情节发展，斯迈利邀请读者在现代美国生活背景下重新思考莎士比亚的主题。

无论是改编背景、转移叙事焦点，还是直接延续原作的主题，文学经典通过重写进行传播的多种模式和策略都确保了古典文学仍然是文化话语中充满活力和不断发展的一部分。经典重写使文本能够不断地被重新想象和重新解释，确保它们与新受众和新一代人建立联系、产生共鸣。

在文艺经典的重写和改写传播中，要实现民族精神的传承与文化创新，需要巧妙地平衡传统元素与现代审美，注入新的思考和表达方式。挖掘经典文艺作品中的民族精神内核，如忠诚、勇敢、智慧等，并在重写或改写过程中加以强调。保留原作的经典情节、人物设定和台词，以确保观众能够感受到原作的魅力和精神内涵。例如，电影《大话西游》是对古典名著《西游记》的创意性重写，影片保留了唐僧师徒四人的基本设定，同时加入了大量的幽默元素和现代情感故事。尽管如此，该影片依然成功传承了原作中的民族精神，如孙悟空的忠诚和勇敢、唐僧的慈悲和智慧。这些精神内核通过现代的表现手法得到了更好的传播和更广泛的认同。

文艺经典的重写和改写传播中还可以引入现代价值观念，使经典作品更具时代感并与当代观众产生共鸣；或者利用现代科技手段，如特效、音乐等，提升作品的视听效果，吸引年轻观众。例如，动画电影《哪吒之魔童降世》和《哪吒之魔童闹海》是对中国传统神话故事中哪吒故事的改写。影片保留了哪吒闹海、太乙真人等经典元素，但对其进行了现代化的诠释。影片中的哪吒不再是传统意义上的完美英雄形象，而是一个有着叛逆性格和成长困惑的少年。这种现代化的处理使观众更容易产生共鸣。同时，影片还融入了环保、家庭关系等现代主题，使其更具时代意义。在视听效果方面，影片运用先进的动画技术和震撼的音效，为观众带来一场视听盛宴。

在文艺经典的重写和改写传播中，要实现民族精神的传承与文化创新，关键在于找到传统与现代之间的平衡点。通过挖掘经典作品中的民族精神内核并融入现代元素，可以创作出既具有文化底蕴又具有时代感的作品。同时，利用现代科技手段提升作品的视听效果也是吸引观众的重要途径。在未来的创作中，我们应该继续关注观众的需求和审美变化，不断探索和创新表现手法和传播方式，让经典作品在新的时代背景下焕发出新的光彩。

◆ 文艺经典的文化产品项目转化实践指导与训练

一、改写理论与文本鉴读

张宇：《试论全球化语境下的中国戏曲跨文化改写——以〈麦克白〉的昆剧改写为例》，《哈尔滨工业大学学报(社会科学版)》2018年第1期。

论文摘要：在全球化语境下，莎士比亚的《麦克白》曾先后以新编昆剧《血手记》和实验昆剧《夫的人》的形象亮相于舞台。在相距三十年的改编中，剧作者们不约而同地通过情节删减、改变女巫功能等方式完成了对原作的主题挪移，由人性悲剧变为人情悲剧。尤其是女性角色的处理，更是由帮凶变成了弃妇。更重要的是，这种对他者文化的兴趣不仅源自跨文化交际的刚性需求，也来自对自身问题的困扰，即从外来文化中寻找中国传统戏曲与现代社会融合的最佳方法。虽然尝试带来了新意，但却破坏了昆剧的编演传统，干扰了固化的欣赏习惯，并未能成功创立具有普遍性、稳定性、延续性、可复制性的跨文化改写范式。

二、重写理论与文本鉴读

杰克·齐普斯、张举文：《记忆·重访·重写：作为美国神话的〈绿野仙踪〉》，《遗产》，2021 年第 1 期。

论文摘要：一百多年来，《绿野仙踪》从小说到影视以及其他媒介衍生品的普及和流行充分证明了它作为美国神话的代表性。通过与历史、现实的对立，《绿野仙踪》中所描述的"奥兹国"为美国现实社会的对立物，代表美国本应成为却没能成为的国家想象，并随着社会发展和结构改变被不断再书写、再重构，在一个多世纪的时间内保持经久不衰的生命力。无论是鲍姆塑造的理想国度、法默建构的"真实历史"，还是雷曼叙述的童年记忆，从本质上来说都是对美国社会进行反思的结果和参照，揭示了美国何以成为现在，并投射现在的另一可能。而"奥兹国"所蕴含的政治意义和政治批判正是通过这种反思和对立得以实现：它使美国人一次次地返回这个理想中的国度，以确认民族性格和国家身份认同，最后成为特定的美国乌托邦。

◆ 文艺经典的文化产品项目转化案例

一、改写经典案例

1.外国文学改写经典案例：阿特伍德《使女的故事》改写《1984》

扫描二维码
获取文本

2.中国文学改写经典案例："白娘子"传说故事改写系列

扫描二维码
获取文本

二、重写经典案例

1.外国文学重写经典案例：库切《福》重写《鲁滨逊漂流记》

扫描二维码
获取文本

2.中国文学重写经典案例：钱莉芳历史科幻小说《天意》重写《史记》

扫描二维码
获取文本

◆ 文艺经典重生创意策划文稿

一、文艺经典改写文本

1.格林童话《白雪公主》改写文本《七个小矮人与白雪公主》

扫描二维码
获取文本

2.安徒生童话《夜莺》改写文本《夜莺》

扫描二维码
获取文本

3.蒲松龄《画皮》改写文本《画皮》

扫描二维码
获取文本

二、文艺经典重写文本

1.安徒生童话《海的女儿》重写文本之一:《海的女儿》

扫描二维码
获取文本

2.安徒生童话《海的女儿》重写文本之二:《海洋之石》

扫描二维码
获取文本

3.格林童话《灰姑娘》重写文本《仙度瑞拉后传》

扫描二维码
获取文本

4.安徒生童话《美人鱼》重写文本《永恒》

扫描二维码
获取文本

5.格林童话《莴苣姑娘》重写文本《莴苣姑娘》

扫描二维码
获取文本

6.白先勇小说《一把青》重写文本《落》

扫描二维码
获取文本

7.中国神话《精卫填海》重写文本《填海》

扫描二维码
获取文本

CHAPTER 4

第四章

文艺经典的影视化传播

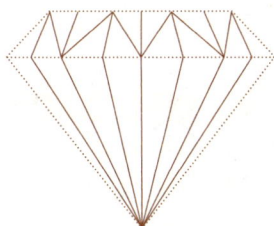

第一节　文艺经典与影视化

　　文艺经典是经过时间检验、被广大读者和观众所认可的作品，蕴含着深刻的思想内涵、丰富的情感表达和精湛的艺术手法。这些作品往往反映了一个时代的精神风貌，是人们共同的文化记忆。从一部普通文学作品到成为文学史上的经典需要一个过程，这个过程就是经典化。如前所述，文学经典的建构受多种因素影响，除了文学作品的艺术价值和可阐释的空间外，特定时期读者的期待视野、发现人（"赞助人"）、意识形态和文化权力的变动，以及文学理论和批评的观念，都是影响文学作品经典化的内外部要素。影视化作为一种重要的文化传播方式，具有直观、生动的特点，既能够更广泛地传播文艺经典，也是文学经典化的重要途径。通过影视化，经典作品中的人物和情节可以更加生动地呈现在观众面前，增强观众的代入感和情感体验。

　　在影视化过程中，对原著的改编是不可避免的。改编既可以是为了更好地适应影视表现形式，也可以是为了吸引更多观众。文学经典的电影改编几乎在电影媒介发明之初就开始了，如乔治·梅里斯改编的《灰姑娘》（1899 年）和《圣女贞德》（1900 年）等经典电影作品。随着电影业的发展，改编作品的数量不断增加，好莱坞早期的许多成功作品都改编自文学作品。20 世纪 30—50 年代通常被认为是好莱坞的黄金时代，许多经典小说，如《乱世佳人》（1939 年）、《傲慢与偏见》（1940 年）和《白鲸》（1956 年）等都被改编成电影。这一趋势持续了几十年。20 世纪末至 21 世纪初是文学经典电影改编的一个重要时期，特别是随着计算机生成图像（CGI）等技术的进步。这些发展改变了故事的视觉化和生动化方式，使更复杂的和视觉上令人惊叹的改编成为可能。CGI 技术使得电影制作人开始创造以前不可能的故事世界环境和视觉效果。迈克尔·克莱顿的小说《侏罗纪公园》虽然不是传统意义上的文学经典，但1993年据这部小说改编的同名电影展示了CGI创造逼真恐龙形象的开创性潜力，也展示了技术进步是如何增强故事叙事的。《阿甘正传》（1994年）将演员汤姆·汉克斯扮演的阿甘这个虚构角色融入了历史镜头，将其与历史人物无缝对接，CGI技术以独特和创新的方式为故事服务。

21世纪初，CGI技术的飞速发展使具有复杂背景和元素的文学场景能够更忠实地被呈现，史诗叙事和幻想世界的改编变得可行。其标志性作品就是彼得·杰克逊改编自J. R. R. 托尔金庞大的史诗《指环王》三部曲的同名系列电影（2001—2003年）。电影利用CGI技术将中土世界栩栩如生地呈现出来，从庞大的兽人军队到高大的咕噜，动作捕捉技术塑造的角色如同真人。这一系列不仅为视觉效果设定了很高的标准，还展示了技术如何提升文学改编的深度和沉浸感。另一个标志性作品是《哈利·波特》系列（2001—2011年）。这部改编自J. K.罗琳小说的系列电影，历时十多年，展示了不断发展的CGI功能，从魔法生物的创造到魔法世界复杂环境的呈现，每一部都展示了技术的进步，使小说的神奇元素得以越来越生动地呈现。近年来，虚拟现实（VR）、增强现实（AR）技术以及人工智能（AI）大模型技术的飞速发展为电影制作人提供了创作更逼真、更引人入胜的改编作品的工具，尤其是在奇幻和科幻等类型电影中。比如《少年派的奇幻漂流》（2012年）这部改编自扬·马特尔小说的电影作品，大量使用了CGI技术来创造海洋环境和孟加拉虎理查德·帕克的形象，证明了CGI技术不仅可以用于建构奇观，还可以用于传达复杂的情感和主题叙事。Netflix和亚马逊Prime Video等流媒体服务的兴起继续影响着电影和网络电影的改编。这些平台投入大量预算用于制作高质量的CGI，可以自由地探索更长、更复杂的故事情节。比如根据安杰伊·萨普科夫斯基同名小说改编的《巫师》系列（2019年至今），就利用CGI技术创建了其生物和幻想元素，展示了拥有先进技术支撑的流媒体处理复杂视觉叙事的能力。

电视的兴起也极大地影响了文学经典的改编方式，以创新的方式将经典故事带给了更广大的观众。20世纪50—60年代是电视发展的早期阶段，受限于当时的技术，改编作品通常很简单，上演方式与戏剧作品类似。1953年改编自乔治·奥威尔《1984》的同名电视剧由彼得·库欣主演，这是经典文学作品以戏剧形式搬上电视屏幕的第一次尝试。《剧场 90》这一系列电视剧（1956—1961 年）都改编自著名戏剧和小说。20世纪 70—80 年代，随着电视技术的进步，改编的质量和深度也在提高。迷你连续剧的形式逐渐流行，其可以讲述更详细的故事。根据亚历克斯·黑利的小说改编的迷你连续剧《根》（1977 年）具有开创性意义，取得了巨大的成功，至今仍然是电视史上的一个重要事件。改编自伊夫林·沃小说《再访新娘》的同名电视剧（1981 年）因其高昂的制作成本和高度忠实于原著而广受赞誉。这部剧表明，电视剧也有可能在足够长的时间里紧跟原著的情节和基调，不断探索与延展原著的主题。21 世纪是电视改编的黄金时代，广受好评和商业上取得成功的改编作品激增，其叙事更加复杂，制作成本也更高。改编自乔治·马丁系列奇幻小说《权力的游戏》的同名剧（2011—2019 年）成为一种文化现象。该剧使用 CGI 技术来创造龙的形象和宏大的战斗场景，突破了电视制作的界限，展现了电视剧在小说原著基础上进行扩展的潜力，为故事世界及其人物的建构增加了超越原著的深度。

流媒体服务的出现进一步改变了形势，其允许更多创造性尝试和小众题材的改编。改编自萨莉·鲁尼小说的同名电视剧《普通人》（2020 年）因其忠实于原著的演绎和深刻的情感表达而备受赞誉，展示了流媒体平台在创造人物角色驱动型故事方面的实力。《女王的甘比特》（2020 年）不是传统意义上的经典，而是改编自沃尔特·特维斯一部晦涩难懂的小说，但该剧在 Netflix 上大获成功，这表明冷门作品有可能找到新的观众。

在中国，早期文学与电影并不直接联系，而是通过戏曲这一中介。电影最初复现了文学经典戏曲的内容和形式，可以说是对改编自文学经典的戏曲的直接"影戏复制"，比如最早的电影《定军山》（1905 年）就是同名京剧的改编。改编活动最初可能受到戏曲、话剧等表演艺术的影响，很多电影在改编时会借鉴这些表演艺术的元素和手法。在中国电影发展史上，早期的电影改编活动主要集中在对文学经典的改编上。这些文学经典包括古典文学作品、现代文学作品以及各类通俗小说。例如，鲁迅的短篇小说《祝福》被改编为电影，电影版《祝福》（1956 年）保留了原著的基本情节和人物设定，同时加入了更多的视觉元素和表演细节，使故事更加生动和具有感染力。茅盾的中篇小说《林家铺子》也被成功改编为电影。电影版《林家铺子》

（1959年）通过演员精湛的演技和真实的布景，再现了原著中的社会场景和人物关系，使观众能够更直观地理解作品所要表达的主题和思想。影视技术兴起之后，《西游记》被多次改编为电影、电视剧。早期的电影改编往往直接复制原著中的情节和人物设定，如1960年的电影《三打白骨精》。同时，为了适应电影的表现形式，改编作品会对原著进行适当的删减和调整。

20世纪八九十年代的电影改编呈现多样化、忠于原著且勇于创新的特点。这一时期的电影改编不仅丰富了电影市场，还为观众带来了更多的文化体验。改编作品注重通过电影语言来强化原著的情感表达和主题思想，提升了文学作品的传播度和认可度，丰富了电影艺术的表现形式，促进了文学与电影的相互借鉴和共同发展，也为中国电影的发展奠定了坚实的基础，推动了中国电影艺术的进步和创新。到21世纪，根据刘慈欣同名小说改编的《流浪地球》系列（2019—2023年）实现了国产重工业风科幻电影"零"的突破，使中国科幻进入新时代，这一系列影片在视觉运用和叙事策略方面都为新时代科幻文学经典的影视改编提供了范本。

影视改编受到影视技术的发展、观众审美的变化、政治文化和社会心理的变化等诸多因素的影响，创作者所处时代的经济文化环境、技术条件及其自身的创作理念、创意取向直接影响到电视剧改编作品的人物形象、故事情节和美学呈现。从我国电视剧改编的几个重要代表作品中就可以清晰地看到这些影响的印记。例如1986年央视版《西游记》电视剧，在保留原著精髓的基础上，加入了更多的创意元素和视觉效果，使得故事更加生动有趣。1987年王扶林导演的电视剧版《红楼梦》，极大地保留了原著的精神和内容，同时通过演员精湛的演技和精致的布景，强化了原著所要表达的中心思想。该剧也摸索出了一套科学合理的评价机制，通过观众的反馈和专家的评审，对电视剧进行不断优化和调整，使得经典文学作品得到更为广泛的传播。动画电影《大闹天宫》（1961年）和《哪吒闹海》（1979年）立足《西游记》原著，人物形象细腻自然，旨在宣扬中华优秀文化和民族精神中的大无畏、批判及反抗精神，反映传统的伦理道德观和政治价值观。20世纪后期，哪吒故事的动画改编开始与国际动画接轨，不再追求传统动画手绘艺术的特点，转而采用数字化技术制作，逐渐走向商业化生产与营销。21世纪以来，《封神演义》中的哪吒故事被频繁搬上动画银幕，成为我国动画史上较为成功的IP范本。例如《哪吒传奇》（2003年）、《十万个冷笑话》（2012年）、《哪吒之魔童降世》（2019年）、《哪吒之魔童闹海》（2024年）等动画立足中西流行文化，故事更具颠覆性，哪吒形象也更为大胆前卫，展现了21世纪以来动画创作者对不同民族文化以及国际审美趋势的精准把握。

21世纪以来，网络小说改编为电视剧备受瞩目，在经历跨媒介改编之后，其文本呈现出鲜明的游戏化叙事倾向。改编者在改编时有意识地借鉴和挪用游戏元素，将其作为构筑电视剧叙事的重点。在形式层面，将游戏元素与其他元素破圈融合并嵌套进电视剧剧情中，利用影像画面对游戏内容进行奇观化展示，由此达到一种游戏与影视协同叙事的效果。[1]网络文学的影视改编力图突破性别壁垒，逆转"看"与"被看"的性别权力机制，建构一种具有平权意识的影像话语。在叙事特征上，注意采用游戏化的叙事或非线性叙事。突出"类型＋"的策略，以喜剧化的风格带来一种"轻语态"，契合年轻观众的文化消费心理。不少优秀的影视改编作品则力图通过叙述个人的成长历程，塑造一种新型的理想化的人格，建构一种更合乎人性的审美家园，实现网络化的诗意栖居。[2]

1 张艳、邹赞：《网络小说影视改编的游戏化叙事策略》，《当代作家评论》2024年第3期。
2 范志忠、潘国辉：《网剧改编的性别策略、网感呈现与价值建构》，《上海大学学报（社会科学版）》2024年第3期。

第二节　文学经典影视改编传播的策略

在《电影剧本写作基础》中，好莱坞剧作理论家悉德·菲尔德指出："'改编'意味着从一种媒介转变为另一种媒介。改编的定义是'通过变化或调整使之更为合适的一种能力'——也就是把某些事情加以变更，从而在结构、功能和形式上造成变化，以便调整得更为恰当一些。"[1] 将文学经典改编成电影和电视剧需要多种创作策略，将原文的细微之处转化为能引起观众共鸣的视觉和叙事形式。中外文学经典的影视改编策略主要有以下几种。

一、忠实改编与解读式改编

1. 忠实改编

一些改编作品力求忠于原材料，保留情节、人物和背景。这种方法更能吸引重视原文完整性的纯粹主义者。如前文所述，早期的影视剧改编基本上都遵从这一策略。不过，当代影视剧改编也多有采用这个策略的，比如电影《赎罪》（2007 年）改编自伊恩·麦克尤恩 2001 年出版的同名小说。这部小说以其对内疚、救赎以及小说与现实之间模糊界限的深入探索而广受欢迎。改编为电影时保持了小说的三重结构和视角的转变，创新地使用视觉和声音设计来增强故事的主题暗流，忠实于原作的精神，同时成功利用了电影媒介的优势。

2. 解读式改编

20 世纪后半叶以来，随着解构主义、后殖民主义、女性主义等思想影响的扩大，越来越多的影视剧改编将文学原文本作为松散的灵感来创造一种新的叙事，这

1　悉德·菲尔德：《电影剧本写作基础》，钟大丰、鲍玉珩译，世界图书出版公司，2012。

种叙事更能引起当代观众的共鸣，或从不同的角度探索主题。例如电影《时时刻刻》（2002 年）对伍尔夫小说《达洛维夫人》的改编、电影《大红灯笼高高挂》（1991 年）对苏童小说《妻妾成群》的改编等，都偏向于解读式改编。

二、精简式改编和"蒸馏式"改编

1. 精简式改编

由于时间限制，影视剧改编往往会压缩情节。方法包括组合人物、缩短时间线、省略次要情节或简化复杂的叙事等，以保持节奏和连贯性。这是文学经典的影视剧改编普遍采用的策略。比如电影《指环王》系列就对原著内容进行了大量删减，以突出故事主线和主要人物，更符合观众的观影心理和视觉需求。

2. "蒸馏式"改编

改编者可能会选择关注原文中最具视觉或情感吸引力的某些主题或元素，而淡化或省略其他不那么引人瞩目的主题或元素。张艺谋的电影《红高粱》（1988 年）对莫言同名小说的改编即是如此。

三、膨胀式改编

1. 增加背景故事和次要故事情节

特别是在系列电影或电视连续剧中，改编者会通过为原著的角色开发背景故事、添加新的次要情节或探索书中暗示的隐性叙事来扩展原始材料。比如电视剧《围城》（1990 年）就扩展了原著中三闾大学的故事情节，增加了李梅亭这一角色的戏份，使得这一角色比小说中更为丰满真实，给观众留下了深刻印象。

2. 世界建构

影视剧制作人可能会扩展甚至更换原著故事的场景和世界，增加视觉细节，以创造比原文本中描述的更丰富多彩的场景。比如张艺谋导演的《活着》（1994 年）就将余华同名小说的故事背景更换成他更为熟悉和擅长表现的西北生活场景，通过西北民间流行的皮影戏和悲怆的秦腔来增强电影的视听效果。谢开来的专著《在幻想的冰山下：欧美奇幻文学的故事世界和文本系统》[1]对这个问题有专门研究，可供参考。

四、当代化

这种策略指将经典作品的背景改编成当代的社会背景，使原著与当代生活更容易联系起来，以反映当代规范和价值观，获得受众的关注和市场的青睐。其具体方法包括更新对话、环境和人物所处的境况。简·奥斯汀的小说就常被以这种策略进行改编，比如电影《毫无头绪》（1995 年）就是对她的小说《爱玛》进行的当代化改编。电影以 20 世纪 90 年代中期比弗利山庄的一所高中为背景，将一位年轻女性试图驾驭其社会关系的故事转移到现代青少年群体中，探讨富裕青少年的阶级、关系和身份等主题，并使用 20 世纪 90 年代的俚语和时尚来增强其当代吸引力。同样，莎士比亚的《罗密欧与朱丽叶》也经常成为被当代化改编的对象，比如《西区故事》的两个版本（1961 年版和 2021 年版）都将原著的叙事背景改编成 20 世纪中期的纽约市，重点关注喷气机队（美国白人）和鲨鱼队（波多黎各移民）之间的帮派竞争。这一改编突出了种族紧张关系、移民和城市冲突等问题，使这场由来已久的悲剧与正在发生的社会问题相联系。而电影《了不起的盖茨比》（2013 年）改编自菲兹杰拉德的同名小说，虽然电影保留了 20 世纪 20 年代的小说背景，但导演巴兹·鲁尔曼为电影注入了现代音乐、视觉风格和剪辑技巧。这种改编将故事的颓废、理想主义和社会动荡主题与当代观众的情感联系起来，尤其突出了美国的物质主义和阶级跃迁愿望这一社会现象。

将经典作品改编成当代影视作品不仅是更新故事的时间和地点，更是将这些经典作品所呈现的人性和社会问题的永恒元素编织到当代生活的结构中，从而以引人入胜和富有洞察力的方式继续过去和现在之间的对话。

1　谢开来：《在幻想的冰山下：欧美奇幻文学的故事世界和文本系统》，社会科学文献出版社，2022。

五、重新诠释角色

这种改编策略主要采用改变观点和使角色的动机复杂化等具体方法。改变观点即改变故事的叙事结构和情感焦点。例如，书中的一个次要角色可能会成为改编作品的主角。改编作品通常会深入探讨角色的动机和冲突，为观众提供更身临其境、更具情感吸引力的体验。《神探夏洛克》系列（2010—2017年）就是通过深入探讨福尔摩斯的心理构成和脆弱性，更深入地展示了他的动机和心理，重新诠释了福尔摩斯这一经典角色。

六、视觉风格和审美选择的变化

视觉风格的选择，包括颜色、灯光和镜头角度的变化，会深刻影响观众对故事的感知和体验。CGI技术和特效的使用可以带来幻想元素，扩大设置范围，并创造吸引观众的沉浸式世界。《红磨坊》（2001年）这部电影从大仲马的小说《茶花女》中汲取了爱情和悲剧的传统主题，以一种奢华的视觉风格呈现，画面色彩鲜艳，同时利用剪辑技术加快叙事节奏，并变换场景以投射人物心理的复杂变化。《纳尼亚传奇》系列电影（2005—2010年）使用CGI技术来创造神奇的生物和奇幻的风景，使克莱夫·刘易斯虚构的世界栩栩如生。

七、文化适应

为了适应不同的文化背景，改编故事可能涉及人物、背景和场景的变化，以确保故事对特定观众具有吸引力。采用这种策略时，改变语言表达和调整对话，以适应目标受众语言和文化的细微差别，同时保持原有的语气和意图，这一点至关重要。《罗密欧与朱丽叶》（1996年）这部电影将莎士比亚的戏剧改编成现代背景，同时保留了伊丽莎白时代的原始语言，新旧融合，适应了年轻观众的观影取向。《追风筝的人》（2007年）这部改编电影改变了卡勒德·胡赛尼同名原著的一些场景和文化元素，以更好地适应国际观众的需求，同时仍然保留了小说的叙事核心。

文学改编成影视剧可以采取多种策略和方法，关键是在忠于原作精神与做出必要的改变以适应视觉媒介和当代观众期待之间达成平衡。成功的改编作品往往能够有效地管理这种平衡，既创造出一部独立的新作品，又尊重其来源。文学经典的影视传播是一个动态发展的过程，反映了技术、观众偏好和文化背景的不断变化，每一种策略方法都为经典文本带来独特的风味和诠释，展示了文学经典的持久吸引力，体现了新一代人的重新想象。

数字技术与网络新媒介对 21 世纪小说的电影改编产生了重要影响，改变了艺术的生产和传播机制，影响了影视语言的影像转化。同时数字新媒介也改变了电影艺术主客体的审美经验，主体的审美趣味和审美需求都得到了极大提升，由此对审美客体提出了新的要求，进而推动了审美客体的艺术变革，以缩减主客体间的审美距离。数字新媒介技术的介入也改变了 21 世纪小说电影改编的审美要素，在艺术化的塑摹、影像化的路径和故事化的想象三个方面发生了根本变化。[1] 21 世纪以来，随着电影制作技术和互联网技术的成熟与融合，电影制作呈现出多样化特征。在传统电影之外先后出现了网络电影和微电影等类型，丰富了电影市场。同时电影传播渠道也更为丰富，一站式购物中心在我国的兴建改变了人们的消费方式，也增加了电影消费市场，这也是 21 世纪中国电影市场繁荣的一个重要原因。同时互联网技术的提高和网络的普及，尤其是智能手机在中国的普及，推动了网络电影和微电影的兴起，也改变了受众的观影途径和观影体验。电影制作和传播表现出来的多渠道、多样化特征主要依托的是现代技术的提升，同时技术的进步也改变了 21 世纪小说的电影改编。电影改编在剧本的选择上更为丰富，小说发表的多种途径极大地繁荣了 21 世纪的小说创作，网络小说的兴起增加了 21 世纪小说创作的数量和多样性。同时，随着电影制作技术的提高，21 世纪小说的电影改编也更为多元化，那些曾经难以拍摄的电影类型和题材都进入了改编范畴，比如"盗墓"系列电影改编，以及《流浪地球》等对技术要求较高的作品也都进入了电影改编的视野，繁荣了中国电影。[2]

21 世纪小说的电影改编受传播方式、传播渠道和观众的影响日渐明显，微电影日渐兴起，电影的碎片化叙事变得较为普遍，以迎合受众随时随地碎片化的观影需

1　张劲雨：《新世纪中国小说的电影改编研究》，东北师范大学，2023，摘要。

2　同上，第 42 页。

求。但电影过分重视年轻群体的观影喜好，就会忽略小说原著以及电影改编的艺术价值，让观众的审美趣味主导电影的改编拍摄。这种艺术发展的趋势无论是对于小说创作，还是对于小说的电影改编，都会产生一定的影响。[1]

影视化改编并不意味着可以随意篡改原著的精神内核。相反，应该在尊重原著的基础上进行创新，保留原著的精华，同时加入新的元素和视角，使作品更具时代感和观赏性。因此，影视化也面临着一些挑战，包括如何保持原著的精髓、如何选择合适的演员和导演、如何平衡商业和艺术之间的关系等。影视化也可能带来负面影响，如过度商业化、肤浅化等，这些问题需要制作者们在进行影视化时予以充分考虑和平衡。在今天，作为影视改编的代表形式，短视频创作者通过剪辑技术对影视剧进行二次创作，或能达成影视剧的宣传价值，或能满足用户自身的改编快感，或实现以此为工作的商业利益，将影视素材为我所用，表达用户自身基于或不基于原作的观点和看法。然而，二次创作也面临着侵犯原作著作权的风险，作为影视剧二次创作的主体，用户也要清楚法律界限，为自己二次创作的作品保驾护航。[2]

◇ 文艺经典的文化产品项目转化实践指导与训练

《赎罪》：从小说到电影人物与场景的视听转换解析[3]

1.空间处理与视听转换解析

敦刻尔克海滩大撤退的长达五分钟的长镜头是导演的极其用心之作，其场面调度中有受伤的士兵、醉酒的士兵、玩耍的士兵、齐唱圣歌的士兵，还有相依偎的平民，等等。破烂的摩天楼、旋转木马、大帆船等布景则展示了一种震撼人心的大场面。画面色彩是暗色调，渲染了士兵们内心的痛苦与无望之感。这一长镜头以宏大的全知视角表现出了战争的残酷，抒发了对和平的向往。电影通过视听元素对小说中的原有故事进行了突出强化，使整个故事的意义不致断裂并显得清晰有条理。

1　张劲雨：《新世纪中国小说的电影改编研究》，东北师范大学，2023，第 43 页。
2　孙泽宇：《快感与版权之间：影视剧二次创作与其法律界限》，《全媒体探索》2024 年第 3 期。
3　张焱：《浅析〈赎罪〉从小说到电影的改编》，《文教资料》2014 年第 36 期。

2.时间处理与视听转换解析

在聚餐前，塞西莉娅在自己凌乱的房间烦躁地换衣服、化妆，而与此同时，罗比在自己的小屋里一遍遍地改正措辞，在打字机前给塞西莉娅写道歉信。电影在刻画这一情节时使用了一段平行交叉蒙太奇，镜头在罗比和塞西莉娅之间不断切换，而连接两个场景的关键要素是罗比在唱机上播放的那段男女声美声合唱的音乐。唱机里男声对应罗比的场景，女声则对应塞西莉娅的场景，高亢深情的歌声暗示了二人心中涌动的激情。在最后男女声合二为一，同时也就实现了两个场景的相融合。这一段华丽的蒙太奇借助白天户外透入的明亮且柔和的太阳光线、香烟烟雾缭绕造成的朦胧，以及反射镜头的多次调动，创造了一种似梦似幻、华美明丽的画面效果，表现了塞西莉娅和罗比之间爱情的觉醒。

3.采用"心理蒙太奇"手法

电影中罗比在最后撤退之时体力难以支撑，产生了幻觉。他仿佛能感觉到母亲正在笑盈盈地为他洗脚，又好像他独自走向一片火红的花地深处。在这里，电影运用了"心理蒙太奇"手法，来暗示罗比的身体状态已经濒临崩溃。那红色绚烂的画面正是象征着生命不断流逝的罗比所拥有的美丽、热情的灵魂。

4.叙事与视觉转换解析

伊恩·麦克尤恩的小说《赎罪》在被改编为乔·赖特执导的电影过程中，视觉转换涉及几个关键要素，这些要素有效地将小说叙事转化为屏幕上的视觉语言。

第一，长镜头、调色板和照明等电影技术的运用。最著名的场景之一是敦刻尔克海滩的场景，长达五分钟。长镜头呈现了战争的混乱和破坏性，让观众身临其境，突出了这一事件的规模之大。电影还使用特定的调色板来区分不同的时间段和情绪。塔利斯庄园的战前场景沐浴在温暖的金色色调中，象征着天真和宁静；而战争场景则被淡化处理，反映了残酷的现实和无辜生命的丧失。

第二，象征性意象的运用。水是电影中反复出现的象征性元素，寓意着净化、重生和分离等。例如，喷泉是引发中心冲突的关键场景，象征着塞西莉娅与罗比感情的急剧变化；打字机的声音强调了写作和讲故事的主题。打字机不仅象征着布里奥尼作为叙述者和叙事操纵者的角色，也体现了她通过写作寻求救赎的努力。

第三，镜头与氛围凸显内疚与救赎主题。内疚的主题通过布里奥尼的孤立镜头和围绕这一角色的压迫氛围在视觉上得以体现。这部电影的结局揭示了布里奥尼赎罪的虚构性质，给观众留下了难以忘怀的印象；战争的残酷通过鲜明、逼真的场景来描绘，与战前田园诗般的英国形成鲜明对比。这种并置凸显了无辜生命的丧失以及战争对个人和关系的毁灭性影响，加深了内疚与救赎的沉重度和广泛性，升华了主题表达。

第四，服装背景等视觉元素凸显阶级和社会障碍。电影的场景和服装在视觉上强调了阶级划分。豪华的塔利斯庄园与罗比低微的出身形成鲜明对比，强化了他和塞西莉娅之间的社会障碍；在不同社会阶层的人物互动的场景中，空间和距离的使用凸显了社会规范所带来的紧张和分离。

5. 叙事与听觉转换解析

小说叙事转换为电影中的听觉语言时，涉及声音设计、音乐和对话的策略性使用，以传达叙事的情感深度和主题。

第一，音响设计。打字机的声音在整部电影中被用作反复出现的听觉元素，象征着布里奥尼作为故事叙述者和创作者的角色。这个声音突出了关键场景，强调了叙事的重要性，并将写作行为直接与正在发生的事件联系起来。打字机有节奏的咔嗒声无缝地融入电影的配乐中，有节奏和无节奏的声音融合在一起，强化了故事的主题。有时，听觉元素与电影的视觉元素精心同步，创造了一种连贯和身临其境的体验。例如，打字机的声音通常与布里奥尼写作的镜头相匹配，加强了声音和动作之间的联系。

第二，环境声音。这部电影采用逼真的环境声音，让观众沉浸在不同的场景中。例如，乡村的宁静通过鸟儿的啁啾声、树叶的沙沙声和远处的谈话声被生动地展现出来，创造了一种战争破坏之前和平的感觉。而战争场景充斥着爆炸、枪声和士兵的哭声，凸显了战场的混乱和残酷。

第三，音乐主旋律与主题表达。特定的主题被分配给角色和情境，有助于引导观众的情绪反应。例如，塞西莉娅和罗比的爱情主题是温柔而抒情的，反映了他们深厚的情感联系和他们关系的悲剧性质；主旋律的使用也有助于在整个电影中创造连续性，提醒观众早期的时刻，并勾勒叙事的情感弧线。

第四，对话、旁白和配音。布里奥尼的画外音叙事为观众提供了对她的思想和动机的洞察，与小说的内部独白有着直接的联系。这种技巧使电影能够传达角色内心的动荡和内疚，这是故事的核心；画外音的使用很谨慎但很有效，在不压倒视觉叙事的情况下补充了视觉叙事；电影中的对话则是从小说中精心改编而来的，保留了原语言的语调。关键对话被逐字逐句地保留下来，确保角色的声音与麦克尤恩的写作保持一致。在某些场景中，对话很少，以演员的表演和听觉氛围来传达潜台词和情感重量。

第五，戏剧性的沉默。电影中策略性地使用了沉默来增强紧张感，强调了具有情感意义的时刻。例如，在戏剧性的启示之后或在反思的时刻，寂静与周围的声景形成了强烈的对比，吸引了观众对角色内心体验的关注；沉默的使用也反映了沟通和误解的主题，这些主题是叙事的核心，突出了人物之间未言明的情感和未解决的冲突。

第三节　红色文学经典的影视改编传播

　　红色文学经典是指描绘中国共产党革命历史和现实主题的文学作品，主要是"十七年"时期（1949—1966 年）创作的一批表现中国共产党领导革命斗争、在当时受到广泛欢迎并产生较大影响的文学作品，以"三红一创，山青保林"（即《红岩》《红日》《红旗谱》《创业史》《山乡巨变》《青春之歌》《保卫延安》《林海雪原》）为代表，充满了革命英雄主义的浪漫情怀。这些作品风格鲜明、内容充实，具有浓厚的时代氛围和鲜明的政治立场。它们是中国文学发展中的重要组成部分，对于塑造人民群众的精神风貌、传递革命理念起到了重要作用。红色文学经典具有时代性、政治性、艺术性和多样性等特征。

　　红色文学的创作和流传主要集中在中国共产党革命胜利和建设时期，这使得这些文学作品富有时代感，反映了特定历史时期的社会风貌和人民群众的精神面貌。红色文学集中表现党的政治主张和信仰，在情节、人物塑造和表达方式上都有明确的政治倾向。作品中经常出现共产党员和革命者的形象，展现他们与敌人斗争的坚定意志和生动场景。尽管红色文学作品有着明确的政治目标，但它们同样追求艺术性和审美价值。这些作品通过抒发革命情怀、表达政治理想来唤起人们的革命热情，同时也注重文学技巧的运用，使得作品既具有深刻的思想内涵，又富有艺术感染力。

　　红色文学作品包括小说、诗歌、戏剧和散文等多种形式，用以表达对革命事业的忠诚和对人民群众的关怀。这些作品描绘了人民群众的困境，表达了共产党员和革命者的理想信念。红色文学经典不仅在当时的社会产生了广泛的影响，也对后来的中国文学发展产生了深远影响。其创作风格、表达方式和政治立场为后来的文学作品提供了参考和启示。

　　红色文学经典的影视改编历史包括以下几个阶段。

1. 初始阶段（20 世纪 50—60 年代）

这一时期，红色文学经典的影视改编开始兴起。据统计，1949—1966 年国产故事片有 435 部，其中根据文学作品改编的有 72 部，占据所有改编电影的 62%。代表作包括《吕梁英雄》《铁道游击队》《青春之歌》《林海雪原》等，这些电影均基于同名或相应的小说改编而成。

2. 发展阶段（20 世纪 90 年代—21 世纪初）

在消费文化的影响下，红色文学经典的商业价值得到初步发掘。这一阶段的改编以电视剧为主，如电视剧版的《红岩》《青春之歌》《林海雪原》等相继问世。

3. 高潮与创新阶段（2011 年至今）

中国电影市场的不断扩大和观众对优质内容需求的增加，促使电影制作者寻找具有深度和广度的故事来源。红色文学经典承载着中华民族的近现代历史记忆，蕴含着深厚的民族精神，很容易与当下观众普遍的怀旧心理产生共鸣。同时，红色经典改编存在很大的商业价值，这些作品往往故事情节丰富、人物形象鲜明、主题内涵深刻厚重，自然成为影视改编的优选。红色文学经典再度成为影视改编的热点，这既是市场需求、政策支持、技术进步和成功案例等多方面因素共同作用的结果，也体现了观众对优质内容的期待和精神文化需求的不断增加。

近年来，国家出台了一系列支持文化产业发展的政策，特别是对弘扬正能量和社会主义核心价值观的影视作品给予了重点关注和支持。红色文学经典的影视改编作品往往能够传递正能量，宣传爱国主义和革命精神，因此更容易获得政策上的扶持和市场的认可。

随着电影技术的不断进步，现代电影制作能够更加生动地再现红色文学经典中的历史场景和人物形象。高清摄影、特效制作和音效设计等技术的运用使得改编后的影视作品更具视觉冲击力和情绪感染力。同时，电影制作者也在表现形式上进行了创新，如通过动画、虚拟现实等技术手段，让观众更加沉浸地体验红色文学经典中的故事。

一些成功的红色文学经典影视改编作品影响了几代人，如谍战动作片《密战》改编自 20 世纪 50 年代孙道临主演的经典电影《永不消逝的电波》，其在票房上取得了优异成绩，引发了观众广泛的讨论和关注。2016 年丁晟、成龙的《铁道飞虎》改编自红色经典小说《铁道游击队》，再度成为文化热点。《林海雪原》《铁道游击队》《小兵张嘎》《青春之歌》《地道战》《红色娘子军》《冰山上的来客》《保密局的枪声》等红色经典改编影视作品再次以新的面貌和精神内涵出现，并得以 IP 化。一些作品出现了多种改编版本，如《林海雪原》改编的电影《智取威虎山》就有动画电影版（2011 年）和徐克执导的故事片版（2014 年）。改编形式更加多样化，有传统的电影和电视剧，也有动画等新型表现形式。这些成功案例为后来的制作者提供了有益的参考和借鉴，也进一步推动了红色文学经典影视改编的热潮。

红色文学经典的影视改编不仅保留了原作的精髓，还在表现形式、拍摄手法等方面进行了创新，使这些经典作品焕发出新的生命力。这些改编作品让更多观众通过影像了解了中国的革命历史和民族精神。

随着国家对文化产业的日益重视和投入的持续增加，以及电影市场的不断扩大，红色经典影视改编有望在未来继续得到政策和市场的双重推动。这将为红色经典影视作品的创作和生产提供更多的支持和鼓励。未来，红色经典影视改编将更加注重多元化创作和创新性表达，在保持红色经典主题的前提下，将不同类型的元素融合到作品中，丰富作品的内涵和表现形式。同时，通过与当代社会、文化的结合，作品将更具时代感和现实意义。此外，未来红色经典影视改编将借助更先进的技术手段来呈现更逼真的历史场景和更生动的人物形象，进一步提升红色经典影视作品的观赏性和艺术感染力。可以预见，红色经典影视作品将继续满足观众对于历史事件和人物的兴趣，为红色经典影视改编提供持续的市场需求和广阔的发展空间。

第四节　小说的多媒介手段运用与跨媒介改编

一、小说的多媒介手段运用

　　小说主要通过文字描述场景、情感和故事情节，但这并不妨碍小说采用影视语言艺术手段进行"增强效果"的叙事。作者运用丰富的词汇和细腻的笔触，创造出独特的文学世界，引导读者通过想象体验故事。小说通过对具体环境、人物和情感的描写，调动读者的视觉、听觉、嗅觉等感官，使读者能够更加深入地理解和感受故事。比如王安忆小说《长恨歌》中对"弄堂""鸽子""流言"等元素的细致描写，就需要读者运用各种感官去加以联想与想象。色彩语言的巧妙运用也是常见手段。在张爱玲的小说中，色彩不仅是描述环境的工具，更是塑造人物心理和情感的手段，对衣物、场景等细节的色彩描绘往往富含象征意义，类似于电影通过色彩的对比和变化来营造特定的氛围和情感。毕飞宇善于运用比喻、比拟等修辞手法来增强语言的形象性和生动性，类似于电影中特效的作用，使得读者能够更直观地感受到故事中的场景和人物。他还通过镜头语言的运用来展现人物内心世界，细腻地刻画人物心理，通过人物的内心独白呈现其情感变化。苏童的小说则常常通过巧妙的时空交错和转换，类似于电影中的时空穿越或闪回等技巧，使得小说的叙事更加富有张力和层次感。他还善于运用诡异绮丽的诗意语言来描绘场景和人物，使其小说具有一种独特的视觉美感和情感韵味，类似于电影中独特的镜头语言和视觉效果。这些技巧使得小说具有更强的画面感和视觉冲击力，为读者带来了丰富而深刻的阅读体验。

　　经典小说叙事常借鉴的影视语言表达艺术手段包括"快镜头"与"空镜头"式叙述、蒙太奇叙事结构、角色塑造与表演元素以及音效与配乐的文字体现等。这些手段的运用不仅丰富了小说的表现形式，还使得读者的阅读体验更加接近于观看一部精彩的电影或电视剧。

1. "快镜头"与"空镜头"式叙述

在经典小说的叙事中，作者常常会运用类似于影视中"快镜头"的手法来迅速推进故事情节。例如，《西游记》中，描述仙石化作石猴的过程，作者仅仅用了百余字，这种简洁明快的叙述方式类似于电影中的快速剪辑，有效地浓缩了时间和故事情节，增强了故事的奇幻色彩。类似地，《三国演义》中，作者通过简短的叙述，快速推进了关羽过五关斩六将的情节，这种紧凑的叙事方式类似于影视中的快镜头，突出了关羽的勇猛和决心。

同时，小说也会采用类似于电影中"空镜头"的手法来交代环境和渲染气氛，通过细腻的环境描写，为读者营造出特定的氛围。例如，《红楼梦》中，作者对大观园内景致和建筑进行的详尽描绘就为读者构建了一个丰富多彩、细腻生动的视觉空间。在《围城》中，钱锺书对乡村风光的描绘，如"夕阳已去，皎月方来"等细腻描写，为读者营造了一种宁静而美好的乡村氛围。

2. 蒙太奇叙事结构

经典小说在构建叙事结构时，也常借鉴影视艺术中的蒙太奇手法。蒙太奇在影视中是一种将不同镜头组合起来以表达特定意义或情感的技术。在小说中，这种手法体现为不同情节线或时间线的交织与切换。例如，《百年孤独》这部小说通过多个家族世代的交替叙述，展现了布恩迪亚家族的历史。在《追忆似水年华》中，普鲁斯特通过不同时间段的回忆与现实交织叙述的方式，展现了主人公对过去的追忆和对现实的感悟。这种将不同时间线的故事并置、穿插的叙事结构与影视中的蒙太奇手法相似，使得小说的叙述更具深度和层次感。张爱玲的小说也常常通过不同场景和情节的快速切换来展现人物的内心世界。这种叙事方式使得小说更加生动和具有画面感。

3. 角色塑造与表演元素

小说中的人物塑造往往会借鉴影视表演的手法，通过细腻的心理描写、动作刻画和语言对白来展现角色的性格特点和内心世界。这种方式类似于影视中演员的表演，旨在使角色更加立体和生动。例如，在《安娜·卡列尼娜》中，列夫·托尔斯泰通过对主人公安娜的细致描写，展现了她的情感纠葛和内心挣扎。这种深入的角色刻画使得读者能够像观看电影一样，直观地感受到角色的情感和性格变化。在《傲慢与偏见》中，简·奥斯汀通过对达西先生和伊丽莎白的细致描写，如他们的对话、动作和心理活动，生动地展现了两位主角的性格特点和情感变化。这种角色塑造方式使读者能够直观地感受到角色的魅力和故事的吸引力。

4. 音效与配乐的文字体现

小说作为一种以文字为媒介的艺术形式，虽然无法直接提供音效或配乐，但高明的作者却能通过精妙的文字描绘来模拟这些听觉和情感元素的效果，从而极大地提升读者的沉浸式体验。

在刻画紧张刺激的情节时，作者可能采用简短、急促的句式，搭配富有冲击力的动词或拟声词，以文字的节奏感模拟出急促的呼吸、心跳或打斗声，如同电影中的音效般扣人心弦；而在营造温馨、静谧或悲伤的氛围时，则可能通过柔和的语调、细腻的景物描写，或是对人物内心感受的深入刻画，为读者构建一种如配乐般烘托情绪的听觉与情感空间。例如，儒勒·凡尔纳的《海底两万里》描写海流的低语、深海生物的呼唤、潜艇航行时的机械声响，以及海面上的风暴声等，用听觉细节丰富读者的体验。小说还详细描绘了海底的地貌（如海底山脉、平原、火山），各种奇特的海洋生物（如发光的鱼群、巨型乌贼、神秘的植物），以及深海光线的变化，使得读者仿佛置身于一个未知的奇幻世界。凡尔纳通过对未知深度的探索、与世隔绝的"鹦鹉螺"号、尼摩船长神秘的身份和行为，以及深海中各种未解之谜的铺陈，营造出一种引人入胜的神秘感和探险氛围。J. K. 罗琳的《哈利·波特》系列小说常用细腻的文字构建霍格沃茨魔法学校独特的听觉景观——巨幅画像的窃窃私语、楼梯的吱呀作响、鬼魂飘过时的微弱声响、不同学院公共休息室的氛围声，以及魔法咒语施放时的"咻""嘭"等音效。这些无形的"配乐"与故事情节的跌宕起伏相配合，使得奇幻世界的沉浸感达到了极致。可见，优秀的文学作品即便没有真实的声音，也能凭借作者对语言艺术的精妙运用在读者的想象中奏响无形的乐章，实现跨越媒介界限的沉浸式感知。

二、小说的跨媒介改编

小说与影视之间的这些紧密联系和相互影响为小说的跨媒介改编奠定了基础。小说通过借鉴影视的表达方式来丰富自身的叙事手段，而影视也从小说中汲取灵感和素材来进行创作。这种跨媒介的互动与交流不仅促进了文学与影视艺术的共同发展，也为读者和观众带来了更加多样化和高质量的文化产品。

1. 经典小说的影视化过程

在影视化过程中，经典小说丰富的情节和紧凑的结构往往能够为影视作品提供坚实的基础。通过镜头语言的运用，小说的情节得以更加直观地展现在观众面前。例如根据《了不起的盖茨比》改编的电影，导演通过精心的场景切换和镜头运用，将小说的情节和人物形象还原得非常精彩。经典小说中的人物形象通常具有鲜明的特点和独特的性格，在影视化过程中，这些人物形象通过演员的表演和服装、化妆等视觉手段的塑造，得以更加生动地呈现在观众面前。例如，《权力的游戏》中的每个角色都有独特的服装和妆容，这些细节上的处理使得人物形象更加立体和鲜活。经典小说中往往有对环境和氛围的细腻描写，这些元素在影视化过程中可以通过场景设计、灯光和音效等手段得到完美的再现。在根据《活着》改编的电影中，精心的场景布置和灯光设计营造出了小说中所描述的时代氛围和生活环境。经典小说总是蕴含着深刻的情感和主题，这些情感和主题在影视化过程中可以通过镜头语言、配乐等手段得到更加直观的传达。比如，在根据小说《红高粱》改编的同名电视连续剧中，导演通过特定的镜头语言和配乐，成功地传达了小说对于生命、爱情和家国情怀的思考。

2. 多媒体技术和跨媒介手段的运用

多媒体技术和跨媒介手段在小说中的运用使得传统文学形式与其他各种媒介和媒体平台之间形成互动交融，不仅扩展了叙事的可能性，也为受众带来了各种不同的感官体验，促生了更为多样化的审美和娱乐体验。比如，乔治·威尔斯的小说《世界大战》最初出版于1898年，此后被改编成多种媒介形式。其中最为著名且影响力深远的是奥森·威尔斯于1938年制作并播出的广播剧。这部广播剧以新闻报道的形式呈现火星人入侵地球的虚构事件，其逼真的演绎使得部分听众信以为真，继而引发了广泛的恐慌。这一事件生动地表明了媒介在营造沉浸式体验方面的巨大力量，以及这种体验如何能够模糊虚构与现实之间的界限，对受众产生深刻影响。《世界大战》后来被改编成电影、电视剧、漫画，甚至是电子游戏，每一次迭代都会探索故事的不同方面，或为现代观众更新背景。这是小说的跨媒介改编最普遍的方式。

在当代中国，网络小说蓬勃发展，小说在网络上连载时，就充分利用了数字化的优势，比如通过在线平台实现了实时更新、读者评论互动等。在连载过程中，作者会根据读者的反馈调整情节，这种实时的互动是传统纸质小说难以实现的。例如，《择天记》《秦时明月》等网络小说都利用了网络媒介的这种优势，将传统文化经典中的故事元素融入虚拟的故事世界，创新了传统文化经典的传播方式。2015 年 10 月，《中共中央关于繁荣发展社会主义文艺的意见》发布，其中强调："推动网络文学、网络音乐、网络剧、微电影、网络演出、网络动漫等新兴文艺类型繁荣有序发展，促进传统文艺与网络文艺创新性融合。"[1] 政策利好加上市场需求推动，《花千骨》《盗墓笔记》《九层妖塔》《鬼吹灯》《他来了，请闭眼》等网络大剧纷纷涌现，掀起网络小说改编影视剧的热潮。

3. 新兴多媒介小说形态

互联网技术和虚拟数字技术催生出新兴的多媒介小说形态。比如，布莱恩·塞尔兹尼克的小说《雨果·卡布雷特的发明》是多媒介在页面中集成的典型例子。它将传统散文与整版插图相结合，以电影序列推进故事，宛如纸上的无声电影。这种视觉和文本故事的融合增强了叙事的情感和氛围浓度。这部小说被马丁·斯科塞斯改编成电影《雨果》，这本身就是对电影历史的致敬。这部电影利用先进的 CGI 和 3D 技术重现了早期电影的视觉奇观，呼应了书中融合的艺术形式。J. J. 艾布拉姆斯和道格·多斯特的 S 正是一部以复杂的物理设计为特色的小说——它以图书馆里一本名为《忒修斯之船》的图书的形式呈现，虚构了一位作者，书中页边空白布满了两位读者相互交流的文字，他们试图调查作者并揭示文本的奥秘。这本书中还插入了明信片、剪报和手写信件等媒介片段。虽然 S 还没有被改编成另一种媒介形式，但它的设计体现

---

1 《中共中央关于繁荣发展社会主义文艺的意见》，《人民日报》2015 年 10 月 20 日第 2 版。

了跨媒体叙事的理念（第八章对此有专论），模仿了现实生活中数字媒介和物理媒介之间的互动，让读者参与到一个超越传统小说阅读的分层侦探故事中。马克·Z.达涅夫斯基的小说《树叶屋》以非传统的页面布局和风格而闻名，其页面包括镜像文本、单个单词的页面和多个脚注。小说使用这种视觉文本来营造一种在迷宫一般的房子里迷失方向、幽闭恐惧的体验。作者还通过其音乐家姐姐一张名为《闹鬼》的专辑扩展了《树叶屋》的宇宙。这两部作品相互呼应，通过音乐和文学叙事增强了故事的世界性。艾米·考夫曼和杰伊·克里斯托夫的《光辉档案》系列小说由被黑客入侵的文件、电子邮件、军事文件、医疗报告和采访记录等文本组成。小说纸质图书的排版很有创新性，在视觉上呈现了故事的各个方面，如太空战争和人工智能的思维过程。

通过多媒介运用和跨媒介改编，越来越多的当代小说超越了传统讲故事的方式，扩大了受众群体，还为读者提供了更身临其境的叙事体验。

◆ 文艺经典的文化产品项目转化案例

文艺经典的影视化传播案例

1. 外国文艺经典的影视化案例一：麦克尤恩《赎罪》小说创作与同名改编电影

扫描二维码
获取文本

2. 外国文艺经典的影视化案例二：简·奥斯汀《傲慢与偏见》小说与其不同版本改编电影

扫描二维码
获取文本

3. 外国文艺经典的影视化案例三：伍尔夫小说《达洛维夫人》、迈克尔·坎宁安小说《时时刻刻》与其改编电影《时时刻刻》

扫描二维码
获取文本

4. 中国文艺经典的影视化案例一：余华小说《活着》与同名改编电影

扫描二维码
获取文本

5. 中国文艺经典的影视化案例二：钱锺书小说《围城》与同名改编电视剧

扫描二维码
获取文本

◈ 文艺经典重生创意策划文稿

1. 汪曾祺小说《受戒》水墨写意电影改编策划

（1）先导宣传片文案

扫描二维码
获取文本

（2）创意策划PPT展示

扫描二维码
获取文本

2.《爱丽丝梦游仙境》电影改编脚本

扫描二维码
获取文本

3.《木壳收音机》视频改编脚本

扫描二维码
获取文本

4.《灰姑娘》电影改编传播策略分析

扫描二维码
获取文本

第五章

文艺经典的网络传播

文学经典的传播与人类传播史的发展同步进行。从口耳传播、纸媒传播，再到现如今的网络传播，媒介技术的进步对文学经典的保存、传播提出了新的要求，同时也促进了新的文学形式的产生及文学批评标准的更新。人们生活在由媒介技术渲染的媒介环境/媒介生态（media ecology）中，大众传媒技术的升级和大众传播形式的改变深刻地影响了人们的写作方式、阅读方式、生活方式以及思维模式。

从Web 1.0到Web 2.0，现代网络技术的升级和社交媒体平台的兴起催生了全民UGC（user-generated content，用户生成内容）模式。经由互联网公司操作，网络社交媒体平台广纳受众，受众的主动参与使得文学经典的传播内容、传播形态、传播渠道在网络传播的新情景下与时俱进。正如有学者指出的，"文学经典作为一种文化资本，在其传播过程中不可避免地历经生产、流通、消费等领域；而信息科学的迅猛发展使得纸质文本和纸质文献难以适应时代进步和学科发展的需要，所以应该主动从外国文学经典的纸质文本的单一媒介流传转向音乐美术、影视动漫、网络电子的复合型的跨媒体流传"[1]。文艺经典在面临新媒体技术的冲击时，要主动融合新媒体技术，超越传统的纸媒传播，迈入网络传播的时代。

第一节　论坛、博客、播客与文艺经典传播

论坛、博客、播客是互联网时代最重要的传播形式，凭借多样化的传播形态和强大的互动功能，其不仅扩大了文艺经典的受众范围，还增强了读者的参与感和理解深度，为文艺经典在新媒体社会的传播和普及开辟了新的路径。

1　傅守祥等:《外国文学经典生成与传播研究（第1卷总论卷）》，北京大学出版社，2019，第4页。

一、论坛

论坛，原指供公开讨论的公共集会场所。网络论坛则基于互联网社交平台，允许用户以发布帖子和回复的形式进行公开讨论和交流。论坛通常分为多个主题版块，每个版块专注于特定的主题，用户可以通过搜索功能查找感兴趣的帖子或主题，并按时间、回复数、热度等进行排序并浏览。用户可以发布帖子（也称为主题或主帖），其他用户可以对帖子进行回复。这种形式的交流使讨论可以围绕一个特定的话题集中展开。

1. 代表性的中文互联网论坛平台

比较有代表性的中文互联网论坛平台有天涯社区、新浪社区、百度贴吧、豆瓣等。

天涯社区是中国最早和最具影响力的网络论坛之一，拥有广泛的用户群体和丰富的讨论内容，是存在时间最长的唯一仅用文字交流的论坛，现已停止服务。

新浪社区是新浪网旗下的一个综合性论坛平台，曾经拥有众多的讨论区，涵盖新闻、娱乐、体育、财经等各个领域。然而，随着社交媒体和新型网络社区平台的兴起，传统的论坛社区逐渐失去了往日的活跃度。新浪社区已于2020年2月停止服务。

百度贴吧是一个基于兴趣的社区平台，用户可以创建或加入各种贴吧，围绕特定主题进行讨论和互动，是中国最大的在线论坛之一。

豆瓣也是中文互联网论坛的代表之一，用户可以创建或加入各种主题的小组，并在小组内发帖、回帖，与其他用户交流讨论。豆瓣小组涵盖了广泛的主题，从书籍、电影、音乐到生活方式、兴趣爱好等，几乎涉及用户生活的方方面面。

2. 网络论坛的文艺经典传播

网络论坛上的文艺经典传播特色鲜明，个性化、风格化明显。

其一，讨论与互动针对性强。论坛为文学爱好者提供了一个交流和讨论的平台，用户可以在平台上找到专门讨论文学、电影、音乐、戏剧等文艺经典的版块。每个话题版块下都聚集了具有相似兴趣的文学爱好者，形成了一个紧密的社区。例如，百度贴吧中的"外国文学吧""莎士比亚吧"等，天涯论坛中的"天涯读书"，豆瓣小组中的"世界文学与比较文学"小组、"外国文学"小组、"文学文本细读会"小组等。用户可以在论坛上发表对经典文学作品的感想、评论和分析，并与其他读者进行互动。这种互动使得读者拥有了参与文本评论、讨论、反馈甚至是"吐槽"的权利，开放性的文本讨论有助于激发读者对文本更深入的思考和理解。

其二，资源开放共享。用户可以在论坛平台中共享各种与文艺经典相关的资源，如电子书、电影资源、音频资料等。这种资源共享使得文艺经典更易于获取和传播。例如，在"金庸吧"，用户可以分享金庸小说的电子书版本、相关的影视作品以及研究文章等，方便更多人接触和了解金庸的武侠世界。

其三，社区管理和自我调节。网络论坛通常由版主或管理员负责管理，申请加入某个话题的论坛需要回答与该话题有关的系列问题，并通过管理员的审核。管理员也负责话题内容和人员的审核，可以删除不合规内容、管理用户行为、维护讨论秩序。

其四，大众读者可以进行再创作。论坛内容完全由用户自愿、自主生成，这意味着每位用户都可以分享自己的见解、评论、分析以及相关资源。例如，用户可以发布自己对某部文学作品的读后感、对经典电影的影评、对古典音乐的赏析等。这样，文艺经典不仅通过原作品传播，还通过用户的二次创作和讨论得以传播，也促进了读者对文学经典的认同。

网络论坛的文艺经典传播往往也存在很多问题。

其一，信息过载且质量参差不齐。由于网络论坛的无门槛参与方式和无成本负担的发言方式，论坛上每天都发布大量内容，用户难以分辨哪些信息是有价值的，甚至有价值的讨论和深度分析可能被大量低质量或无关的信息淹没。用户为了获取高质量内容需要花费大量时间筛选，降低了信息获取的效率。这可能导致用户放弃使用论坛，转而寻找更为简洁和高效的信息渠道。

其二，浅层次讨论和娱乐化倾向。论坛中许多讨论停留在表面，缺乏深度分析和学术探讨。大量浅层次讨论会淹没严肃的学术讨论，使真正有价值的内容难以突出。为了吸引眼球，有些帖子偏向娱乐化、戏剧化，而忽略了作品的文化和历史背景，可能扭曲读者对文艺经典的理解。

其三，论坛还可能引发极端的争论或冲突。文学作品的解读往往存在多种可能性，观点不同的读者在论坛上容易出现激烈的争论和对立。有些讨论甚至会失控并升级为人身攻击，影响论坛的和谐氛围。这些偏激的争论可能吓退那些希望参与讨论但不愿卷入冲突的用户，也降低了用户体验。

二、博客

博客是一种网络日志，是个人或团体定期发布文章、评论、图片、视频等内容的平台。博客通常以倒序时间排列，方便读者查看最新发布的内容。博客平台为个人和团体提供了一个自由、开放的内容创作和传播渠道，促进了信息分享和交流，同时也推动了自媒体的发展。

博客鼓励用户发布长篇文章，长篇文章的形式有利于博主进行详细的文学分析和评论，提供对经典作品的深入解读。许多文学评论家和学者利用博客平台发表他们的研究文章和读书笔记，吸引了大量读者关注和学习。

博客的个性化特点使得作者能够从个人视角出发，分享他们对经典作品的独特见解和阅读体验。博主可以通过长期稳定地发布高质量内容，在其账号下聚集大量的粉丝，建立个人品牌并扩大影响力。

相较于传统的出版物，博客内容的更新和发布更为便捷，博主可以实时分享最新的思考和文章。许多博主会以连载的形式发布对文学作品系统性的解读和赏析，逐步引导粉丝深入了解经典作品的内容和背景。这种连载形式有助于维持粉丝群体的积极关注和阅读热情。

中文网络博客领域的代表性平台是简书，这是一个专注于写作和阅读的中文博客平台，旨在为用户提供简洁、高效的内容创作和分享空间。

简书的界面简洁直观，没有操作技术门槛，用户可以方便地发布和阅读文章。同时简书平台支持文字、图片、视频等多种形式的内容，有助于丰富文艺经典的展示方式，使博文更加丰富和生动。

简书采用算法推荐和人工精选相结合的方式，向用户推荐高质量内容。通过推荐机制，优质的文章能够获得更多曝光，作者也可以因此吸引更多读者和关注。简书为作者提供详细的阅读数据统计，包括阅读量、点赞数、评论数等。这些数据能够帮助作者了解文章的受欢迎程度，从而优化创作内容，提高读者黏性。

博客也存在一些劣势，比如盲目的粉丝崇拜、文章篇幅过长降低吸引力、受众群体有限等。首先，用户关注的是博客作者及其内容，而不是某个特定的主题或讨论区。博客的核心是作者发布的原创内容。粉丝群体可以在互联网上形成强大的舆论力量，容易导致群体极化，一旦形成某种观点，持不同意见的人可能会受到攻击或排斥。其次，随着生活节奏的加快和短视频软件的冲击，用户更倾向于阅读短小精悍的内容，而不愿意花费大量时间阅读长文本博客。被娱乐化和快餐化风气所裹挟的大众很难再静下心来去阅读长篇文字，网络传播的快节奏和娱乐化路径也将文学经典变成短视频中的"快餐内容"，人们更倾向于通过观看视频来获取信息和娱乐，而不是阅读长篇文字。相比之下，视频形式更容易引起注意和共鸣，而长文本博客的吸引力相对不足。最后，尽管网络博客的传播范围广，但其受众主要是年轻人，难以全面覆盖所有对文艺经典感兴趣的群体。

三、播客

播客是一种通过互联网发布的音频节目，通常以系列形式上线，用户可以订阅和下载这些节目，以便随时随地收听。播客以音频的形式制作、传播文学内容，为读者提供了一个便捷的获取文学经典的途径。播客类平台最大的特点是灵活性和伴随性，听众可以在做其他事情的同时收听播客的内容。

中文互联网播客的代表性平台有喜马拉雅FM、荔枝FM、猫耳FM等。喜马拉雅FM是目前国内发展最快、规模最大的在线移动音频分享平台，提供了丰富多样的音频内容，包括有声书、广播剧、音乐、脱口秀、新闻资讯、讲座和教育课程等。用户可以通过手机应用、官方网站或其他智能设备收听和上传音频内容。荔枝FM以社交电台和播客为主要特色，用户可以创建自己的电台频道，录制和发布自己的节目，同时也可以收听其他用户创建的内容。猫耳FM则是一个专注于二次元文化和声音创作的中文网络播客平台。互联网播客平台通过丰富的内容覆盖、专业的内容制作、便捷的收听方式和互动与社群功能为文学经典的传播提供了便携式的载体。

播客的文艺经典传播具有以下特点。

1. 内容覆盖广泛

喜马拉雅FM的平台立意就是"有声小说，听书，听小说，听故事，听广播"。平台上的文艺经典类型有文学名著、诗词、戏剧作品等，并对作者的背景、创作动机、文学技巧、作品的主题和象征意义等进行了介绍和解读。这些解读可以帮助用户更好地理解和欣赏文学经典，使用户可以通过平台接触到大量的文艺经典作品。

2. 制作优良，解读专业性强

播客平台常邀请专业学者、文学爱好者和知名演员对文艺经典进行解读和朗读，以提升作品的传播质量，如《蒋勋细说红楼》《麦家陪你读书》等节目。通过名家诵读和专业解读，一方面用户可以更深入地理解作品的内涵和价值，另一方面平台可以借名家IP提升品牌效益。

3. 收听便捷

播客平台提供在线和离线收听功能，用户可以通过手机、平板等设备随时随地进行在线收听或离线下载收听，满足了现代人的碎片化学习和娱乐需求。这种便捷性不仅培养了一大批具有收听习惯的固定用户，也极大地推动了文艺经典的普及和传播。

4. 音质保真

平台采用专业的录音技术和设备，确保音质清晰，配乐、音效和后期制作精良，为用户带来沉浸式的听觉体验。尤其是有声书和广播剧节目，通过音频形式呈现文学经典，利用声音的魅力和情感共鸣增强作品的感染力。播音员的声音、语调、情感表达增强了故事的代入感，让听众更深刻地体会到作品的美感和情感。

5. UGC与PGC（professional generated content，专业生成内容）结合

喜马拉雅FM经常策划专题节目和系列内容，如某个作家作品的全集朗读、某个主题的文艺经典赏析等，系统性地介绍和传播文艺经典，帮助用户系统学习和欣赏经典作品。平台还鼓励用户创作和分享自己的音频内容。这种结合既丰富了平台的内容库，也为用户提供了展示才华的平台。

播客也存在不足之处，主要是节目内容深度不足、节目内容同质化、推广力度有限等。其一，尽管平台上有大量的文艺经典作品，但大部分内容都停留在对小说文本的朗读层面，欠缺对文本的深入解读，无法深入剖析作品的复杂性和深层次意义，难以满足对文艺经典有更高欣赏需求的用户。其二，播客上的文艺经典虽然数量多，却往往同质化，很多经典作品被多次解读和朗读，缺乏新的视角和创新的表现形式，重复的内容可能导致用户对文学作品的兴趣减退。其三，一些播客为了盈利而迎合市场，更多地推广言情小说等热门娱乐内容，对文艺经典的推广力度和关注度相对较低。平台应投入更多资源和精力进行推广，使更多用户了解和接触到高质量的文艺经典内容。

◆ **文艺经典的文化产品项目转化实践指导与训练**

一、豆瓣书评与《纽约时报·书评》比较解析

我们选取两个平台上对杰罗姆·大卫·塞林格《麦田里的守望者》的书评作为具体案例，比较分析豆瓣书评和《纽约时报·书评》的批判性方法、文化视角、受众参与度和整体评论风格的差异。

1.豆瓣书评

豆瓣上对《麦田里的守望者》的评论大多强调与主角霍尔顿·考尔菲德的个人联系。许多用户反思自己的青春期，以及这部小说如何与他们的经历产生共鸣。评论重点是故事的情感和心理方面，讨论了霍尔顿的叛逆、孤独和对身份的追求。

（1）文化视角

豆瓣评论者更多讨论霍尔顿斗争的普遍性，同时也注意到文化差异。他们探讨了青少年焦虑和异化的主题是如何在中国语境中被翻译的。西方文学对中国青年的影响是一个永恒的主题，用户分享了这部小说如何塑造了他们对个性和社会的看法。

（2）受众参与度

豆瓣上的互动功能使讨论更加活跃。读者分享他们最喜欢的引文，讨论对结局的解释，并将小说与其他成长故事联系起来。民意调查和评级增强了用户参与度，用户参与了对这本书各个方面的投票。

（3）评论风格

豆瓣评论风格多样，既有简短的反思，也有深入的文章，对话式的语气使评论更容易被理解。粉丝艺术等多媒体元素的使用也很常见。个人逸事和情感反应经常被强调，营造出一种社区氛围。

2.《纽约时报·书评》

《纽约时报·书评》对《麦田里的守望者》的评论是学术性的，经常将这部小说与 20 世纪中叶的美国文学联系起来，评论家们分析塞林格的散文、性格发展和主题深度。评论重点是这部小说的文学意义及其对美国文化和文学的影响。

（1）文化视角

《纽约时报·书评》的评论考虑了这部小说在美国文学传统中的地位，考察了它对后世作家和读者的影响。讨论通常包括历史背景，如二战后的美国社会，以及这些因素如何塑造霍尔顿的性格。

（2）受众参与度

虽然《纽约时报·书评》不像豆瓣那样提供直接互动，但它通过发人深省的评论和文章来促进智力参与。该平台的声誉吸引了对深入文学分析感兴趣的受众，引发了学术界和文学界的讨论。

（3）评论风格

评论是正式的、结构化的，并且有丰富的文学参考。评论家们提供了全面的分析，包括与塞林格及其同时代人的其他作品的比较。语言往往展现出评论家们的广博学识，吸引了那些需要深度鉴赏和学术批评的读者。

概括而论，豆瓣书评和《纽约时报·书评》提供了不同的文学批评方法，反映了它们的文化背景和受众期望。豆瓣强调个人参与、情感联系和互动功能，使其成为一个更加非正式和可访问的平台；《纽约时报·书评》以专业的语气提供深入的学术分析，迎合寻求全面文学批评的受众。这两个平台为文学经典的欣赏和批评提供了不同的视角，促进了对文学有意义的讨论，丰富了文学景观。

二、"秒懂百科"文稿解析与制作案例：解析《白鹿原》

（1）确定主题与目标受众

主题：《白鹿原》

目标受众：对文学感兴趣，以及对中国近现代文学作品不熟悉的读者

（2）进行资料收集与整理

通过知网和作家网收集相关资料，整理出这部作品的基本信息、核心情节、主要人物及其命运变化、创作特色以及获奖等社会声誉。

（3）文稿撰写（分段出现在屏幕上）

你是否听说过《白鹿原》这部小说？它被誉为"民族灵魂的秘史"，今天我们就来"秒懂"一下这部文学巨著。

《白鹿原》由陈忠实先生创作，以陕西关中地区的白鹿村为背景，讲述了白、鹿两大家族三代人的恩怨情仇。

主人公白嘉轩是白家的族长，他一生娶了七位妻子，最终与仙草携手共度余生。他们育有四个孩子：儿子白孝文、白孝武、白孝义以及女儿白灵，他们各自有着不同的人生轨迹。

鹿家的代表鹿子霖与白嘉轩斗智斗勇多年。他的两个儿子鹿兆鹏和鹿兆海都投身革命，但命运迥异。

黑娃作为白家长工鹿三的儿子，从小就不安分。他的一生经历了打工、与田小娥的纠葛、革命、土匪等多个阶段，最终走完了悲剧的一生。

小说不仅讲述了家族间的恩怨，还深刻反映了从清末到 20 世纪七八十年代中国社会的历史变迁，包括土地革命、抗日战争、解放战争等重大历史事件。

陈忠实先生在创作时，深入挖掘了关中地区的乡村习俗和儒家精神，通过鲜活的人物形象和丰富的情节设计，展现了中国传统文化的深厚底蕴和复杂人性。

《白鹿原》不仅是一部家族史诗，更是一部反映中国社会历史变迁的巨著，于1998 年获得第四届茅盾文学奖，该作品以史诗般的规模和气魄展示了中国近现代

历史变迁和关中平原五十余年的风云变幻。如果你对中国近现代文学感兴趣，不妨一读这部经典之作。

（4）制作要点

视觉元素：使用《白鹿原》的封面、关键场景图片（如白鹿村的景象、家族祠堂等）作为背景或插图。

声音效果：可以加入适当的背景音乐和音效，如乡村的鸟鸣声、雨声等，以营造氛围。

动画或图表：利用动画或简单的图表展示家族关系、时间线等复杂信息。

语速与节奏：保持适当的语速，确保观众能够轻松跟上讲解内容；同时，在关键情节处可适当放慢节奏，以加深观众印象。

（5）后期制作与优化

剪辑：将文稿与视觉元素、声音效果进行剪辑合成，确保整体流畅。

配音：选择发音清晰、有感染力的配音员进行配音，确保信息传递准确、生动。

反馈与迭代：发布初版后，收集观众的反馈意见，根据反馈进行内容的迭代和优化。

现在，动手写作试试吧！

◈ 文艺经典的文化产品项目转化案例

文艺经典的网络传播案例

天涯和豆瓣论坛中的文艺经典传播

扫描二维码
获取文本

第二节　开源网络平台、知识付费网络平台与文艺经典传播 [1]

在文艺经典传播方面，开源网络平台与知识付费网络平台各有其优势，二者可以加强合作，实现资源共享和优势互补，共同促进文艺经典的普及与传承。

一、开源网络平台

开源网络平台是指基于开源软件构建和运行的网络服务或应用程序。这些平台的源代码是公开的，任何人都可以查看、使用、修改和分发。开源网络平台一般由团队或公司开发和维护，通过社区协作的模式集思广益、共享成果，推动开源项目的快速发展和持续创新。开源网络平台通过开放性协作的共享模式推动了文艺经典的网络传播和再生。

在众多开源网络平台中，维基百科（Wikipedia）最为典型。维基百科是一个基于Wiki技术（支持多人协作编辑的超文本系统）的多语言网络百科全书，由非营利组织维基媒体基金会运营。它的特点是开放性和协作性，全球任何用户都可以编辑维基百科的内容。维基百科作为全球最大的在线百科全书，在文艺经典的网络传播中发挥了重要作用。其免费访问、开放编辑、广泛覆盖和多语言特性使得文艺经典能够在全球范围内更为便捷和广泛地传播和普及。

开源网络平台实施的社区协作模式使得任何人都可以编辑维基百科的条目，如添加或修改内容。这种开放性使得维基百科能够迅速更新和扩展，涵盖更广泛的主

1　此节内容综合参考傅守祥：《外国文学经典的跨文化沟通与跨媒介重构》，《淮阴师范学院学报（哲学社会科学版）》2012年第1期；郭海霞：《新型社交网络信息传播特点和模型分析》，《现代情报》2012年第1期；李丹丹：《新媒体视域下〈红楼梦〉传播现状及规律》，《红楼梦学刊》2023年第5期；刘雷：《知识付费行为的影响因素分析及发展对策探究》，《中国管理信息化》2017年第21期；沈嘉熠：《知识付费发展现状与未来展望》，《中国编辑》2018年第11期。本节内容也参考了维基百科、知乎、得到等网站和平台信息，特此说明并表示感谢。

题。维基百科是完全免费的开源网络平台，用户不需要注册账号或支付费用就可阅读和编辑条目，促进了知识的普及和共享。

维基百科的内容由全球志愿者共同创建和维护，他们是创建、更新和维护条目的核心力量。志愿者社区成员包括编辑、巡查员、管理员等，他们通过协作确保百科内容的准确性和中立性。维基百科社区提供各种培训和教育资源，帮助新手学习如何编辑条目、引用来源和遵守社区规范。

维基百科的每个条目都会记录编辑历史，可根据记录追溯到任一版本。这使得维基百科具有良好的透明性和可靠性，能够防止出现破坏性编辑的恶意行为。

维基百科的条目内容清晰，为文艺经典的传播提供了全面支持。维基百科上关于文艺经典的条目通常包括作者简介、作品背景、内容摘要、主题和分析、历史影响等，为读者提供了全面的信息资源，帮助读者快速了解其检索的作家或作品。例如，莎士比亚、但丁等经典作家及其作品在维基百科上都有详尽的介绍。

维基百科的条目不仅提供文字内容，还包含图像、音频和视频等多媒体资源，这些资源有助于增强读者的理解和兴趣。例如，"卡夫卡"的条目中还包含卡夫卡的肖像、代表作的封面图及相关插图等。

维基百科有超过三百种语言版本，每个语言版本由独立的编辑社区管理，不同语言版本的条目使全球各地的读者能够了解并欣赏这些文艺经典，多语言支持也使得文艺经典能够超越语言和文化的障碍进行传播。例如，《红楼梦》在英文、中文、法文、俄文等多个版本中都有详细介绍。

维基百科的每一个条目都会罗列其引用的大量参考资料和外部链接，读者可以通过这些链接访问原始资源进行更深入的研究。例如，《战争与和平》的条目包含原文、学术评论和相关书籍的链接。

维基百科通过其开放性、多语言的跨文化传播和丰富的多媒体资源，有效地促进了文艺经典的大众传播和普及。维基百科的免登录、免费访问特点不仅为读者提供了便捷的访问途径，还通过学术资源和多媒体资料深化了读者对这些经典作品的理解和欣赏。维基百科在文艺经典传播中的作用不可忽视，它为全球范围内的文化交流和知识共享作出了重要贡献。

尽管如此，开源网络平台也存在一些问题。其一，内容质量和准确性难以保证。开源网络平台通常允许任何人编辑和贡献内容，在缺乏严格审核机制的情况下，可能会导致条目信息不完整或有所偏颇。如果用户是第一次接触该条目相关的信息，可能会影响其对文艺经典的正确理解。其二，条目信息的更新缺乏时效性。开源平台信息的更新依赖志愿者进行内容编辑和维护，但志愿者的参与度和持续性可能不稳定。内容可能因缺乏定期更新和维护而过时，影响用户的浏览体验。其三，版权受限。文艺经典的版权问题复杂，特别是较新的作品，开源平台必须严格遵守版权法律，因而无法提供某些作品完整的信息或资源。用户可能无法访问到完整或原始版本的作品，影响学习和研究。尽管开源平台支持多媒体资源，但这些资源的质量和数量可能有限，且同样受版权限制。开源平台无法提供高质量的图像、音频和视频资源，这也会限制用户对文艺经典的全面认知。

尽管如此，以维基百科为代表的开源网络平台在全球知识共享和文化交流中仍扮演着重要角色，是现代网络社会中不可或缺的资源。

二、知识付费网络平台

在知识付费之中，"知识"这一概念已经被大大拓宽，涵盖一切技能、信息等，某种程度上"知识付费"可以看作"信息付费"，即在信息生产者与消费者之间存在信息差，而通过知识付费网络平台可以进行信息沟通和变现。知识付费网络平台通过互联网提供有价值的知识和信息内容，并向用户收取费用。随着移动设备、移动支付、自媒体的发展以及用户知识付费需求的暴涨，知识付费平台和产品在2016年呈现出井喷式的发展状态，2016年因此也被称为"知识付费元年"。

知识付费平台主要有以下特点：内容多样，涵盖广泛的主题和领域，如职业技能、个人发展、兴趣爱好、学术研究等；专家资源丰富，通常会邀请领域内的专家、学者、行业领袖等提供内容，确保内容的专业性和权威性；提供文字、音频、视频、直播等多种形式，满足用户的不同学习需求；用户可以与内容提供者互动，进行提问、讨论，甚至一对一咨询；一些平台采用会员订阅制，用户支付一定费用就可以访问平台上的所有或部分内容，用户也可以根据自己的需求按次或按课程购买内容。

文艺经典在知识付费网络平台转变为文化产品，平台也为内容创作者和消费者之间的价值交换提供了保障。知识付费网络平台利用自身技术手段和商业模式丰富和提升了文艺经典的传播方式和效果，而文艺经典本身所蕴含的文化和知识也为知识付费网络平台提供了源源不断的优质内容。知识付费网络平台与文艺经典传播之间是相辅相成的关系，这种关系不仅有利于文学经典的广泛传播，也能推动知识付费产业的健康发展。

三、知识付费网络平台的文艺经典传播

1. 知识付费网络平台文艺经典传播的特点

知识付费网络平台在文艺经典传播中发挥着重要作用，它通过互联网技术迅速将文艺经典传播到更广泛的受众群体中。这些平台借助音频、视频、电子书等多种形式，打破时间和空间的限制，使文艺经典更加容易被接触和学习。这种多样化的呈现方式能够吸引更多不同年龄段和不同兴趣爱好的读者，特别是年轻人。知识付费网络平台经常举办各种文化活动和线上讲座，邀请专家学者和文艺爱好者进行分享和讨论，对文艺经典进行深入浅出的解读。这种系统化的学习资源有助于读者更好地理解和欣赏文艺经典，提高自身的文艺素养。

知识付费网络平台强调社交化和互动化，平台的在线讨论、直播讲座等功能为读者提供了可以随时随地与讲师或其他读者交流的途径。即时、高频的互动不仅能够给用户更好的知识获得体验，也更符合用户为知识付费的心理预期。这种互动还有助于读者深入探讨和分享自己的阅读体验和心得，使文艺经典的传播由单向的知识传递转变为多向的交流传播，形成良性的知识交流生态。

知识付费网络平台通过收费机制，能够为高质量内容的创作者和传播者提供经济回报，激励他们持续生产优质内容。这种机制在一定程度上保障了文艺经典传播的可持续性，也使得知识的价值能够得到更好的体现。

知识付费网络平台通常会利用大数据和人工智能技术，根据用户的阅读历史和兴趣爱好，个性化地推荐适合该用户的文艺经典作品和课程。这种精准的推荐机制能够帮助用户更快地找到自己感兴趣的内容，从而提高阅读效率和满意度。

除了网络技术的赋能外，知识付费网络平台的兴起与大众对高质量知识、专业知识和技能的需求密不可分。在快节奏的现代生活中，大众仍需要文艺经典作品，并用文艺经典提升自身的审美艺术素养和确认人生存在的意义。文艺经典背后的深层价值内涵为知识付费网络平台提供了创作资源，知识付费网络平台又利用自身的传播优势和技术支持为受众提供了系统性、专业性的知识资源。

2. 国内代表性知识付费网络平台

下面介绍国内最有代表性的知识付费网络平台——知乎和得到。

（1）知乎

知乎采用知识问答付费使用模式，是中国最大的网络问答社区之一，汇集了各行各业的众多专业人士、爱好者以及普通用户。用户分享着彼此的专业知识、经验和见解，为中文互联网源源不断地提供高质量的信息。知乎的付费产品包括知乎Live、值乎、知乎圆桌及知乎书店。

知乎 Live 讲座是知乎推出的实时语音问答产品。讲述者针对某个主题分享知识、经验或见解，听众可以实时提问并获得解答。

值乎是知乎的另一试验产品，是在知乎原有问答模式下对一对一咨询场景的进一步拓展。目前值乎已迭代到 3.0 版本，主要为语音回答，内容可以被所有用户付费收听，并且费用由提问者和回答者平分获得。几经迭代，值乎已成为知乎社区的基础功能之一，即"付费咨询"，用户可以通过一对一付费咨询更快地获得解答。

知乎圆桌有别于知乎话题，旨在围绕特定话题邀请专家、知名人士或感兴趣的用户展开深度讨论，为用户提供高质量、高可信度的信息内容。圆桌话题涵盖各个领域，涉及科技、文化、艺术、教育等方面的议题，用户可以找到自己感兴趣的话题参与讨论。

知乎书店是知乎平台直接出品的电子书以及合作出版机构一系列精选图书的阅览平台。它将图书的传播、购买、阅读、讨论和延伸探讨等环节连接在一起，以书为节点，打通了作品、作者、用户及相关话题的互动。书不再孤立地存在于单一的阅读场景，而成为知识付费系统中的一个节点，为某个话题的讨论提供更高的阶梯。

作为社区型知识付费网络平台的代表，知乎在文艺经典传播方面的设置模式主要有专题与专栏、跨学科讨论、读书笔记与推荐、引导阅读等。

知乎上的文艺经典专题和专栏通常由相关领域的专家或资深用户创建和维护，系统地整理和介绍文艺经典作品及其背景知识，为用户提供了一个系统学习和了解文艺经典的平台。知乎上还有许多跨学科的讨论区，将文艺经典与其他领域（如历史、哲学、社会学等）结合起来，拓展文艺经典的传播视野，使其更加多元化。知乎上分享的读书笔记和阅读推荐不仅是对作品内容的总结，还包括个人的阅读体验和感悟，能帮助其他用户更好地选择和理解文艺经典作品。通过问答和讨论，知乎的用户还可以互相推荐和引导阅读文艺经典。例如，知乎上的一些问题可能会引导用户阅读特定的经典作品，而一些高赞、高收藏的回答往往会成为许多用户的阅读指南。

（2）得到

得到采用的是知识生产者主导型知识付费模式。这是一个由罗辑思维团队打造的互联网知识付费平台，成立于 2015 年。这个平台将自己定位为"知识服务商"，为用户提供了精品课程、专栏文章、听书等一系列内容。得到注重内容的品质和深度，邀请各行业领域的知名专家和学者分享他们的知识和经验。得到将文学专栏细分为文学名家及作品、科幻、小说、传记、散文随笔杂文、文学评论及鉴赏、诗歌词曲、回忆录、国学经典、历史与人物，用户可以根据细化的栏目浏览平台提供的课程内容。

作为知识生产者主导型的知识付费网络平台，得到具有如下特点。

第一，高质量的内容制作。得到平台注重课程内容的制作质量，知识生产质量高。无论是音频还是视频，均有专业的录制和编辑团队进行处理，保证了内容的高品质。高质量的制作模式强调内容的"小而精"，原创性的一手知识产品提升了用户的学习体验和满意度。

第二，品牌信誉和市场认可。得到平台以领域内专业人士为主要的知识生产者，名人效应为得到平台在知识付费领域增添了品牌优势。经过多年的发展，其已经建立了良好的品牌信誉和较高的市场认可度。

第三，便捷的学习方式。得到平台支持多种设备访问，用户可以通过手机、平板和电脑随时随地进行学习。平台的移动端应用设计简洁，操作方便。在课程的学习页面提供记笔记、标记重点、课程进度跟踪等功能，帮助用户更好地管理和规划自己的学习，适合现代人的碎片化学习需求。

3. 知识付费网络平台文艺经典传播存在的问题

互联网增加了文艺经典传播的多样性，也通过其商业模式把文艺经典变成了一种不断被再生产、消费的文化商品。因此，被纳入知识付费网络平台的文艺经典作品在传播的过程中也存在一些问题。

第一，内容的可靠性和真实性问题。有的平台以盈利为主要目的，导致部分内容制作粗糙，甚至出现信息造假等问题。一些讲解者可能没有足够的专业知识，导致传递的信息不够准确和权威。此外，知识付费市场上存在大量雷同的课程和讲座，缺乏创新性和独特性，用户很难筛选到高质量、有深度的内容。

第二，内容商业化、碎片化、娱乐化问题。知识付费网络平台以盈利为目标，在内容制作上会倾向于具有市场吸引力的文学作品或当下热门的作品，而忽视一些同样重要但较为冷门的经典作品。许多平台为了吸引用户，将文学经典视为文化快餐，过度强调热门话题和流行元素，而忽视了文学经典作品的本质和内涵。这种商业化运作使得文艺经典内容趋于娱乐化，偏离了其原本的严肃性和审美性。

第三，用户黏性问题。知识付费网络平台上的用户大多是一次性消费，缺乏长期用户黏性。平台难以通过单一的付费课程形式培养用户的持续兴趣和长期使用习惯。另外，一些平台收费较高，与提供的内容质量并不相称，用户花费了较多的金钱却得不到相应的高质量内容。这种情况可能降低用户的二次消费意愿。

第四，版权问题。知识付费内容的线上版权问题仍是平台急待解决的难题，原创内容被改头换面后在其他平台发表的现象屡见不鲜，且因线上知识版权的模糊性，原创作者的维权也难以成功。

◆ 文艺经典的文化产品项目转化实践指导与训练

一、"知乎读书"文稿解析与撰写案例：石黑一雄的科幻小说

在"知乎读书"中撰写关于"石黑一雄的科幻小说"的文稿，综合运用多种写作技巧来吸引读者、传递深度见解，并促进讨论。具体做法如下。

（1）确定主题与目标读者

主题：石黑一雄的科幻小说

目标读者：科幻文学爱好者、石黑一雄作品读者、对文学深度分析感兴趣的知乎用户

（2）深入研读作品

选择《莫失莫忘》或《被掩埋的巨人》作为案例，这两部作品是石黑一雄科幻小说的代表作。仔细阅读并记录小说中的关键情节、人物性格、主题思想、叙事技巧等要素。

（3）开门见山，吸引注意

开头示例：在科幻文学的浩瀚星海中，石黑一雄以他独特的笔触和深刻的思想，为我们绘制了一幅幅既遥远又贴近人性的未来图景。今天，就让我们一起走进他的科幻世界，以《莫失莫忘》为例，探讨关于记忆、身份与伦理的深刻议题。

（4）结构清晰，层次分明

背景介绍：简要介绍石黑一雄的文学地位和《莫失莫忘》的基本信息。

情节概述：用精练的语言概述小说的主要情节，突出其科幻元素和核心冲突。

主题分析：

记忆与身份——探讨小说中克隆人对于自我身份的认知困境，以及记忆在构建身份中的作用。

伦理困境——分析克隆人作为"工具"与人类情感之间的矛盾，以及这一设定引发的伦理思考。

叙事技巧：解析石黑一雄在小说中运用的叙事技巧，如第一人称视角、回忆与现实交织的叙事方式等。

（5）提供独特见解与深度分析

结合理论：引用文学理论（如记忆理论、身份认同理论）来深入分析小说的主题和叙事技巧。

对比阅读：将《莫失莫忘》与其他科幻作品或石黑一雄的其他小说进行对比，突出其独特之处。

个人感悟：分享自己阅读小说时的情感体验和思考过程，增加文稿的亲和力和感染力。

（6）图文并茂，增加可读性

在文稿中插入与小说相关的图片（如封面、关键场景插图），提升视觉效果。适当引用小说中的经典台词或段落，用加粗或斜体标出，增强说服力。

（7）结尾引导讨论

简要回顾文稿中的主要观点和分析内容。提出几个开放式问题，引导读者进行深入思考和讨论。例如："你认为克隆人是否应该享有与人类同等的权利？为什么？"邀请读者在评论区分享自己的阅读体验和见解，形成良好的互动氛围。

（8）语言表达与逻辑性

确保语言准确、流畅，避免使用模糊或不准确的词语。保持观点之间的逻辑关联，使读者能够清晰理解你的论证过程。

现在，动手试试吧！

二、"得到听书"文艺经典图书文稿解析与模写训练设计：以石黑一雄《长日将尽》为例

1.文稿解析

（1）引言设计

目的：吸引听众注意，引出主题。

示例：在文学的长河中，总有一些作品以其独特的魅力跨越时空，触动人心。今天，在"得到听书"，我们将一同走进诺贝尔文学奖得主石黑一雄的代表作《长日将尽》，探索一位英国管家的内心世界，感受那段被时光温柔包裹的复杂情感。

（2）背景介绍

作者与作品概况：简述石黑一雄的文学成就及《长日将尽》的创作背景。

示例：石黑一雄，以其细腻的情感描绘和深刻的主题探讨赢得了全球读者的喜爱。《长日将尽》以二战后的英国为背景，通过一位名叫史蒂文斯的英国管家的回忆，展现了个人忠诚、职业追求与人生遗憾之间的微妙平衡。

（3）情节概述

核心情节提炼：概述小说的主要情节线索，突出关键转折点。

示例：小说围绕史蒂文斯为达林顿勋爵服务的经历展开，从庄园的日常管理到二战期间的特殊使命，史蒂文斯的忠诚与牺牲贯穿始终。然而，随着故事的深入，他逐渐意识到，自己的一生或许错过了更为重要的东西。

（4）主题分析

深入挖掘：分析小说的主题思想，如忠诚与背叛、职业与个人生活、记忆与遗忘等。

示例：《长日将尽》不仅是一部关于忠诚与职业追求的小说，更是对人生选择与遗憾的深刻反思。史蒂文斯的忠诚让他在职业上获得了极高的成就，却也让他在个人生活中留下了无法弥补的空白。这种矛盾与冲突正是小说引人深思之处。

（5）叙事技巧与语言风格

分析特色：探讨石黑一雄在叙事技巧和语言风格上的独特之处。

示例：石黑一雄以第一人称视角展开叙述，通过史蒂文斯冷静而克制的语言，将内心的波澜起伏巧妙隐藏在平静的叙述之下。这种内敛而深刻的叙事风格使得《长日将尽》成为一部值得反复品味的文学经典。

（6）结尾总结

回顾要点：简要回顾文稿中的主要观点和分析内容。

培养听者的成就感，鼓励继续听书：恭喜你，今天又听完了一本书。

2.模写训练设计

（1）确定模写目标

选择《长日将尽》中的某一章或某个情节片段作为模写对象。

（2）分析原文特点

仔细研读原文片段，分析其叙事结构、语言风格、情感表达等方面的特点。

（3）设计模写框架

根据原文特点，设计模写框架，包括引言、情节概述、细节描写、情感分析、结尾总结等部分。

（4）进行模写练习

在模写框架的指导下，尝试用自己的语言重新叙述原文片段，尽量保持原文的精髓和风格。

（5）对比反思

将模写作品与原文进行对比，反思自己在模写过程中的得与失，找出需要改进的地方。

（6）分享与讨论

将模写作品分享给小组其他成员或朋友，听取他们的反馈和建议，进一步提升自己的写作能力。

◈ **文艺经典的文化产品项目转化案例**

文艺经典的网络传播案例

开源与知识付费网络平台的文艺经典传播：维基百科、百度、知乎

扫描二维码
获取文本

第三节　图书购物网与文艺经典传播 [1]

一、图书购物网介绍

图书购物网是指通过互联网进行图书销售和购买的电子商务平台，它为用户提供了在线选购图书的便捷方式。用户可以通过访问这些平台，浏览各种图书的详细信息，包括书籍简介、作者信息、出版信息、读者评论、价格等，然后完成在线支付，网站则会提供相应的物流配送服务，将图书送至用户手中。

1. 图书购物网的历史

图书购物网的兴起与互联网技术的快速发展密不可分。20世纪90年代，随着互联网的普及，首批图书购物网站开始出现，成立于1995年的亚马逊是这一阶段的代表性企业，它迅速成长为全球最大的在线书店。进入21世纪，电子商务的迅猛发展为图书销售提供了更为便捷的渠道，越来越多的购物（包括图书）网站开始涌现，如京东、淘宝、当当网等购物（书）网站提供的图书种类繁多，消费者也越来越倾向于在线购物（书）。随着智能手机和移动互联网的普及，图书购物网开始向移动端扩展，移动应用程序的推出使用户可以随时随地进行图书购买，打破了时间与空间的限制。而近年来人工智能、大数据和云计算等新兴技术的应用也使图书购物网能够提供更加精准的个性化推荐和更高效的库存管理，进一步提升了用户体验和运营效率。

2. 代表性的图书购物网

国内外比较有代表性的图书购物网有京东、当当网、淘宝、天猫、亚马逊，以

1　本节内容参考了当当网、多抓鱼、孔夫子旧书网、亚马逊、京东等图书购物网相关信息，特此说明并表示感谢。

及孔夫子旧书网、多抓鱼等二手书平台。

（1）京东

京东是一个综合性的B2C（business to consumer）购物平台，其图书频道分类齐全，包括文学经典、现代小说、学术专著等诸多类别。京东商城支持正版图书，图书质量有所保证且送货速度快，为用户节省了购书的时间与精力。

（2）当当网

当当网是中国最早的图书电商平台之一，拥有丰富的图书资源，涵盖了各个领域。该平台与多家出版社有合作关系，确保了图书的质量，同时为用户提供电子书服务。对于购买不太冷门的图书，当当网是一个一站式购书的好选择。

（3）淘宝和天猫

作为阿里巴巴旗下的综合购物平台，淘宝和天猫也有专门的图书销售渠道，它为商家提供了入驻销售的平台，许多出版社和书店都在此平台开设了旗舰店。与传统的书店模式不同，这种出版社直营的模式提高了新书上架和补货的效率，用户可以直接与卖家沟通，从而获得更优质的服务体验。

（4）亚马逊

亚马逊是一个广为人知的购书平台，也是全球最大的在线零售商，它从最初专注于图书的网络销售到现在扩展到多个领域。亚马逊提供了数百万种图书，包括纸质书和电子书，覆盖各种语言和领域。该平台不仅在线上销售图书，还在2015年开设了第一家实体店，实现线上线下的一体化运营。

（5）孔夫子旧书网

创建于2002年的孔夫子旧书网是传统旧书行业结合互联网而搭建的C2C（consumer to consumer）平台，也是全球最大的中文旧书网上交易平台。该平台的特色在于其丰富的古旧书资源，包括古籍、珍藏版图书、绝版书等。对于古旧书爱好者，这不仅是一个交易平台，更是一个交流平台。

（6）多抓鱼

多抓鱼是国内知名的二手书交易平台，提供优质的二手书购买和销售服务。它采用的是C2B2C（consumer to business to consumer）模式，即平台从用户手中回收图书，经由统一消毒、翻新、封装、定价后销售，由此以标准化方式解决二手书买卖中长期存在的交易信用和效率问题。

二、图书购物网的评价系统

多数图书购物网都有评价系统，用户在购买图书后可以对其进行评论和打分。用户评论中常常包含对文艺经典的个人见解和阅读感受，其他潜在买家可以参考这些评论和评分做出购买决策，这对文艺经典的传播起到了显著的推动作用。

正面的评价可以极大增加图书的可信度和吸引力。真实的用户反馈为潜在读者提供了宝贵的阅读体验和参考信息，具有较强的引导作用，有助于读者判断图书的价值和质量。例如，京东图书和天猫书城中的评论包括文字、图片、视频三种形式，这些真实丰富的读者反馈增加了潜在读者的信任感，影响其做出购买决策。

评价系统还可以增加互动与讨论，提升搜索和推荐权重。读者可以对其他用户的评论进行点赞、回复和讨论，形成互动，增加图书的曝光度和讨论度。例如，当当网的评价系统允许用户点赞和回复评论，形成一个讨论社区，增加图书的活跃度和讨论热度。用户还可以将自己的书评分享到社交媒体，扩大图书的传播范围。比如多抓鱼的用户就可以将书评分享到微信和微博，吸引更多读者关注和购买图书。评分高和评价量多的图书通常会在搜索结果中排名更靠前，或被算法优先推荐从而增加曝光率。例如，京东的算法会优先推荐评分高、评价多的文艺经典图书，增加了高质量图书的曝光机会。

评价系统为出版社编辑、作者和策划专业人士提供了大量读者反馈，可作为改进图书内容和印刷质量的依据，以提升后续作品的质量。例如，亚马逊会将用户的反馈汇总并传递给出版社，帮助其改进后续版本的图书质量。

不同的图书购物网各有其特色。当当网的评价系统不仅允许用户打分和评论，还会定期整理高评分书单和推荐榜单，这些榜单对文艺经典的传播有着重要推动作用。孔夫子旧书网和多抓鱼的评价系统则侧重于图书的保存状况和质量评估，帮助用户选择更高质量的二手图书。亚马逊的评价系统允许用户撰写详细的书评，其他用户可以对书评进行投票，标记"有帮助"或"无帮助"，获得"有帮助"标记较多的评论会优先显示，这使得优质评论更容易被看到，提高了评价的参考价值。每位评论者都有一个个人档案，显示他们的评分历史、评论数量等信息，用户可以通过点击评论者的名字查看他们的其他评论和评分，进一步了解评论者的阅读背景和倾向。

三、图书购物网的推荐系统

图书购物网的推荐系统通过多种机制来推荐图书，主要包括算法推荐、编辑推荐和用户生成内容推荐等。

1. 算法推荐

算法推荐基于用户的历史行为数据（如浏览、搜索、购买记录）来分析图书的内容信息以及用户的兴趣标签，找到与当前用户喜欢的图书相似的其他图书。或通过用户间行为相似度的比较，推荐相似度高的其他用户感兴趣的图书。精准的算法推荐让读者更容易发现自己感兴趣的经典作品，增加了文艺经典的曝光率和销售量。算法推荐通过分析用户行为数据，提供准确的个性化图书推荐，不仅能增加用户的购买欲和满意度，还能挖掘和推荐一些冷门但符合用户兴趣的经典文艺作品，从而提高文艺经典的曝光率。例如，当当网在用户浏览某本图书的详情页时，会显示"经常一起购买的商品"和"浏览此商品的顾客也同时浏览"（的商品）。

2. 编辑推荐

编辑推荐是指通过人工筛选和策划为用户提供高质量的阅读建议。网站的编辑团队会定期发布各种排行榜单，如畅销榜、新书榜、经典文学榜等，推荐高质量和受欢迎的图书，并为其撰写推荐语和详细的书评。或根据特定主题、节日、事件等制作专题书单，推荐相关的文艺经典。有时还会邀请专家、学者根据专业知识推荐图书，为读者提供权威的阅读建议，帮助他们发现和选择高质量的文艺经典。编辑推荐具有相对较高的权威性和可信度，专业的推荐语和书评容易赢得读者信任，专题书单和排行榜单能够引导读者的阅读方向，推动文艺经典的传播。例如，京东曾推出"文学经典月""诺贝尔文学奖作品专题"等活动，吸引用户关注和购买文艺经典，强化其在大众读者中的地位。当当网的编辑团队则会定期发布书单和排行榜单，并经常根据节日、事件和主题推出专题书单，吸引读者关注。

3. 用户生成内容推荐

用户可以创建和分享自己的书单，推荐自己喜欢的图书，其他用户可以浏览和收藏这些书单。通过与社交平台的关联，用户可以看到朋友或关注的书友推荐的图书，并加入阅读圈讨论。通过社交平台上的书单分享，用户之间可以进行互动，形成良好的阅读社区氛围，促进文艺经典的口碑传播。例如，多抓鱼的用户可以在微博等平台分享自己的书评和书单，其他用户可以浏览、点赞和评论，由此形成互动和讨论。淘宝与天猫书城将图书推荐与整个电商生态结合，用户在浏览其他品类商品时也能接触到图书推荐，增加了图书的曝光率，同时频繁的促销活动提高了图书的销售量。

亚马逊的推荐系统受益于亚马逊全球的资源和技术支持，在内容分析方面具有先进的算法技术，能够推荐全球各地的图书，并根据图书内容和用户兴趣进行更为精准的推荐。

四、文艺经典传播：读书会和签售活动

读书会和签售活动是图书购物网进行文艺经典传播的重要方式。通过线上或线下的读书会，平台能够对图书进行宣传，增强读者对文艺经典的兴趣并加深理解。线上读书会通常会在微信、微博等社交媒体进行宣传，采用视频直播的形式，邀请作者、学者或专业书评人等进行分享和讨论，并鼓励在线观众发表自己的观点，与嘉宾进行线上互动，或在平台上分享读书笔记和心得。线下读书会则在各大城市定期组织举办，邀请嘉宾围绕某一主题或某一经典作品进行深入讨论和分析，并与读者直接面对面交流。

签售活动同样分为线上或线下两种形式。线上签售通常是预售加直播的形式，读者在规定时间内下单后有机会获得签名版图书，签售过程会进行网络直播，读者可以实时观看并与嘉宾交流互动。线下签售则大多与当地书店合作，吸引读者前来参与，作者与读者面对面交流，分享创作心得。

读书会能够让读者更深入地了解文艺经典作品，并与嘉宾或其他读者分享交流

阅读体验，增强参与感和归属感。签售活动通过签名书的稀缺性增加其销售吸引力，提升图书销量。读者在参与活动后，往往会对作者和作品产生更深的情感联结，增加对平台的黏性和忠诚度。例如，当当网曾与上海译文出版社联合主办了"解读与翻译之间——村上春树作品《刺杀骑士团长》译者林少华签售会"，通过线上预售和线下签售吸引了大量读者，图书销量显著提升。

通过读书会上嘉宾的讲解，读者可以更全面深入地了解作品的背景、主题和意义，提高对作品的认知度和接受度。定期举办的读书会活动能够培养读者的阅读习惯，增加其对文艺经典作品的持续关注和兴趣。签售活动的宣传能扩大作品和作者的知名度，吸引更多潜在读者。例如，京东图书会定期举办线下读书会，结合特定主题进行讨论，如"我们今天应该怎样读《诗经》？"，以此吸引更多文学爱好者对文艺经典进行新的解读与探讨。

五、图书购物网文艺经典传播存在的问题

图书购物网的文艺经典传播也可能存在一些问题，主要体现在评价系统和推荐系统的缺陷上。由于部分文艺经典的语言、写作风格和思想深度可能不符合现代读者的普遍阅读习惯，这些图书的用户评分不高，而低评分和负面评论可能会误导其他潜在读者，使他们认为这些经典作品不值得阅读。图书购物网的评价系统往往更关注读者近期的阅读体验和即时反馈，而忽视了文艺经典的长期文学价值和文化意义，这种即时性评价体系使经典作品在大众传播中处于不利地位。

一些图书购物平台可能缺乏对文艺经典的重视，没有设置专门的频道或栏目进行推广。其推荐系统的运作主要是基于用户点击量与销售数据，这导致畅销书和近期出版的作品更容易得到推荐，而一些文艺经典则会因销售数据不高而被忽视，难以获得同等的曝光机会。它的算法更多考虑用户的兴趣和购买历史，对图书文学价值和文化意义的评估非常有限，这导致许多文艺经典在推荐列表中出现的频率较低，淹没于庞大的图书市场，未能得到应有的重视和传播。

◈ 文艺经典的文化产品项目转化实践指导与训练

亚马逊书评与京东书评比较解析

以菲兹杰拉德的《了不起的盖茨比》为例，我们从批判性方法、文化视角、受众参与度和整体评论风格等方面对亚马逊书评和京东书评进行比较分析。

1.亚马逊书评

（1）意见的多样性

亚马逊的评论来自广泛的读者，包括普通读者、学生和文学爱好者。这导致了意见的多样性，从浅显的评论到详细的分析都有涵盖；评论通常涵盖个人感受、情节摘要以及对书中主题和人物的总体印象。

（2）注重实际方面

许多评论都关注这本书的实用方面，如产品实物的质量、阅读的便利性和电子书的格式。还经常有关于价格、交货速度和客户服务体验的评论。

（3）受众广泛

鉴于亚马逊的全球影响力，评论反映了各种文化背景的观点。来自不同国家的读者分享了这本书如何与他们自己的文化背景和个人经历产生共鸣。评论经常强调这本书与流行文化的相关性，包括它被改编成电影、在其他媒体上的引用以及它在教育课程中的地位。

（4）受众参与度与互动功能

亚马逊评论允许评分（从1颗星到5颗星），其他用户可以根据对他们的帮助程度对评论进行投票。亚马逊会根据赞成票的数量突出显示"热门评论"，而"验证购买"徽章则为评论提供了可信度。该平台还设有问答版块，用户可以在其中查询本书的具体内容。

（5）评论的表达风格

评论的长度既有简短的一句话，也有详细的文章，这种多样性迎合了不同类型的读者。评论风格通常是非正式的，反映了广泛的读者参与程度。许多评论都是高度个人化的，读者分享这本书如何在情感或智力上影响他们。这些个人逸事为评论增添了不同的维度。

2.京东书评

与亚马逊书评类似，京东书评的评论重点为实体书的质量，如印刷、装订和纸张质量。鉴于京东作为中国领先的电子商务平台的声誉，这一重点尤为突出。此外，评论还经常讨论包装和交付体验。

京东书评中有许多对《了不起的盖茨比》文学方面的深入探讨。这些评论涉及主题、人物发展和菲茨杰拉德的写作风格，实际上反映了某些学术观点。评论经常反映中国读者如何看待这部小说对美国梦及其财富、爱情和社会变革主题的描绘。这些观点提供了对这本书如何与中国价值观和经验产生共鸣或对比的见解。翻译质量的影响是一个常见的话题，读者会评估中文对原文的捕捉程度。许多评论提到这本书在中国教育环境中的作用，例如从高中到大学的文学课程，突出了这本书在中国的学术意义。

（1）观众参与度与互动

京东为详细评论提供奖励，如奖励积分，以鼓励更全面的反馈。评论可以被投票，该平台突出显示"顶级评论者"，增加了评论的可信度和认可度。京东的评论平台通过用户互动培养了一种社区意识，读者可以在评论中发表评论，并就书的主题及其解读进行讨论。

（2）评论的表达风格

与亚马逊相比，京东的评论往往更加结构化和详细。它们通常包括对书中不同段落的分析，涉及情节、人物和主题。使用的语言通常是正式的，反映了一种更具分析性的方法。许多评论都展示了这本书的照片、插图等，显示了它的物理属性，这有助于潜在买家做出是否购买的决定。

总体而言，亚马逊书评和京东书评都为《了不起的盖茨比》提供了宝贵的见解，但它们迎合不同的受众，强调阅读体验的不同方面。亚马逊书评的特点是观点的多样性、实用性和文化视角的广泛性，其评论在长度和深度上差异很大。京东书评则提供了更为结构化和详细的分析，特别强调实体产品的质量及其在中国的教育价值。评论通常涉及中国文化背景，并提供全面的文学分析，其更正式的语气和视觉元素也更符合中国读者的需求。

◇ 文艺经典的文化产品项目转化案例

文艺经典的网络传播案例

图书购物网与文艺经典传播：亚马逊图书与当当图书

扫描二维码
获取文本

第四节　网上公开课与文艺经典传播 [1]

一、网上公开课

网上公开课（online course）是指通过互联网开展的各种形式的课程，包括学术课程、技能培训、兴趣课程等，由高校、教育机构、企业或个人开设，涵盖基础教育、高等教育、职业培训等多个领域。网上公开课通常会提供视频、音频、文字资料和课后练习等多种形式的学习材料，许多网上公开课还会提供在线讨论、实时问答和作业反馈等互动功能。

1. 网上公开课与线下公开课的区别

传统的线下公开课通常有固定的课程表，在特定时间和地点进行，学生需要到场参与，课程规模会受到具体环境限制。在线下课堂，学生可以与教师、同学面对面交流，即时解决课程疑问，教师也能获得更直接的教学反馈。线下课程资源主要包括教材、教师准备的讲义以及学生自己记录的课堂笔记等。

网上公开课则是通过互联网进行教学，学生可以通过电脑、手机等设备随时随地进行学习，时间灵活，受众广泛。网上公开课的即时互动较少，学生需要通过论坛、在线讨论区、邮件等方式与教师进行互动。网上课程通常会提供视频、音频、电子书等多种学习材料，学生可以反复观看和复习。

相较于普通线下公开课，网上公开课具有普及性、灵活性、多样性、经济性、可重复性等明显优势。网上公开课可以突破地域限制，让所有人都有机会通过网络

1　此节内容参考了陈悦莹：《网络公开课在我国的传播模式和传播效果分析》，辽宁大学，2017；郭英剑：《"慕课"与中国高等教育的未来》，《高校教育管理》2014 年第 5 期；王若玮：《网络公开课的叙事形态及传播研究》，天津师范大学，2013；网易公开课：https://open.163.com；学堂在线：https://www.xuetangx.com；中国大学MOOC：https://www.icourse163.org；超星尔雅：http://erya.mooc.chaoxing.com/。特此鸣谢。

获取高质量的教育资源；学生可以根据自己的实际情况灵活安排学习时间，按照自己的学习速度进行复习和知识巩固；学习时间有限的群体可利用碎片时间进行学习；网上公开课通常会提供丰富的资源，包括视频讲解、在线测验、互动讨论、实践作业等，帮助学生更好地掌握课程内容；课程费用通常较低，许多甚至是免费的，大大降低了学习成本，为大众提供了良好的学习机会；课程内容可以反复观看和学习，有助于学生更好地理解和掌握知识点。

2. 国内具有代表性的网上公开课平台

国内具有代表性的网上公开课平台主要有网易公开课、超星尔雅、哔哩哔哩等。

网易公开课是网易公司于 2010 年推出的免费在线教育平台，旨在为广大用户提供高质量的教育资源，传播知识并促进教育公平。该平台与全球众多知名高校和教育机构合作，涵盖了科学、工程、人文、社科、艺术等多个学科领域。用户能够在线免费观看来自清华大学、北京大学、哈佛大学、耶鲁大学等世界级名校的公开课，以及可汗学院、TED 等教育性组织的精彩视频，体验优质的教育资源，提高自己的知识水平。

超星尔雅专注于通识教育领域，作为专业服务商，其通过"资源＋工具＋服务"模式满足高校通识教育的个性化需求。超星尔雅引入国际先进的MOOC理念，汇聚名校名师名课，通过互联网将优质的教学资源分享到全国。自 2010 年诞生以来，超星尔雅凭借优质的课程、稳定的平台和全面的服务迅速成为国内高校引进网络课程的首选。

哔哩哔哩作为中国Z世代高度聚集的综合性视频社区，被用户称为"B站"。哔哩哔哩并不是专门的在线教育平台，但通过与高校、教育机构的合作，以及用户自发上传优质教育视频，它也逐渐成为一个重要的网上公开课平台，在文艺经典传播方面发挥着重要作用。

二、网上公开课与文艺经典传播

1. 网络公开课类型

与文艺经典相关的网上公开课大致包括以下几类：名作欣赏、作家专题、作品专题、文学史专题、文学理论与批评专题。

名作欣赏课程通过对经典作品的详细讲解和赏析，帮助学习者理解作品内容、风格、思想和艺术价值。例如，学堂在线推出"《红楼梦》导读"，系统分析了《红楼梦》的人物、情节和思想内涵，精准地解读这本生命之书、人情之书。

作家专题专注于某一位或几位作家的生平、创作背景和代表作品，深入解析其文学贡献和影响。例如，中国大学MOOC中的"鲁迅十五讲"，深入浅出地介绍了鲁迅其人其文的"思想—精神"历程，努力呈现鲁迅作为中国现代"思想—文化—精神"丰碑的完整内涵，在充分吸纳学界已有成果的基础上，立足哲学的视野，实现一代人对鲁迅的新型理解。

作品专题聚焦某一部或几部具有深远影响力的重要作品，通过多角度、多层次的分析，探讨其艺术特点和文化意义。例如，中国大学MOOC上的"法说《西游记》"，通过对《西游记》中法律故事和哲理的解读，挖掘这部文学经典深层的法律与治理智慧，展现了传统文化对自由和正义的追寻，解剖了民族的文化心理和文化精魂。

文学史专题系统讲述某一国家或地区的文学发展历史，介绍各个时期的重要作家作品。例如，中国大学MOOC推出的"外国文学史"，系统讲授了从古希腊、古罗马到20世纪的西方文学历史，以及从上古时期到20世纪的东方文学历史，从发人深省的问题切入，解读经典作品，分析文学现象，阐释文学史规律，让观众在富有启迪又饶有趣味的情景中领略东西方文学之博大精深，感受人物心灵之悲苦与欢乐，体悟古往今来人性之复杂、美好与温馨。

文学理论与批评专题介绍文学理论和批评的方法与流派，帮助学习者理解和应用各种文学批评理论。例如，网易公开课推出的"文学理论学习导论"将理论分析与作品解读相结合，文学性和文化性相结合，对文学理论进行了深入浅出又严谨细致的解读，让学生获得感性与理性相交融的思维训练。

2. 主要传播形态

文艺经典相关的网上公开课的主要传播形态为视频讲解和演示、阅读材料和课后习题，以及其他相关的多媒体资源，且大多设有互动功能。

视频课程通过专业的方式录制，对文艺经典进行详细讲解，通常由教授或专家主讲，以确保内容的权威性和准确性。课程内容包含作者背景、作品分析、文学批评等，学生可以随时随地通过互联网访问，自主安排学习进度，深入理解文艺经典。同时平台提供大学课程的讲义、阅读材料和课后习题等资源，学生可以通过平台获取来自高校的系统性、学术性的课程资源。完成课程学习后，学生可以获得由合作院校颁发的认证，提升学习的成就感。平台通过视频、音频、电子书、图片等多媒体资源能够优化学生的学习体验，使其更直观地理解文艺经典的内容和背景。丰富的信息和素材能够帮助学生更全面地掌握课程内容。通过弹幕和评论功能，学生可以在观看视频时进行实时互动，讨论课程内容，分享学习心得。讨论区和论坛的设立让学生能够在平台上提问、交流和讨论，形成学习社区，增强学习效果。部分平台提供在线测试、作业批改等功能，促进了师生之间的互动和反馈，帮助学生及时解决疑问，分享学习心得，提高学习效率。一些平台支持用户上传自己制作的课程视频，分享对文艺经典的解读和分析。这些用户上传的内容丰富多样，覆盖不同角度和层次的解读，且内容更新迅速，能够及时反映最新的研究成果和学习需求，丰富了学习资源。通过鼓励用户分享自己的学习心得和研究成果，也能形成良性的知识共享和传播机制。

三、网上公开课平台文艺经典传播的特点

网上公开课平台突破了时间和地域的限制，使更多人能够接触到文艺经典。除了高校师生，普通公众也能方便地学习和了解这些经典作品，极大地扩展了受众范围。多媒体资源和互动平台使在线学习过程更加生动有趣，增加了学生的参与感，提高了学生学习的积极性。弹幕、评论、在线测验等功能让学生在互动中加深对文艺经典的理解。此外，高质量的视频讲解和合作院校资源确保了课程内容的权威性和系统性，多样化的学习资源能够帮助学生有效地巩固知识，进而更好地把握文艺经典；用户生成内容和互动平台鼓励学生分享自己的见解和研究成果，形成了良性的知识共享氛围。学生可以从多角度、多层次理解文艺经典，扩展自己的视野。

　　虽然网上公开课的整体质量比其他传播形态要高，但仍然存在课程质量参差不齐的情况。有些课程内容可能较为浅显，未能深入剖析文艺经典的深层内涵。教师的专业水平和教学能力差异较大，有些课程由经验不足的教师主讲，影响教学效果。另外，部分课程在视频制作、音画处理等方面不够专业，影响学习体验。许多课程缺乏有效的师生互动，学生提出的问题得不到及时解答，难以获得及时的学习反馈和指导。同时学生之间的互动也存在不足，缺少讨论和交流氛围。

　　网上公开课要求学生具备较高的自律性和主动性，很多人难以长期坚持下去，缺少有效且即时的学习支持和指导会使学生在遇到困难时容易选择放弃课程。加上文艺经典课程分布在多个平台上，而不同平台上存在许多内容重复的课程，资源整合和利用效率低下。例如网易公开课、学堂在线、中国大学MOOC等平台上都有大量类似的文学课程，学习者需要花费时间和精力筛选适合自己的课程。部分用户上传的内容存在版权问题，影响平台的合法性和课程的可持续性。此外，一些平台在资源保护方面措施不足，导致课程内容被非法下载和传播。

　　网上公开课平台为文艺经典的普及和推广提供了高效便捷的渠道。通过视频讲解、合作院校资源、多媒体资源、互动平台和用户生成内容等多种传播形态，这些平台不仅扩大了文艺经典的受众范围，还提升了用户的学习兴趣和学习效果，促进了知识的共享。然而，文艺经典在网上公开课平台的传播也面临一些问题，如课程质量参差不齐、对学习自主性要求高、课程资源过于分散以及版权和知识产权问题等，这提示我们在享受在线教育的便捷性时，也需不断改进和完善相关机制，提升课程质量，优化资源整合并加强版权保护，不断改善文艺经典的传播效果。

　　网络技术重塑了文艺经典的传播形式、渠道及内容，也改变了文艺经典的接受和认同模式。文艺经典的互联网传播打破了单一的纸媒传播形式，融合了多种媒介，给普通大众提供了便捷的交互方式并释放了自由言论的空间，普通读者也能主动参与到对文学内容的评论、二次创作和传播当中，作为媒介内容消费者的普通读者同时也变成了媒介内容的生产者。互联网技术和大众媒介催生了社交性的阅读方式，阅读文艺经典不再是传统意义上的个人内部阅读行为，而越来越变成开放性的群体交流及社交形式的阅读行为。然而，互联网对文艺经典的传播是把双刃剑。在网络传播的过程中也存在文艺经典内容过度碎片化、过度娱乐化甚至解构和恶搞的倾向。文艺经典的网络传播需要人们在网络空间中提高自身的媒介素养、审美素养和文化审美识别能力，自觉抵制商业逻辑下网络传播催生的文化垃圾。

CHAPTER 6

第六章
————

文艺经典的移动数字传播
————

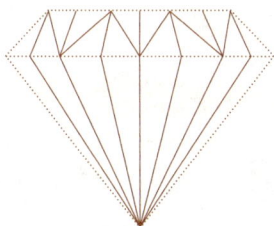

第一节　微信公众号的文艺经典传播

移动通信平台和移动终端的出现既改变了知识生产与传播方式，也重塑了社会通信以及人与人之间的交往和连接方式。人们以空前的、密集的、即时的方式被连接起来，但每个人又成为孤独的、游离的个体。大数据时代的到来和移动终端的大规模使用催生了文学经典传播的移动化、社交化、场景化融合态势，文学经典的移动数字传播呈现出"图文、视频、音频"三维立体新形态。新媒体最大程度地提升了传播的速度、广度和深度，深刻改变了文学经典在全民UGC的网络生活中的传播、接受和认同模式，重塑了文学经典传播的新景观。微信公众号就是移动数字传播中一种具有代表性的文艺经典传播形态。

微信公众号是微信官方提供的自媒体平台，它允许个人、企业或组织在微信上创建自己的公众号，并通过公众号发布文章、图片、视频等多种形式的内容。公众号可以吸引关注者，与关注者进行互动和交流，实现品牌推广、知识分享、产品营销等多种目标。微信公众号作为基于微信的社交媒体平台，已经成为现代社会信息传播和社交互动的重要渠道之一。

微信传播是社交媒体的私域传播。与公开信息传播不同，私域传播是点对点传播，传播对象精准，传播效果良好。在微信公众号上开展文艺经典传播可以从以下几个方面入手。

一、微信公众号传播文艺经典的内容策略

1. 深度挖掘与解读

挖掘文艺经典深厚的人文意蕴和文化精髓，从读者喜闻乐见的事件中寻找源头活水，结合社会热点进行剖析、提炼和解读；以多样化的角度展现文艺经典，如历史

背景、作者生平、作品影响等，打造立体式传播；围绕某一文艺经典作品或作者，策划专题系列推送，通过多篇文章深入挖掘其不同侧面，形成系列报道，增强内容的连贯性和深度。

2. 形式创新

遵循"短平快"原则，将文本长度控制在适宜阅读的范围内，便于读者快速获取信息；利用音频、视频等多媒体形式，如邀请知名人士朗诵录制经典文学作品，或制作相关解说视频，提升内容的吸引力和传播力；增加互动，在文章中设置互动问答环节，邀请读者参与讨论，提出关于文艺经典的问题，并选择部分问题在后续文章中进行解答，增加读者参与感和黏性。

3. 坚持内容导向

注重内容的原创性和品质，确保传播内容的准确性和权威性；PGC与UGC相结合，鼓励读者参与互动，分享自己的阅读感悟和见解。与其他领域的创作者或机构进行跨界合作，共同创作文艺经典相关内容，如与音乐家合作解读音乐作品背后的故事，与画家合作分析绘画作品中的细节等，拓宽内容的广度和深度。

二、微信公众号互动与运营的策略

1. 定期更新

保持公众号的活跃度，定期发布新的内容，确保读者能够持续关注；根据读者的反馈和需求调整内容和发布频率。

2. 互动交流

设置留言区或评论区，鼓励读者发表自己的看法和意见；定期举办线上线下活动，如读书分享会、作者访谈等，增加与读者的互动和交流；鼓励读者投稿分享自己对文艺经典的见解，精选优秀作品在公众号上进行展示，增强读者的参与感和归属感；定期邀请专家学者或知名人士领读文艺经典作品，并与读者进行实时互动交流，提升读者的阅读体验和兴趣；建立微信公众号粉丝社群，如微信群、QQ群等，定期在社群中分享文艺经典相关内容、组织话题讨论、解答读者疑问等，增强社群的活跃度和凝聚力。

3. 多渠道推广策略

打造社交媒体矩阵，利用微博、抖音、小红书等社交媒体平台建立矩阵账号，将公众号文章同步发布至各平台，扩大内容的传播范围和影响力；与文艺领域的KOL（意见领袖）合作，邀请他们转发公众号文章或参与线上活动，借助其粉丝基础吸引更多潜在读者关注公众号；组织或参与线下文艺活动，如展览、讲座、演出等，在活动现场设置二维码引导观众关注公众号，将线下流量引至线上。

4. 数据分析与优化策略

利用微信公众号的数据分析工具，定期分析关注者数量、文章阅读量、分享次数、互动率等数据指标，了解用户的行为和需求变化；根据数据分析结果调整内容策略和推广方式。例如，对阅读量较低的文章类型或形式进行改进或调整；对用户参与度较高的互动环节进行加强和拓展；通过用户调研和数据分析构建用户画像，了解目标受众的兴趣偏好和行为习惯，为精准推送个性化内容提供依据。

以"为你读诗"微信公众号为例。该公众号每晚10点会邀请一位嘉宾（多为名人）朗诵一篇文章，为忙碌的人们提供一片诗意的栖息地。其内容形式多样化，每篇文章都包含诗歌、音乐、图画等元素，全方位地展现文艺经典的魅力。同时，"为你读诗"还注重内容的品质化制作，确保每一篇推送都是精品。这种传播模式不仅吸引了大量关注者，还成功地传播了文艺经典作品。

微信公众号作为一种自媒体平台，具有广泛的传播力和影响力。通过制定合适的内容策略、加强互动与运营以及借鉴成功案例的经验，可以有效地利用微信公众号进行文艺经典传播。这不仅有助于弘扬中华优秀传统文化，还能提升公众的文化素养和审美能力。

第二节　微课与慕课的文艺经典传播[1]

一、微课、慕课介绍

微课（microlecture）是一种短小精悍的在线课程，每节课会集中讲解一个特定的知识点或技能，时长通常在几分钟到二十分钟之间。其目的是快速传递知识点，比较适合碎片化学习场景，可以随时随地学习，有助于学习者在短时间内掌握特定内容。

慕课（massive open online course，简称MOOC）是一种通过互联网免费或低成本提供给全球学习者的大规模在线课程，旨在提供普惠的教育资源，促进教育公平和知识传播。这些课程通常由知名高校或大型教育机构提供，由高校教授或专家授课，具有较高的学术水平和质量，内容覆盖广泛的学科领域。慕课的规模往往较大，可容纳大量学习者，任何人都可以注册并参与课程，不受地理位置、年龄或教育背景的限制，有些课程的注册人数可达到数十万。

2012年被称为"慕课元年"，慕课在这一年迎来了大爆发。慕课的开放性、大规模性和灵活性吸引了大量学生和教育机构参与，极大地推动了教育资源的普及和共享。在国外慕课蓬勃发展的影响下，国内的慕课也逐渐起步并迅速发展壮大。2013年，教育部发布了一系列政策文件，鼓励和支持高校开展慕课建设，随后清华大学的"学堂在线"平台上线运营，整合了国内高校的优质教育资源，为用户提供多样

1　此节参考王秋月：《"慕课""微课"与"翻转课堂"的实质及其应用》，《上海教育科研》2014年第8期；郭英剑：《"慕课"与中国高等教育的未来》，《高校教育管理》2014年第5期；李志民：《"慕课"的兴起应引起中国大学的觉醒》，《中国高等教育》2014年第7期；吴万伟：《"慕课热"的冷思考》，《复旦教育论坛》2014年第1期；学堂在线：https://www.xuetangx.com；中国大学MOOC：https://www.icourse163.org；网易公开课可汗学院：https://open.163.com/khan/#Humanities。特此鸣谢。

化的课程内容。2014 年，中国大学MOOC平台上线，逐渐成为国内最具影响力的慕课平台之一。越来越多的高校和教育机构加入慕课建设中，推出了大量高质量的在线课程，平台也逐步完善，从最初简单的视频课程发展到现在涵盖了论坛讨论、作业提交、在线考试等多种功能的互动式学习，极大地提升了用户的学习体验和效果。慕课的发展推动了教育信息化进程，促进了教育公平，为教育模式的创新提供了新的思路和实践路径。

二、微课、慕课与网上公开课的区别

微课、慕课与网上公开课相似，但也有区别。

网上公开课的规模不固定，既可以是小规模的专业课程，也可以是完全面向大众的公开课程，开放性视具体课程内容而定，部分课程可能需要付费。慕课则强调大规模和开放性，任何人都可以注册并参与课程，注册人数可达数万甚至更多，且通常是免费的。微课的课程规模较小但开放性强，短视频形式使其极易传播。

网上公开课可以是几小时或几周的课程，也可以是几个月的课程。慕课通常具有完整的课程结构和评估体系，多为学期课程。微课每节课的时长一般在几分钟到二十分钟之间，旨在快速传递知识点。

网上公开课的内容深浅不一，涵盖从基础到高级的课程，适合不同水平的学习者。慕课通常提供高质量的体系性课程，内容较为深入，涵盖完整的课程结构，适合系统性的学习。微课的内容较为简短精练，聚焦于一个具体的知识点或技能，适合快速和碎片化学习。

网上公开课的互动功能一般包括在线讨论、实时问答和作业反馈等。慕课更强调互动和社区参与，通过讨论论坛、作业互评等方式提升学习体验。微课互动性较弱，主要通过短视频的形式快速传递信息。

三、国内外的微课平台介绍

国内外最具代表性的微课平台有可汗学院、抖音、小红书、哔哩哔哩等。

1. 可汗学院（Khan Academy）

可汗学院是由孟加拉裔美国人萨尔曼·可汗创立的一家非营利性教育组织，旨在利用网络视频课程进行免费授课，课程涵盖了数学、历史、金融、物理、化学、生物、天文学等多个领域，教学以由易到难的进阶方式设计，内容简明扼要，适合各个年龄段的学习者。

2. 抖音

抖音作为一款短视频分享平台也包含部分教育内容。教育博主和机构会利用短视频形式发布涵盖语言学习、历史、科学、艺术等多个领域的微课。这些微课简洁明了、生动有趣，吸引了大量用户尤其是年轻人的关注，使得教育内容能够快速传播和分享。

3. 小红书

小红书是一款以生活分享为主的社交平台，有许多博主在该平台分享教育内容。用户可以在小红书上找到各种微课视频，不仅限于学术知识，还包括语言技巧、个人成长和职业发展等实用技能。小红书的用户社区活跃，用户可以通过评论和私信与博主互动，获得个性化的学习建议和反馈。

4. 哔哩哔哩

哔哩哔哩上有专门的"知识区"和"课堂区"，用户可以找到各类学科的微课视频，包括编程、数学、物理、历史、语言学习等。平台还支持弹幕互动，用户可以实时交流和讨论，增强学习体验。

四、国内外的慕课平台介绍

国内外最具代表性的慕课平台有 Coursera、edX、学堂在线、中国大学 MOOC 等。

1. Coursera

Coursera 是斯坦福大学计算机科学教授吴恩达和达芙妮·科勒于 2012 年创办的一个全球性的慕课平台。该平台与各大顶尖大学和教育机构合作，提供涵盖多个领域的在线课程、专业认证和学位课程。Coursera 的课程质量高，学习资源丰富，适合具有不同学习需求的用户。

2. edX

edX是一个由麻省理工学院和哈佛大学于2012年共同创立的营利性大型开放线上课程提供商。edX平台通过短视频、互动练习、线上讨论组、作业和测试等形式，提供灵活的学习路径，以帮助学习者在职业发展中取得进步。该平台提供广泛的学科领域课程，涵盖了多种专业和技能发展方向。主要包括计算机科学与技术、商业与管理、工程学、健康与生命科学、人文艺术、社会科学，等等。edX还提供多种专业证书、微硕士课程以及部分本科学位和研究生学位课程，以满足不同学习者的需求。2021年被线上教育公司2U收购后，edX作为其在线学习平台继续为全球学习者提供与职业相关的学习机会。

3. 学堂在线

学堂在线是清华大学于2013年创立的慕课平台，也是教育部在线教育研究中心的研究交流和成果应用平台。它收录了来自清华大学、北京大学、复旦大学、麻省理工学院、斯坦福大学等国内外高校的超过3000门优质课程，覆盖13个学科门类。学堂在线通过视频课程、在线测验、讨论区和作业等形式，为学习者提供全面的学习体验，是国内在线教育领域的重要平台。

4. 中国大学MOOC

中国大学MOOC是由网易与高等教育出版社携手推出的在线教育平台，承接教育部国家精品开放课程任务，向大众提供中国知名高校的MOOC课程，让每一个有意愿提升自己的人都可以免费获得更优质的高等教育。MOOC有一套类似于线下课程的作业评估体系和考核方式，每门课程定期开课，学习过程包括观看视频、参与讨论、提交作业和期末考试等多个环节。课程由各校教务处统一管理运作，课程发布后老师会进行论坛答疑解惑、批改作业等在线辅导，课程结束后会颁发学习证书。

其他比较重要的慕课平台有：华文慕课，是一个以中文为主的慕课服务平台，旨在为全球华人服务，由北京大学与阿里巴巴集团联合打造；慕课网，被称为"国内最大的IT技能学习平台"；爱课程网，是教育部、财政部"十二五"期间启动实施的"高等学校本科教学质量与教学改革工程"支持建设的高等教育课程资源共享平台；MOOC中国，致力于向国内用户分享最好的慕课，目前在线的冷门课程较多；还有"好大学在线"（CNMOOC）、"天天象上"、"咪咕学堂"、"万门大学"、"顶你学堂"，等等。

五、微课、慕课与文艺经典传播

微课与慕课进行文艺经典传播主要采用短视频讲解、专题系列课程、互动讨论和读书会等方式。

1. 短视频讲解

通过简短精练的视频快速介绍文艺经典中的人物关系、故事情节和文化背景等，利用微课平台高流量和快速传播的特点吸引大量观众，不仅让观众在短时间内获得了知识，还激发了他们对文艺经典的兴趣。例如，抖音上有博主对《红楼梦》进行逐章讲解，通过简明的语言和生动的表达吸引文艺爱好者的关注。部分微课还会在课程中插入生动的配图、影视片段、动画等，用丰富的形式再现经典，吸引年轻受众，使得文艺经典更易于理解和接受。

2. 专题系列课程

专题系列课程会将文艺经典作品分成多个专题模块，系统而深入地进行讲解，帮助学习者全面理解作品及其背景。例如，中国大学MOOC推出的"莎士比亚戏剧赏析"，精选了莎士比亚15部最具代表性的喜剧、历史剧、悲剧和传奇剧文本，进行深入浅出的讲解，带领学习者走近莎士比亚，从莎剧中得到思想启迪、精神陶冶和审美享受。

3. 互动讨论和读书会

互动讨论和读书会通过线上互动鼓励学习者分享、讨论对文艺经典的理解，增强学习体验。例如，在小红书上有博主发起了"每月啃一本大部头"读书会活动，用短视频的形式对文艺经典进行讲解和推荐，参与者在阅读后可以在评论区分享自己的读书笔记和心得，通过这种方式不仅可以了解更多关于经典作品的知识，还能交流读书体验，从而形成积极的学习社群。

从传播效果来看，短视频微课凭借其易传播性极大地扩展了文艺经典的受众范围，使更多人能够接触到这些经典作品。丰富的视觉化呈现方式使文学作品更加直观且易于理解，进而吸引不同年龄层的观众。专题系列课程系统化的讲解让学习者能全面了解文艺经典的内涵和背景，增强他们对文艺经典的理解深度。

微课和慕课生动灵活的课程形式让文艺经典变得更加有趣且易于接受，特别是对于那些对传统阅读形式不感兴趣的人来说，这种方式可以极大地提升他们的学习兴趣和主动性。短视频讲解具有简短精练的特点，能在短时间内传递大量信息，帮助学习者在碎片化时间中高效获取知识，非常适合现代人的快节奏生活。专题系列课程通过系统化的学习路径和结构化的内容安排，使学习者能够有条不紊地掌握知识，提升学习效率。

然而，微课和慕课在文艺经典传播中也存在一些问题，主要是内容质量参差不齐和学术严谨性不足。由于内容创作者水平不一，部分创作者对文艺经典的讲解可能缺乏系统性和专业性，流于作品表层，甚至可能存在知识错误或片面解读，影响学习者对文艺经典的正确理解。一些内容创作者面对商业化压力，可能更关注流量和变现，而忽略内容质量和教育价值，甚至为了吸引流量和关注而故意断章取义，提出一些博人眼球的观点，曲解文艺经典本身的思想内涵。

此外，慕课平台虽然提供了互动功能，但由于平台机制限制，师生之间的深度交流和讨论仍然有限，学生之间的互动也不足，无法形成氛围良好的讨论社区。一些平台的用户反馈机制不够完善，导致用户的需求和建议难以及时得到反馈，从而难以改进课程内容，这些问题都需要进一步解决。

第三节　音频、视频APP中的文艺经典传播

一、音频、视频APP

在数字化时代，音频和视频APP作为人们获取信息和娱乐的基本方式，深深融入了人们的日常生活。这些平台通过提供丰富多样的内容形式，吸引了大量用户，成为文艺经典传播的重要渠道，促进了文艺经典的国际化传播。

近年来，国内音频和视频APP发展迅速，涌现出了一批具有影响力的平台，如喜马拉雅FM、蜻蜓FM、荔枝FM等音频平台，以及抖音、快手、哔哩哔哩等视频平台。这些平台不仅提供了海量的音频和视频内容，还通过技术创新和用户体验优化，不断提升用户黏性。随着移动互联网的普及，音频和视频APP的用户规模不断扩大。根据相关数据，国内音频市场的用户数量持续增长，视频平台的日活跃用户数也达到亿级规模。这为文艺经典的传播提供了庞大的受众基础。

与国内用户相比，国外用户更注重音频和视频内容的多样性和个性化推荐，因此，国外平台在文艺经典传播方面也更注重内容的细分和个人化的推荐。Audible作为亚马逊旗下的音频书平台，拥有庞大的资源库，涵盖大量文艺经典作品的有声版本。通过专业的配音和制作，Audible为用户提供了高质量的音频书体验。作为全球领先的视频流媒体平台，Netflix不仅提供了大量的电影和电视剧内容，还推出了与文艺经典相关的纪录片和短片。这些视频以精美的画面和深入的解读吸引了全球用户的关注。国外音频和视频APP在文艺经典传播方面注重全球化布局，通过多语言支持和地域化推荐等方式满足不同国家和地区用户的需求。平台积极与版权方合作，获取文艺经典作品的授权，确保内容的合法性和权威性。同时，通过与国际知名制作团队和艺术家的合作，提升内容的制作水平和国际影响力。

二、音频、视频 APP 与文艺经典传播

利用音频和视频 APP 传播文艺经典是结合现代技术与传统文化的重要尝试，涉及内容创作、技术实现、用户互动等多个方面的复杂过程。

1. 明确目标与定位：文化传承与用户需求的双重考量

在音频或视频 APP 上进行文艺经典传播，首先需要明确传播目标和受众定位。这不仅是策略制定的基础，也是内容创作和推广的指南针。

文艺经典的传播目标应该涵盖文化传承、用户增长和商业变现三个维度。文化传承是核心，通过数字化手段让文艺经典得到更广泛的传播和传承，提升公众对传统文化的认识和兴趣。用户增长是关键，通过吸引新用户和提升现有用户的活跃度和黏性，扩大平台的影响力和市场份额。商业变现是保障，通过探索合理的商业模式，如付费订阅、广告合作等，实现内容价值的最大化，为平台的持续发展提供动力。

受众定位是内容创作和推广的前提。平台需要对目标受众进行深入分析，包括年龄、性别、兴趣偏好等特征，以便精准推送内容。同时，针对不同受众群体，制定差异化的内容策略和推广方案。例如，对于年轻受众，要注重文艺经典的现代化解读和创新呈现；对于中老年受众，要注重经典原貌的呈现和深度解读。

2. 内容策划与制作：专业与创新并重

内容是音频和视频 APP 的核心竞争力。在文艺经典传播中，内容策划与制作需要注重专业性和创新性。音频内容要具有独特的魅力和优势，如伴随性、情感传达等。在策划音频内容时，需要关注以下几点。

（1）选择经典作品与传播形式

选择具有代表性和影响力的文艺经典作品，如古典文学、传统戏曲、民乐等。根据受众需求和平台特色，确定具体的传播内容和形式。例如，可以选择《红楼梦》《西游记》等古典名著进行有声书制作，或者选择京剧、昆曲等传统戏曲进行音频录制。

（2）组建团队与后期处理

组建或与专业团队合作进行音频录制和后期制作。邀请专业配音演员或艺术家进行录制，确保音质和演绎效果。注重音频的后期制作，包括剪辑、混音、音效添加等，提升整体听感。例如，可以采用多轨录音技术，对不同的声音元素进行分层处理，营造更加丰富的听觉效果。

（3）多样化讲述方法与技术融合

尝试不同的讲述方式，如旁白解说、角色扮演、情景再现等，增加内容的吸引力和趣味性。结合现代元素和技术手段，如AI配音、音效合成等，为传统文艺经典注入新的活力。例如，可以利用AI技术模拟不同角色的声音，或者通过音效合成营造出古典场景的氛围。

视频内容具有直观性和沉浸感强的特点。在策划视频内容时，需要注重以下几点。

（1）保证画质高清与画面精美

采用高清摄像设备和专业拍摄技术，确保视频画面的清晰度和可观赏性。注重画面构图、色彩搭配和光影效果，营造符合文艺经典氛围的视觉体验。例如，在拍摄古典名著时，可以注重场景的布置和服装道具的还原度，营造古代的氛围。

（2）多样化内容形式

制作纪录片、访谈、短剧、动画等多种形式的内容，满足不同受众群体的需求。结合文艺经典的特点和主题，创新内容形式，如文化沙龙直播、经典片段重现等。例如，可以邀请学者或艺术家进行关于文艺经典的解读和访谈，或者制作动画短片来呈现经典故事。

（3）融入互动元素

在视频中嵌入互动环节，如问答、投票、弹幕评论等，增加用户参与感和互动性。鼓励用户上传自己的解读或演绎作品，形成UGC生态，丰富平台内容库。例如，可以设置互动话题或挑战活动，邀请用户参与并分享自己的作品或观点。

3. 内容传播与推广：多渠道与跨平台合作

内容创作完成后，进行有效的传播和推广最为关键。在音频和视频APP上进行文艺经典传播时，需要注重多渠道与跨平台的合作。

（1）平台内推广策略

利用APP的首页推荐功能，将优质的文艺经典内容推送给用户。同时，设置专题页面或频道，集中展示相关内容，方便用户查找和观看；根据用户的兴趣和行为数据，进行个性化的内容推送。另外，设置关联推荐功能，当用户观看某个文艺经典内容时，推荐相关的其他内容，增加用户的黏性和活跃度；设置热门榜单或排行榜功能，展示最受欢迎或评价最高的文艺经典内容。这些都可以激发用户的好奇心和竞争心理，促进文艺经典内容的传播和分享。

（2）跨平台合作与推广

与其他音频、视频平台进行内容共享或合作推广，扩大受众覆盖面。例如，可以将优质的文艺经典内容推送到其他平台，或者与其他平台共同举办相关的主题活动；利用微博、微信、抖音等社交媒体平台进行宣传和推广。通过发布预告片、精彩片段、用户评价等内容，吸引更多潜在用户观看平台上的文艺经典内容。举办线下文艺经典分享会、展览、演出等活动，与线上内容形成联动。通过线下活动吸引用户关注线上平台，并在线上平台进行后续内容的持续传播和更新。例如，可以举办文艺经典诵读会或音乐会，邀请用户参与并分享到社交媒体上。

（3）KOL与网红合作策略

与文化领域的KOL合作，利用KOL的影响力，吸引更多潜在用户关注平台上的文艺经典内容。例如，可以邀请知名学者或艺术家进行关于文艺经典的解读和推荐；与拥有大量粉丝的网红进行合作，邀请他们参与文艺经典内容的创作和推广。利用网红的粉丝基础和影响力，扩大内容的传播范围和受众覆盖面。例如，可以与网红合作制作相关的短视频或直播节目。

4. 数据分析与优化：持续提升传播效果

在音频和视频APP上进行文艺经典传播时，需要注重数据分析与优化工作。通过跟踪与分析用户行为数据，不断提升传播效果和用户体验。

利用数据分析工具获取用户行为数据，如播放量、点赞量、评论量、分享量等，了解用户对平台内容的喜好程度和互动情况，为内容创作和推广提供依据。通过用户行为数据的分析工具，深入了解用户的偏好和需求变化。根据用户的反馈调整内容策略和推广计划，优化内容质量和传播效果。例如，可以根据用户的观看历史和互动行为，推荐更符合其喜好的文艺经典内容。

对文艺经典内容进行定期的质量评估，包括用户反馈、点击率、留存率等指标。通过评估结果了解内容的吸引力和用户满意度，为内容创作和优化提供依据；根据内容效果评估结果和用户行为数据分析，及时调整内容策略和推广策略。优化内容的呈现方式、讲述手法和推广渠道，提升内容的吸引力和传播效果。例如，可以根据用户的反馈和观看数据，调整视频的剪辑节奏或增加互动环节。

持续关注音频和视频行业的动态和技术发展趋势，及时将新技术和创新元素应用到文艺经典传播中。例如，可以利用虚拟现实或增强现实技术为用户带来沉浸式的观赏体验。同时，不断优化平台的功能和用户体验，提升用户满意度和忠诚度。例如，可以改善播放器的性能、增加字幕功能或优化搜索算法等，让用户更加方便地查找和观看文艺经典内容。

三、音频、视频APP运营案例介绍

以喜马拉雅FM和抖音为例，这两个平台都制作了大量文艺经典传播内容，且都获得了较大成功。

1. 喜马拉雅FM

喜马拉雅FM是国内领先的知识付费平台之一，成立于2012年。它以音频为主要载体，为用户提供丰富的有声书、课程、讲座等内容。平台涵盖了多个领域，包括文学、艺术、教育、科技等，拥有超6亿用户，适合各个年龄层次和不同兴趣爱好的用户。

喜马拉雅FM作为中国领先的音频分享平台，拥有庞大的用户基础和丰富的音频资源。2019年12月，该平台上线了《三体》广播剧第一季，这是将刘慈欣的科幻巨著《三体》以声音形式呈现给听众的创新尝试。广播剧自2019年12月1日全球首发后分六季上线，豆瓣评分高达9.8分。这个节目由中国顶级配音团队历时一年多演播录制，总投入超千万元。通过丰富的声音层次，再现了宏伟的科幻质感，营造了压

迫性的末日氛围。

在推广运营方面，团队借助喜马拉雅FM的广泛用户基础，结合融媒体优势，将《三体》广播剧推广至多个平台，扩大受众范围，比如，《三体》有声书全本播放量就高达6.68亿次；同时通过用户评论、弹幕等形式收集听众反馈，不断优化内容，增强听众参与感和黏性。

这一成功案例不仅展示了音频平台在文艺经典传播中的巨大潜力，也为其他同类作品提供了有益的借鉴。

2. 抖音

抖音的"短视频＋文物"是视频APP文艺经典传播的成功案例。抖音作为短视频领域的领头羊，以其独特的传播方式吸引了大量年轻用户。为了推广传统文化和艺术审美教育，抖音联合多家博物馆推出了"短视频＋文物"的传播形式。

首先，创新内容形式，赋予文物人物性格与萌态，通过短视频展现文物的生动形象和背后故事。例如，《第一届文物戏精大会》H5视频中，文物会"说悄悄话、跳舞"，甚至"说起网络流行语"，使文物形象更加亲切可爱。

其次，发挥明星与网红效应，邀请知名网红或明星参与短视频拍摄，利用其影响力扩大传播范围。

最后，发起相关话题挑战活动，鼓励用户参与创作和分享，形成大范围的传播效应。

通过音频和视频APP传播文艺经典，让传统文化以更加生动、有趣的形式走进大众视野，以更加多元、便捷的方式触达广大受众，利用现代科技的力量焕发新的生机与活力，不仅展示了APP平台在文化传播中的重要作用，也为未来更多文艺经典的数字化传播提供了有益的参考和借鉴。与此同时，也要注意提高制作人员和受众的媒介素养，提高其网络信息鉴别力和判断力，坚持主流意识形态和价值观，帮助其自觉抵制各种"三俗"信息。

◆ 文艺经典的文化产品项目转化实践指导与训练

短视频文艺类文稿解析与模写训练案例：解读白居易《长恨歌》

1.短视频文艺类文稿解析

（1）标题设计

示例：《长恨歌》——白居易笔下的千年绝恋，爱恨交织的史诗长歌

（2）开场白

内容：简短介绍白居易及其作品《长恨歌》的历史地位与文学价值，激发观众兴趣。

示例：在中国古典文学的浩瀚星空中，有这样一首诗，它以深情缠绵的笔触描绘了唐玄宗与杨贵妃的爱情悲剧，跨越千年仍令人动容。今天，就让我们一起走进白居易的《长恨歌》，感受那份跨越时空的爱恨交织。

（3）内容概述

方式：通过画面剪辑（如古代宫廷场景、马嵬坡兵变等）和旁白解说，概述《长恨歌》的主要情节。

示例：《长恨歌》讲述了唐玄宗李隆基与杨贵妃之间缠绵悱恻的爱情故事。从最初的相遇相知，到后来的情深似海，再到马嵬坡下的生离死别，白居易以诗为笔，为我们描绘了一幅幅动人心魄的历史画卷。

（4）主题分析

深度挖掘：探讨《长恨歌》的主题思想，如爱情的悲剧性、历史的沧桑感及人性的复杂多面。

示例：《长恨歌》不仅是一首爱情诗，更是一首反映历史沧桑、人性复杂的史诗长歌。它让我们看到了爱情在权力与命运面前的脆弱与无奈，也让我们感受到了历史的沉重与不可逆转。同时，诗中对唐玄宗与杨贵妃性格的刻画也让我们深刻认识到了人性的复杂多面。

（5）情感共鸣

目的：引导观众产生情感共鸣，感受诗中人物的悲欢离合。

示例：读《长恨歌》，我们仿佛能听到唐玄宗在夜深人静时的声声叹息，看到杨贵妃在马嵬坡下的最后一抹泪光。那份跨越千年的爱恨交织让我们感同身受，也让我们对爱情、对人生有了更深的思考。

（6）结尾呼吁

内容：鼓励观众深入了解《长恨歌》及其背后的历史文化背景，分享个人感悟。

示例：如果你也被《长恨歌》中的爱情故事所打动，不妨深入阅读这首诗及其相关的历史资料，去感受那份跨越时空的情感共鸣。同时，也欢迎你在评论区分享你的阅读感悟或参与我们的话题讨论。让我们一起在文学的海洋中遨游，感受那些经典作品的永恒魅力！

2.模写训练设计

（1）确定模写目标

以《长恨歌》的短视频文稿为模写对象，学习其结构布局、语言表达和情感传达方式。

（2）分析原文特点

仔细研读原文文稿和视频内容，分析其标题的吸引力、开场白的引入方式、内容概述的清晰度、主题分析的深度、情感共鸣的营造以及结尾呼吁的有效性。

（3）设计模写框架

根据原文特点和个人创意，设计自己的模写框架。确保框架中包含令人眼前一亮的标题、引人入胜的开场白、清晰的内容概述、深刻的主题分析、强烈的情感共鸣和有效的结尾呼吁。

（4）进行模写练习

选择另一部古典文学作品（如《红楼梦》中的"黛玉葬花"片段）作为模写对象，运用从《长恨歌》文稿中学到的技巧进行创作。注意保留原文的情感色彩和文学韵味，同时融入自己的创意和见解。

（5）对比反思

将模写作品与原文进行对比观看和分析，反思自己在模写过程中的得与失。找出需要改进的地方并尝试进行修正和完善。

（6）分享与讨论

将模写作品分享到社交媒体或相关平台上与更多人交流分享。通过分享和讨论进一步拓宽自己的视野和思路并不断提升自己的创作能力。同时收集反馈意见以便进一步提升自己的模写技巧。

现在，动手试试吧！

◆ 文艺经典的文化产品项目转化案例

文艺经典的移动数字传播案例

1.文艺经典的音频产品转化案例："得到听书"——《〈红楼梦〉的原型与寓意》

扫描二维码
获取文本

2.自媒体短视频："papi酱"——《纪念莎士比亚 400 周年特别视频》

扫描二维码
观看视频

3.直播视频：《董宇辉讲〈苏东坡传〉》

扫描二维码
观看视频

◇ 文艺经典重生创意策划文稿

1. 文艺经典的音频产品文稿之一：《解读〈小王子〉》

扫描二维码
获取文本

2. 文艺经典的音频产品文稿之二：《解读〈苹果树上的外婆〉》

扫描二维码
获取文本

第七章

文艺经典的多媒介叙事与传播

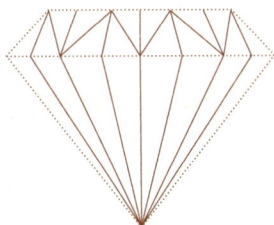

第一节　文艺经典的多媒介叙事

一、概念界定与理论渊源

"多媒介叙事"（multimedia narrative）通常指在一个文本、一个项目或一个媒介平台中，融合各种形式的媒介来讲述一个故事，这些媒介包括文本、图像、视频、音频、动画等，用以吸引各种感官注意力，创造丰富多变、引人入胜的叙事体验。在我国的叙事研究中，"多媒介叙事"往往与"跨媒介叙事"交叉使用，在文本的叙事艺术层面上，其是指文本内部多种媒介的融合运用。出于"文学本位"的观念，多媒介叙事往往以语言文字为主要媒介，音乐、绘画、图像等媒介和艺术文类为辅助媒介。因此，有学者认为，"跨媒介叙事是一种'出位之思'，即跨越或超出自身作品及其构成媒介的本位，去创造出本非自身所长而是他种文艺作品特质的叙事形式。'出位之思'构成了'跨媒介叙事'的美学基础"[1]。随着叙事学研究从经典叙事学转向后经典叙事学，文学、艺术与文化产业的发展研究越来越高度融合，加之术语在英汉转换中容易混淆，以文本内部的叙事研究为主的"跨媒介叙事"（cross-media narrative）与以文本的文化生产和文化产业化研究为主的"跨媒体叙事"（transmedia storytelling）逐渐混用，难以区分。因此，本书采用"多媒介叙事"这个术语来指称上述现象，以避免基于文本内部的多种媒介所占文本的成分比例进行主次划分。

在叙述或模仿的过程，媒介扮演着非常重要的角色：不借助表达媒介，任何叙述或模仿活动都无法正常进行；哪怕是同样的"事件"，被不同的媒介所表征时，最后形成的也是不同类型的叙事作品。德国美学家戈特霍尔德·埃夫莱姆·莱辛曾论析

---

[1] 龙迪勇：《跨媒介叙事研究》，四川大学出版社，2024，第55页。

不同性质的媒介所具有的不同"叙事属性",绘画、雕塑等"空间性媒介"擅长表现"在空间中并列的事物",口语、文字和音符等"时间性媒介"则擅长表现"在时间中先后承续的事物"。在实际的创作活动中,存在所谓的"出位之思"现象,即一种媒介欲超越其自身的表现性能而进入另一种媒介擅长表现的状态。"出位之思"之"出位",即某些文艺作品及其构成媒介超越了自身特有的天性或局限,去追求他种文艺作品在形式方面的特性;而跨媒介叙事之"跨",即跨越、超出自身作品及其构成媒介的本性或弱项,创造本非自身所长而是他种文艺作品特质的叙事形式。[1]最主要的跨媒介叙事发生在时间艺术与空间艺术的相互模仿之中:像诗歌、小说这样的时间性叙事作品欲取得造型艺术的"空间形式",或者像绘画、雕塑这样的空间艺术去创造文学性、叙事性的"绘画诗"。跨媒介叙事不仅发生在时间艺术与空间艺术之间,还发生在空间艺术与空间艺术之间(比如,绘画通过二维平面讲述故事时有时候会力求达到雕塑般的立体效果),以及时间艺术与时间艺术之间(比如,某些现代小说会极力追求音乐般的叙事效果)。

二、多媒介叙事的历史与实践

1. 西方多媒介叙事传统

文学试图超越语词这一单一媒介进行多媒介的表达,这一现象古来即有,《漫长19世纪的跨媒介实践》一书将跨媒介叙事的历史追溯至19世纪。在欧洲,维多利亚时代的媒介创新,如剧院、广告、书籍、游戏、报纸、电报、摄影、电影和电话,已然开启了一个丰富多元的跨媒介环境。各种媒介实施者,包括个人作者、出版社、戏剧节目制作人、石版印刷公司、玩具制造商、报业集团或广告商,都在维多利亚媒体的生产、分销和消费中扮演着不同的角色。夏洛克·福尔摩斯、丘比娃娃、插页、流行讲座、电话交谈或早期戏剧广播等媒体形象、媒介形式和媒介活动盛行。内莉·布莱、马克·吐温和沃尔特·贝桑特等作家的小说都经由各种跨媒介形式广为传播。[2]"跨媒介"真正作为自觉的文学理念并得到自觉实践始于浪漫主义文学。"浪漫

---

1 龙迪勇:《跨媒介叙事研究》,四川大学出版社,2024,第55页。
2 Christina Meyer and Monika Pietrzak-Franger(eds.), *Transmedia Practices in the Long Nineteenth Century* (NY: Routledge, 2022).

主义文艺最具根本性的特点就是所谓'总体艺术'（Gesamtkunstwerk）。""浪漫主义者所谓的'总体艺术'，指的是一种融合各文艺门类（如绘画、雕塑、建筑、音乐、戏剧、文学等）或各表达媒介（如图像、语词、音符等），以形成一种诉诸视觉、听觉、触觉、嗅觉、味觉等各感官系统的相互交织的综合性、统一性的文学艺术作品。"[1] 如画美（picturesque beauty）是英国浪漫主义文学的美学基础。如画美学的创始人威廉·吉尔平在其《论如画美》一文中，把"粗糙性"作为区分自然景物与艺术再现景物的"本质性差异"。他认为，如画美的构图要将参差多态的形态整合一体；而这些形态只能通过粗糙的景物获得。[2] 英国学者巴里·威宁在分析透纳的作品时也指出，"优美和崇高之间存在着一种美学体验——如画。其特征是粗糙、不规则、错综复杂和多样化"[3]。英国浪漫主义诗人以画家的构图法取景，以观众的赏画法描绘如画风景，试图以语词这一媒介符号达到图像的美学效果。一些浪漫主义诗人不仅通过诗歌呈现如画美景，还通过诗歌揭示何为如画美，以及实现如画美的路径。英国浪漫主义诗歌和绘画在风景书写上各有优劣。在不少浪漫主义艺术家眼中，诗歌与绘画联姻、文字与图像并置或许是实现最佳艺术效果的有效途径。[4] 比如，英国浪漫主义诗人约翰·济慈的《希腊古瓮颂》：

> 在你的形体上，岂非缭绕着
> 古老的传说，以绿叶为其边缘；
> 讲着人，或神，敦陂或阿卡狄？
> 呵，是怎样的人，或神！
> 在舞乐前多热烈的追求！少女怎样地逃躲！
> 怎样的风笛和鼓谣！怎样的狂喜！

1 龙迪勇：《文学艺术化：德国浪漫主义文学的跨媒介叙事》，《思想战线》2018年第6期。
2 马尔科姆·安德鲁斯：《寻找如画美：英国的风景美学与旅游，1760—1800》，张箭飞、韦照周译，译林出版社，2014，第79页。
3 巴里·威宁：《透纳》，孙萍译，北京美术摄影出版社，2019，第100页。
4 杨莉：《如画与风景：英国浪漫主义诗歌的跨媒介书写》，《艺术广角》2023年第6期。

这一节以文字描绘古瓮上绘制的故事整体面貌，跳舞的少女、吹笛者、敲鼓者，树下的少男少女如天神般优雅自在；树木枝叶繁茂，树叶环绕在古瓮边缘，仿佛为这个活色生香的故事场景勾勒出独立的故事空间。

听见的乐声虽好，但若听不见却更美；

所以，吹吧，柔情的风笛；

不是奏给耳朵听，而是更甜，

它给灵魂奏出无声的乐曲；

树下的美少年呵，你无法中断你的歌，

那树木也落不了叶子……

这一节则以文字写出了古瓮上所绘人物的动作——吹笛，由动作联觉到风笛的音乐声音——柔情而甜美，再由此联觉听乐人和奏乐人心灵上的情感共鸣。音乐永不停，树叶也永不会落下，如此永恒的美景与情感，就如这古瓮一样古意长存。这首诗将绘画、音乐与诗情，视觉、听觉与触觉完美融合在一起，不愧为浪漫主义文学多媒介运用之佳作。

20世纪以来的代表性文学作品几乎都具有这种跨媒介叙事特征。跨语言与图像（造型艺术）的小说有格特鲁德·斯坦因的《三个女人》、伊塔洛·卡尔维诺的《命运交叉的城堡》、乔治·佩雷克的《人生拼图版》、米洛拉德·帕维奇的《君士坦丁堡最后之恋》和《茶绘风景画》；跨音乐与语言的著名小说有罗曼·罗兰的《约翰·克利斯朵夫》、托马斯·曼的《浮士德博士》、弗吉尼亚·伍尔夫的《海浪》、威廉·福克纳的《野棕榈》、米兰·昆德拉的几乎所有小说作品；而跨绘画、音乐、电影等多种艺术的则有马塞尔·普鲁斯特的《追忆逝水年华》、詹姆斯·乔伊斯的《尤利西斯》、罗伯特·穆齐尔的《没有个性的人》等作品，叙事繁复多变，阅读难度较大。[1]

1　龙迪勇：《〈跨媒介叙事研究〉简介》，《江南时报》2024年6月3日，https://baijiahao.baidu.com/s?id=180080264 1919332522&wfr=spider&for=pc。

2. 中国诗画叙事传统

"艺格敷词"的意涵生成史显露出西方文艺中媒介属性固化与艺术门类分立的弊端，而中国本土的"诗画一律说"创造性地令不同门类、媒介之间建立起更为紧密的联系，强调了人类感知经验的整体性与不可分割性，这种认识的哲学渊源可溯及魏晋时期的"言意之辨"以及由"象"达"意"。[1]不同于西方传统中图像与文字的紧张关系，对各种媒介间和谐关系的追求使得中国传统绘画实践成为一门独特的跨媒介艺术。中国传统小说向来有诗画一体传统，"稗中有画"从"诗中有画"衍化而来，指小说文字具有绘画美。以"宝琴立雪"为例，首先，该情节通过视点转移与重复叙述体现了曹雪芹追求小说绘画美的理想；其次，作者借鉴绘画艺术经验并进行创造性转化，使"宝琴立雪"成为符合认知心理学图像生成规律的可视性文本，从中可以看出其构图设色的审美意识与慢而省、因人设色的写作技巧；最后，作者借仇英传世之作传递了自己的视觉印象，加深了对小说绘画美的渲染，催生了接受小说绘画美的红楼画，形成了从绘画到叙事，再到绘画的创作链条。"宝琴立雪"是体现《红楼梦》"稗中有画"最重要的情节之一，结合文本细读与图像学的方法解读这一情节，对理解小说绘画与叙事相交融的特点具有启迪作用，也可以借此管窥明清小说"稗中有画"的现象。[2]

自明代至晚清民国时期，图像（绣像）小说十分流行，比如《新刻绣像批评金瓶梅》（崇祯本）从视点选择、形态建构、物境布置与观者视角四个维度彰显了晚明上层文人对园林景致的偏爱。[3]《镜花缘》至少有三个代表性的图像文本，尤以清代上海点石斋石印本《绘图镜花缘》和孙继芳彩绘本《镜花缘图册》最为著名。以晚清四大小说杂志《新小说》《绣像小说》《月月小说》和《小说林》为例，翻译小说和创作小说基本上各占一半。当翻译小说需要配上插图时，域外场景插图就此产生，如《绣像小说》刊登的翻译小说《珊瑚美人》就配有插图。同时，晚清时期，一批

1　王一楠：《中国传统艺术主题的跨媒介属性及其哲学基础》，《中国文艺评论》2023 年第 5 期。
2　宋佳露：《"稗中有画"：论〈红楼梦〉绘画与叙事的交融——以"宝琴立雪"为中心》，《曹雪芹研究》2024 年第 1 期。
3　于梦淼、林熙、梁雯：《生产、图像与观者：〈金瓶梅〉插图与〈清宫珍宝皕美图〉的空间想象》，《创意与设计》2024 年第 1 期。

批国人因出国考察、留学、通商等纷纷踏出国门，走向海外，产生了大量的域外游记，如刘锡鸿的《英轺私记》、郭嵩焘的《使西纪程》等。这些游记对于中国人认识真实的域外世界起到了很好的媒介作用。晚清小说插图对域外世界的图像呈现开启了中国小说以插图辅助讲述域外世界的故事之先河，这些插图着重呈现域外新奇和异质的图景，凸显域外文明的进步景象，偏重域外女性生活图景，比如《绣像小说》刊登的《文明小史》插图中描绘了美国、日本的场景，《泰西历史演义》插图涉及法、美、俄等多个国家的各种场景等。在风行于上海的《点石斋画报》中，受到域外写实性绘画及各类西方绘图的启发，晚清小说的一改明清小说异域场景插图夸张化、怪异化的特点，开始以一种相对客观的写实主义风格对域外空间予以具象、直观、全面的描绘。就画面人物而言，域外场景插图绘制了西方各国不同阶层人物形象，从国王到士兵，从商人到小贩，从皇后到普通女性等，这些人物在形体外貌、服饰打扮、生活习惯等方面与中国人有着诸多差异；从插图内容看，域外场景插图涉及丰富多样的生活场景，从宫廷政变到家庭宴请，从战场厮杀到庭院决斗，从都市娱乐到乡野休闲，等等，如创作小说《泰西历史演义》的 72 幅插图，充分展示了法、美、俄等国政治、军事、外交及帝王私人生活等方方面面的图景；就空间场所而言，域外场景插图包括宫廷、私宅、街市、公园、赌场、荒野、山林、海边等各种空间。翻译小说《珊瑚美人》的 24 幅插图包含了巴黎的庭院、私宅、咖啡馆、赌场、大街、公园等各种场景，充分展现了都市空间中各个阶层人物的日常社交及家庭生活等图景。这些域外图像叙事小说无疑对当时开启民智、开阔国人视野至关重要，对于中国小说插图史和中国绘画史的近代转型也具有重要历史意义。[1]

三、当代多媒介叙事的发展

当代文学作品也多借助多媒介和跨媒介的表现方式，通过在文字语言中融入图像、声音等媒介元素，使小说文本故事的呈现方式变得更为丰富多样。例如，插图或照片的加入能够更直观地展示故事场景和人物，帮助读者形成更具体的视觉印象，

1　纪兰香：《晚清小说域外图像叙事的兴起及其变革》，《明清小说研究》2024 年第 1 期。

配备插图的小说往往更能吸引读者的注意力，提升阅读体验。背景音乐和环境音等声音元素的引入能够有效营造故事氛围，使读者沉浸在小说构建的世界中。在电子书或有声书中，这种沉浸感尤为明显，音频技术的运用让读者仿佛身临其境。

随着互联网技术和数字技术与文学创作的结合越来越紧密，超文本小说（hypertext fiction）诞生了。超文本小说又称"超链接小说"，是20世纪90年代后期美国先锋小说界提出的一个概念，指由文字、图片、影音片段组成的、可以多路径接入文本结构之中的文学电子文本，是以网络为载体，以超文本技术为支撑的新型文学品类。同传统的印刷小说文本相比，超文本小说事实上已超出了文学范畴，超文本小说是集文学、视觉艺术、音乐、电子媒体和互联网于一体的新媒体艺术。超文本文学作品在文本内部或文本结尾处设置超文本链接点，提供不同的情节走向供读者在阅读时选择，不同的阅读选择会产生不同的结局，因此其也称为多向文本文学。超文本文学着眼于读者的高度参与、自由发挥与即兴创造，使"过去由于物质和技术的限制而受到阻碍的人的意志和欲望，如今随着高科技的发展，可以畅通无阻地宣泄出来"。超文本文学的出现使德里达、巴特等后现代主义大师提出的解构主义文本理论成为现实。

与传统文学相比，超文本文学具有非线性、互动性、开放性、非中心化和未完成等特点，对以纸质印刷文本为媒介的传统文学产生了颠覆性的挑战。具体可以归纳为三个方面：其一，超文本文学以非线性的书写系统代替传统的线性叙事，情节的原因和结果不再是严密的对应关系，文本内部结构松散，语意断裂，但又呈现相互关联和串通的特征。作家可以在任何一个地方打断、撕开文本，开辟新的叙事路径；也可以在任何地方对文本进行缝补、接续，保持文本叙事上的完整性。其二，超文本文学从叙事主体上打破了作家对叙事权的垄断，有限度地将叙事权渡让给读者。读者可以有限度地决定情节的发展方向，参与作家的创作活动。其三，传统的文学创作规则被打破。在超文本文学中，任何故事的情节发展都是有多重选择的，读者可以参与进去，可以做出选择，文学作品之中文字组织的种种既定规则受到极大的破坏。

各种不同的超文本小说有着共同的特点：第一，超文本小说的主题是杂糅的、无中心的。由于多重链接、多重选择，文本的内容是多项的，一部超文本小说包含多重主题，这也迎合了超文本去中心化的性质。第二，结构开放。这是由非线性链接所致，小说的内部结构由不同的信息块组成，没有固定顺序和页码，结构松散，读者从一个文本跳转到另一个文本，进行交互式的阅读。第三，文本形式多样化。超文本小说打破了传统文本小说单一的文字结构，它是声音、动画、文字、图像交融于一体的文本，能够有效地激发读者的阅读兴趣。第四，超文本小说体现了阅读的个性化。得益于开放的结构和非线性的链接，读者有了更加充分的选择自由，文本立体的延展性和多重节点的交叉提供了文本结构的空白，为读者的参与和创造开拓了浩瀚的海洋。这样，读者的创造潜能得到发挥，这是主体生命个性的充分张扬。超文本文学是现代计算机技术与后现代主义文本理论联姻的产儿，是真正的网络文学。[1]

网络文学之外，当代文学的多媒介发展异彩纷呈，多媒介叙事作为文化创意和文学创新的一种有效途径，与"跨媒体叙事"相互作用联动，成为当代文化产业发展的强大动力。

◇ 文艺经典的文化产品项目转化实践指导与训练

"艺格敷词"作品解析练习

李贺的《李凭箜篌引》是古典诗词运用"艺格敷词"和通感手法的典型文本。在这首诗中，李贺通过丰富的想象力和华丽的辞藻生动地描绘了箜篌演奏的美妙场景，展现了"艺格敷词"的独特魅力。

《李凭箜篌引》原文节选：

昆山玉碎凤凰叫，芙蓉泣露香兰笑。

十二门前融冷光，二十三丝动紫皇。

……

梦入神山教神妪，老鱼跳波瘦蛟舞。

1　韩模永：《超文本文学研究》，中国社会科学出版社，2013，第 45-93 页。

吴质不眠倚桂树，露脚斜飞湿寒兔。

分析：李贺在诗中并没有直接描述箜篌的声音，而是通过一系列视觉形象来传达音乐的震撼力。如"昆山玉碎凤凰叫"，以昆山美玉碎裂的清脆和凤凰鸣叫的悠扬来比喻箜篌声的清脆悦耳，使读者仿佛听到了那清脆悦耳的音乐声。又如"老鱼跳波瘦蛟舞"，通过老鱼跃出水面、瘦蛟翩翩起舞的形象，生动地描绘了音乐激起的强烈反响，使读者在脑海中形成了一幅幅生动的画面。

李贺还巧妙地运用了通感手法，将听觉感受转化为视觉、触觉等其他感官感受。如"芙蓉泣露香兰笑"，以芙蓉哭泣的露珠和香兰欢笑的形象来比喻音乐的悲喜交加，使读者在听觉之外还能感受到音乐的情感色彩。这种通感手法的运用极大地丰富了诗歌的表现力，使读者能够更加全面地感受音乐的魅力。

李贺在诗中融入了神话传说的元素，如"梦入神山教神妪""吴质不眠倚桂树"，通过神仙、月宫等超现实的形象来烘托音乐的神奇效果。这种融入神话传说的手法增强了诗歌的神秘感和浪漫色彩，使读者在想象中跨越现实与虚幻的界限，进入了一个充满奇幻色彩的世界。

《李凭箜篌引》体现了"艺格敷词"跨媒介叙事的特点。李贺通过语言这一时间性媒介成功唤起了读者对音乐的视觉、触觉等空间性感受的想象。这种跨媒介叙事使读者能够在阅读中感受到音乐的流动和变化，仿佛亲耳听到那美妙的箜篌声。这箜篌演奏的美妙场景展现了音乐的神奇魅力和诗人的独特才华。

古今中外文学中有很多"艺格敷词"的成功运用，找出一个文本，试着进行解析吧。

◆ **文艺经典的文化产品项目转化案例**

> **文艺经典的跨媒介传播案例**
>
> 跨媒介叙事案例："阿喀琉斯之盾"
>
>
>
> 扫描二维码
> 获取文本

第二节　音画诗文舞剧一体化创作与演出

21 世纪以来，多媒体技术发展迅猛，带动了大量多媒体文学艺术的推陈出新，音画诗歌、音画散文、音画散文诗风行一时。音画诗歌利用更加容易被感知的音、画手段（包括多媒体技术）呈现并渲染诗歌意境，使受众能快速理解诗歌内容和领会诗歌意境。音画散文通过音画烘托的表达形式强化了散文的感染力。其他网络流行的音画小品，如格言、箴言、音画贺卡等具有诗意的作品也往往以音画艺术形式呈现。2004 年，音画诗的最初定义者、诗人尘埃就曾经在国内论坛提出音画诗的"MAAS"基本模式，即音乐（music）、画面（appearance）、意境（artistic conception）、结构（structure），这一模式至今仍是音画诗的基本框架。随着"文化艺术"技术的扩展，装置、舞蹈、行为艺术、演讲、舞台剧、近距离艺术表演等都被音画诗所采用，在自媒体中盛行。

近年来，数字技术和 AI 光控技术被广泛运用在文学跨媒介舞台表演中。音画诗文舞剧一体化、多种艺术形式融合、传统技艺与现代媒介跨界成为文艺经典当代化重生以及文艺创新的主要途径。例如，由中国东方演艺集团出品的现代舞诗剧《诗忆东坡》以舞蹈艺术呈现东坡诗词中所蕴含的中国精神内核。该剧开创性地将现代舞蹈与诗词、国画、书法、篆刻、古琴、戏曲、武术等中国传统文化元素相融合，以音、舞、诗、画的综合视听体验深度提炼中国古典哲学和美学的精粹，以国际艺术视野探索中国文化的时代表达，结合中国传统审美意趣与时代内涵，融合中国舞、戏曲、武术等神韵的流动表达，探讨对中国诗意精神的现代寻觅，是一部具有鲜明的时代性、国际性的中国舞台艺术作品。[1] 北宋王希孟创作的绢本设色画《千里江山

1　张月朦：《驻华使节受邀观看现代舞诗剧〈诗忆东坡〉舞、诗、画相融　共赏中国文化之美》，《北京青年报》2023 年 12 月 4 日，http://epaper.ynet.com/html/2023-12/04/content_427651.htm。

图》以长卷形式描画江南山水，画面细致入微。烟波浩渺的江河、层峦起伏的群山，渔村野市、水榭亭台、茅庵草舍、水磨长桥等静景，与捕鱼、驶船、游玩、赶集等动景相结合，恰到好处。人物刻画细致入微，意态栩栩如生，飞鸟用笔轻轻一点，展翅翱翔之态跃然纸上。《千里江山图》集北宋以来水墨山水之大成，代表着青绿山水发展的里程碑，乃中国十大传世名画之一。由《千里江山图》跨媒介编创与再造的舞蹈长篇《只此青绿》融合了舞蹈与绘画的艺术语言，贯彻"外师造化，中得心源"的元创作理想，展现了"心中之画"与"山水之质"的碰撞，协调叙述与情感、表现与再现之间的复杂关系。舞台上生灭变幻的同心圆环、曲折幽深的立体画卷、虚实相生的视觉奇观，带来了情与景的交融和意境的创生。《只此青绿》在展现文化自觉与文化自信的同时，带来了以时代眼光重审中国古代艺术资源和思想传统的启示。[1]

　　近十年来，国家大剧院制作出品了多部戏剧精品，打通文学、戏剧和电影等媒介形式，使严肃文学、经典电影、原创戏剧在文本叙事、视听语汇、艺术期待与考量等方面进行互动演绎。2014年，国家大剧院与上海话剧艺术中心联合制作出品戏剧《推拿》，该剧改编自毕飞宇2011年第八届茅盾文学奖同名获奖作品。这部内敛、强劲又带着节制性风格的小说描述了"沙宗琪"推拿中心盲人按摩师的生活，通过大量口语化短句创造了有烟火气、有血有肉的真实感。小说以细腻的文学笔触描写了盲人的日常生活、工作和情感。透过表层的盲人故事，作者以饱蘸当代人文关怀的现实笔触聚焦生活印痕，关注盲人心灵的创伤与不屈，裹卷起生命个体的欲望、情感与意志，诉说生命与心灵的永恒主题。1937年，由明星电影公司摄制，沈西苓编导，赵丹、白杨主演的电影《十字街头》在上海首映，影史称之为"中国写实电影的典范"。2020年，国家大剧院制作出品同名戏剧，以当下年轻人的视角回顾并致敬经典、品味银幕魅力，同时打破了"第四堵墙"的间离，重构了戏剧的张力。作为国家大剧院戏剧中首部改编自中国经典电影的剧目，该剧在打通"影"与"戏"的跨媒介基础上，探索由老电影到新戏剧的守正创新。2019年，国家大剧院制作出

1　王一楠：《以舞入画：从〈千里江山图〉到〈只此青绿〉的跨媒介探索》，《北京舞蹈学院学报》2022年第5期。

品原创戏剧《林则徐》，在戏剧舞台上回溯历史与家国记忆，抒发林则徐"苟利国家生死以，岂因祸福避趋之"的担当情怀。戏剧以大义凛然的爱国情思与民族正气唤醒观众浩浩乾坤搏自强之骨气。2021 年 6 月，国家大剧院邀请中央广播电视总台杨东升导演团队对《林则徐》进行 8K 超高清录制拍摄，制作出品中国首部 8K 戏剧电影。影片先后进行直播与展播，全网直播总点击量超 3064.8 万次。在 2023 年第十三届北京国际电影节上，8K 戏剧电影《林则徐》作为唯一一部舞台艺术影片入选"北京展映·华语力量"单元，并同步受邀于"世界超高清产业大会"上播映，还被推广至全国电影院线，成为由舞台走向银幕、由原创戏剧延续至电影的剧演代表作。

国家大剧院的制作常以文学原著为内核，通过戏剧化改编赋予经典新的时代解读。比如，《推拿》将毕飞宇同名小说中对盲人群体细腻的心理描写转化为舞台上的肢体语言与声音设计，通过蒙太奇式场景切换，再现原著中"看不见的世界"里人性的尊严与挣扎。《林则徐》结合冯骥才的小说史料与电影《鸦片战争》的视觉基因，以史诗剧形式重构历史人物的复杂性，舞台采用电影级投影技术，呈现虎门销烟的宏大场面与林则徐的内心独白。《十字街头》保留了 1937 年经典左翼电影的社会批判精神，但同时引入现代都市青年的生存困境，形成 20 世纪 30 年代与 21 世纪的"时空对话"。这样，文学文本为戏剧提供叙事深度，戏剧则通过现场性将文学意象具象化，形成"可观看的文学"。这些作品打破了媒介壁垒，实现了文学、戏剧与电影语言的创造性转化。《十字街头》使用分屏投影，同步展现主角的回忆与现实，借鉴电影闪回手法；舞台背景动态切换上海弄堂与摩天大楼，形成新老市井的视觉对位。《推拿》以暗场中的聚光灯模拟摄影特写，聚焦盲人角色的触觉细节（如手指揉捏钞票辨认面额）。 这些作品还对表演体系的跨界融合进行探索，如邀请影视演员（如《林则徐》中的王洛勇）与话剧演员同台，使得电影表演的"微相美学"与戏剧的夸张程式形成张力。《推拿》中盲人演员的真实参与则带来纪录片式的真实感，模糊了表演与记录的边界。这些作品还充分利用技术赋能沉浸体验，《林则徐》采用360 度环形投影，将历史画卷（如《道光帝奏折》）动态铺陈于舞台，观众如同置身电影长镜头中。《十字街头》用实时摄影技术将演员特写投屏，放大其面部表情，强化戏剧感染力。

国家大剧院的实践构建了一种"文学—戏剧—影视"三位一体的创作范式：文学提供思想深度与叙事结构，戏剧呈现现场冲突与身体叙事，影视贡献视觉语法与技术维度。这种跨界不仅拓展了舞台艺术的表达可能，更推动了中国故事的多媒介传播，为全球语境下的戏剧创新提供了本土经验。未来，随着VR、AI等技术的介入，这类互文性创作或将进一步重构观演关系，诞生更具突破性的作品。

多媒介的运用可以帮助残障人士更容易阅读、观看或收听故事，比如音频可以帮助阅读困难人士，字幕、图像和动画则可以帮助听力障碍人士。当代的多媒介叙事还提供互动环节或机制，让观众能够更深入地影响故事或探索其中的元素，比如可点击的链接、交互式地图、故事中的决策点，甚至是融入叙事的游戏。与传统的线性故事不同，多媒介叙事通常允许用户以非线性的方式探索故事的不同方面，比如通过超链接或交互式决策点来选择要探索故事的哪些部分，以此吸引受众参与叙事，提升受众的阅读或观看兴趣。刘慈欣的《三体》系列就以多媒介叙事方式实现了文化产业化。小说最初以文字形式讲述了地球与外星文明的交锋，随后出版的版本中配备了精美的插图，展示了小说中的科技设备和宇宙景象。该系列还被制作成有声书，通过专业配音演员的朗读和音效的加入，为读者提供更丰富的体验。《三体》的影视改编作品部分已经上映，部分正在进行制作，影像媒介可以进一步展现这个科幻世界的魅力。

◈ 文艺经典的文化产品项目转化实践指导与训练

音乐与文学跨媒介叙事设计（结合数字技术元素）案例：《梦游天姥吟留别》

1.项目概述

项目名称：《梦游天姥吟留别》音乐与诗歌跨媒介叙事演出

原作基础：唐代诗人李白的同名诗歌《梦游天姥吟留别》以梦游的形式描绘了天姥山的壮丽景色和仙境的奇幻景象，表达了诗人对自由与超脱的向往。

跨媒介目标：通过音乐、诗歌与数字技术的结合，将《梦游天姥吟留别》的诗意转化为视听结合的艺术体验，让观众在聆听音乐、感受诗歌韵味的同时，体验数字技术的魅力与仙境的奇幻。

2.叙事结构设计

引子：以一段悠扬的琴声作为引子，配合VR技术营造神秘而宁静的仙境氛围，引导观众进入梦境。

梦游天姥：诗歌的第一部分通过音乐、朗诵与数字视觉特效的结合来呈现。音乐以轻柔的旋律为主，配以古筝、箫等乐器。朗诵部分采用深沉而富有磁性的男声。同时，利用高清投影与LED屏幕展示天姥山的壮丽景色。

仙境描绘：诗歌的第二部分通过更加丰富的音乐元素、女声合唱与数字光影互动表演来呈现仙境的壮丽与奇幻。舞台上的灯光和投影设备创造了与诗歌内容相呼应的光影效果。

留别情感：诗歌的第三部分通过音乐、朗诵与触摸屏互动装置的结合来呈现诗人对仙境的留恋和对现实的无奈。观众可以通过触摸屏互动装置深入了解诗歌的背景和情感。同时，音乐转为柔和而略带忧伤的旋律，朗诵部分采用深情的女声。

尾声：以一段悠长的琴声作为尾声，与引子相呼应，同时利用AR技术在观众席周围投射出虚拟的仙境元素，将观众从梦境中带回现实，留下深深的回味。

3.数字技术应用

VR/AR体验区：设置VR体验区，让观众佩戴VR设备身临其境地游览天姥山的仙境。利用AR技术在舞台或观众席周围投射出虚拟的仙境元素，增强现场氛围。

触摸屏互动装置：展示诗歌的原文、注释、背景知识以及相关的艺术作品。提供诗歌朗诵的录音、配乐以及动态图解。

环绕声音效与动态配乐：采用环绕声音响系统营造沉浸式的音效体验。利用数字音乐制作软件实时生成与诗歌情感变化相匹配的配乐。

高清投影与LED屏幕：展示诗歌中的仙境景象，通过精美的视觉特效和动画设计让观众直观感受诗歌的意境美。

光影互动表演与智能语音导览：结合光影互动技术创造与诗歌内容相呼应的光影效果。提供智能语音导览服务，介绍诗歌背景、演出亮点等。

社交媒体互动：对演出进行现场直播或录播，扩大影响力。发起与诗歌相关的话题挑战或互动游戏，鼓励观众参与并分享创意作品。

4.总结

本设计方案将《梦游天姥吟留别》的音乐、诗歌与数字技术完美结合，通过精心构思的叙事结构、富有感染力的音乐设计、精致的舞台与视觉设计以及丰富的数字技术应用，为观众带来前所未有的视听盛宴和文化体验。让观众在聆听音乐、感受诗歌韵味的同时，体验数字技术的魅力与仙境的奇幻。

试一试其他项目设计方案吧！

◇ **文艺经典的文化产品项目转化案例**

文艺经典的多媒介传播案例

音画诗文剧一体化案例：《梦游天姥吟留别》

扫描二维码
观看视频

第三节　多媒介传播与符号运用

　　多媒介传播与符号运用紧密相连，特别是在当今的消费社会中。多媒介传播通过各种渠道，如电视、网络、社交媒体等，向消费者传递商品信息，而这些信息往往不仅涉及商品本身的实用功能，更强调商品所代表的符号意义。这些符号意义与消费者的身份认同、社会地位和文化品位紧密相关，从而影响着消费者的购买决策。

　　多媒介传播（尤其是影视作品）通过符号化、叙事植入和情感联结等手段，将商品转化为承载社会身份与文化意义的消费符号，引导消费者通过购买行为完成自我认同与社会阶层表达。比如詹姆斯·邦德系列电影长期以来都是将商品提升为社会身份符号的典范。邦德所使用的每一件物品，无论是座驾（如经典的阿斯顿·马丁跑车）、腕表（如欧米茄海马系列）、西装（如汤姆·福特定制），还是他所点的马提尼酒（"shaken, not stirred"），都不仅仅是实用的工具，更是其精英特工身份、品位、财富和社会地位的象征。电影通过紧张刺激的情节和邦德的个人魅力赋予这些商品一种光环。消费者观看电影后，会把这些产品与邦德所代表的智慧、勇敢、魅力和高端生活方式联系起来。购买这些商品，即便只是其中的一小部分，也能让消费者感觉自己与邦德的精英世界产生了联结，从而满足其对特定社会身份和生活品位的向往与表达。

　　除了影视作品，社交媒体也是多媒介传播的重要渠道之一。在社交媒体上，人们经常晒出自己的购物、旅行或饮食经验，展示自己的生活方式和品位。这些行为实际上是在传递一种符号消费的信息，即通过这些商品或服务来展示自己的身份认同和社会地位。

　　可见，多媒介传播与符号运用之间存在着密切的关系。多媒介传播通过各种渠道向消费者传递商品的符号意义，从而影响消费者的购买决策。而消费者在购买商品时也往往受到这些符号意义的影响，通过购买商品来建构和表达自己的身份和品位。这种关系在当今的消费社会中表现得尤为明显，也是市场营销策略中不可忽视的重要因素。

利用文艺经典多媒介叙事传播的符号化手段传承民族文化，这是实践证明有效的方式。从文艺经典中可以挖掘具有代表性的民族文化符号，如人物、情节、场景、服饰、道具等，它们承载着丰富的民族文化信息，是传承民族文化的重要载体。通过电影、电视剧等影视媒介，可以将文艺经典中的民族文化符号进行视觉化呈现。运用具有民族特色的视觉元素，如图案、色彩等，设计独特的视觉符号，以标识和代表特定的民族文化。这些视觉符号可以应用于海报、宣传册、文化产品等方面，增强民族文化的辨识度。通过提炼文艺经典中的经典台词、歌谣、谚语等语言符号，传播民族文化的核心价值观和智慧。这些语言符号可以编撰成册，或制作成音频、视频等多媒体产品，供人们学习和传承。将文艺经典中描绘的民族舞蹈、仪式、节庆等行为符号进行还原和展示，让观众亲身体验民族文化的独特魅力。既可以通过举办文化活动、民族节庆等方式让人们参与其中，感受民族文化的氛围，还可以将经典文学作品改编为影视作品，还原历史场景，展现民族服饰、建筑、风俗等文化元素，让观众在观赏剧情的同时感受到浓厚的民族文化氛围。利用互联网平台，如社交媒体、视频网站等，传播文艺经典中的民族文化符号。可以通过制作短视频、微电影、纪录片等形式，将民族文化元素融入其中，吸引更多年轻观众的关注。通过广播、播客、有声书等音频媒介，讲述文艺经典中的民族文化故事。声音的传播具有跨时空性，能够让听众在聆听故事的同时想象和感受民族文化的魅力。

现代舞诗剧《诗忆东坡》就成功运用了这种多媒介和符号化手段。由元杂剧《救风尘》改编的电视连续剧《梦华录》也是充分将宋代文化符号化并融入剧情之中，比如赵盼儿的点茶、斗茶、"果子"、琵琶、《夜宴图》、夜市、服饰、酒楼等频繁出现的视觉符号，又如汝瓷、茶百戏、蹴鞠、儿童玩具"磨喝乐"等具有宋代时代标识性同时蕴含传统文化意蕴与现代精神的符号。为了更好地呈现"茶百戏"这一传统文化符号，剧组请来"非遗茶百戏代表性传承人"章志峰指导，以在剧中重现原汁原味的"茶百戏"。剧组特别用心地打造"酒楼"这一符号。酒楼作为宋代城市商业文化的代表，以及宋代市井文化的代表性符码，对现代人而言则是人间烟火气息的符号意象。两宋时期的士人以城市生活经验作为创作素材，频频在诗词歌赋中将"酒楼"作为意象，比如"一曲新词酒一杯""酒楼灯市管弦声，今宵谁肯睡，醉看晓参横""人归花市路，客醉酒家楼"，等等。酒楼作为悠然、洒脱以及超越阶级存在的城市体验，以及南渡后士人对北宋都城汴梁市井文化的追忆怀念而被反复提及并定型化。经过岁月沉淀，这一意象转化为士人与市民紧密连接的"集体认同"，进而成为身份认同、群体认同以及政治认同的符号。"当我们选择了一个传统符号，就意味着我们选择了一个文化母体，我们找到了激活母体的办法"[1]，电视剧《梦华录》成功地运用这些符号建构起当代人所想象的宋代市井生活图景和宋代生活美学，古今相应和相映，成为运用传统文化符号进行文艺经典跨媒介传播的成功范例。

在利用多媒介叙事传播民族文化时，需要注意加强与受众的互动，以增强传播效果。可以通过设置话题讨论、线上互动游戏、观众投票等方式引导受众积极参与民族文化的传承与创新。同时，还可以开展线下文化活动，如民族文化展览、讲座、工作坊等，让受众更加深入地了解和体验民族文化。

利用文艺经典多媒介叙事传播的符号化手段传承民族文化具有广阔的前景和潜力。通过挖掘文艺经典中的民族文化符号，运用多媒介叙事传播方式以及符号化手段，可以更好地传承和弘扬民族文化，增强受众的民族自信心和认同感。

◈ **文艺经典的文化产品项目转化实践指导与训练**

绘画、建筑与文学跨媒介作品分析练习：卡洛斯·鲁依斯·萨丰的《风之影》

《风之影》是西班牙作家卡洛斯·鲁依斯·萨丰 2001 年出版的长篇小说，以二战后的巴塞罗那为背景，讲述爱书人的传奇故事，令读者痴迷，席卷西班牙书市，全球畅销 1500 多万册，使萨丰成为历史上最畅销的西班牙语作家之一。这是一部将绘画、建筑、文学与符号运用完美结合的小说，将神秘、浪漫和历史小说的元素交

1　华杉、华楠：《超级符号原理》，文汇出版社，2019，第128页。

织在一起，引人入胜。

被遗忘的书籍墓地是一个隐藏在巴塞罗那的迷宫式图书馆，书籍在这里得到保存和保护。这个隐藏的图书馆是记忆持久性和文学持久力量的有力象征。墓地里的每一本书作为符号，都代表着一个被遗忘的故事、一个失落的声音，与小说中的记忆和遗产主题相呼应。萨丰经常使用生动的、绘画般的描述来营造场景，如其对巴塞罗那市的描绘就体现了绘画作品对细节的关注，城市景观的光影、颜色和纹理都细腻入微。

小说以巴塞罗那为背景，融入了这座城市丰富的建筑遗产。故事处处呈现哥特式和现代主义建筑，反映了这座城市的历史和文化。小说中最为重要的建筑阿尔达亚大厦（Aldaya Mansion）是一座充满秘密的破旧房子。它宏伟又衰败，象征着挥之不去又衰朽不堪的历史。这座豪宅有着迷宫式的设计，布满隐藏的房间和通道，仿佛一个个待解析的符号，与小说的神秘和发现主题相呼应。

《风之影》小说标题中的"影"本身就具有多重象征意义：它既指代过去挥之不去的影响、那些被历史尘封的真相，也映射着贯穿整部小说的人性阴暗面。在对巴塞罗那的物理描绘中，狭窄蜿蜒的街道以及光影的交错互动也使得"阴影"成为构建城市氛围的重要元素。小说中的书店——"被遗忘之书公墓"——则象征着对文学的热爱和知识的薪火相传。对于主人公丹尼尔·森佩雷而言，这里是他的避难所，也是他发现秘密和开启文学激情之地，代表着安全与心灵的滋养。书店的古旧气息与城市中其他建筑的衰败宏伟形成鲜明对比，巧妙地强调了作品中关于保护与衰败、记忆与遗忘的主题。小说中反复出现的照片和肖像画如同通往过去的窗户，捕捉了那些凝固在时间中的时刻与情感，它们常常是揭示人物之间隐藏的联系和秘密的关键线索。萨丰对这些视觉元素的描绘如同绘画般细腻谨慎，将视觉艺术的感染力与叙事中的奥秘紧密联系起来。

在《风之影》中，萨丰巧妙地将文学、建筑和视觉艺术（如绘画、摄影）融合在一起，共同构建了一个充满深刻象征意义和独特氛围的叙事世界。巴塞罗那多样的建筑以及书籍、书店在故事中的核心作用共同编织出复杂而引人入胜的西班牙图景。被遗忘的书籍墓地、阴影和阿尔达亚大厦等符号丰富了叙事，使这部小说成为整合不同媒介叙事的绝佳案例。

◈ **文艺经典重生创意策划文稿**

1. "运河"+"丝绸"+"万事利"+"文艺经典"命题文创项目策划一：

"指尖穿越"魔方动画设计

扫描二维码
获取文本

2. "运河"+"丝绸"+"万事利"+"文艺经典"命题文创项目策划二：

"云中谁寄锦书来"AVG 游戏文案

扫描二维码
获取文本

第八章

文艺经典的跨媒体叙事与传播

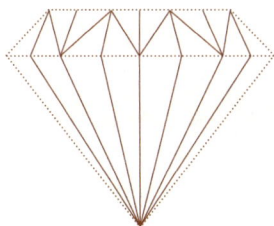

————

第一节　跨媒体叙事：新媒体时代的叙事 [1]

一、跨媒体叙事的概念与发展

1. 跨媒介叙事的起源与定义

跨媒介研究大抵可分为两条脉络：一是源自欧陆的、偏重艺术的、作为研究进路的跨媒介艺术（intermedia arts）；二是源自北美的、偏重商业的、作为实用策略的跨媒介叙事（transmedia storytelling）。[2]

随着迪士尼动画、好莱坞系列大片、日本漫画以及许多大型网游的成功开发与营销，"跨媒体（介）叙事"研究首先在美国、加拿大、日本等的文化产业界和商业界蓬勃发展起来，随后，引起学术界越来越多的关注和研究。2003 年，时任美国麻省理工学院传播学与电影艺术教授、现任南加州大学传播学院教授的亨利·詹金斯在《麻省理工科技评论》杂志上首次提出"transmedia storytelling/narrative"（跨媒体叙事）这一概念；2006 年又在其代表性著作《融合文化：新旧媒体的冲突之所》一书中将这一概念正式提出，并结合众多案例进行了理论论述。这一说法引起学界和业界的广泛反响。

2. 跨媒体叙事与其他类似概念

2010 年，美国制片人协会发布了一个新的职位"跨媒体制片人"，从行业标准上承认了这一术语。但由于研究侧重点和实践经验的差异，许多学者相继提出自己的类似概念，被提及比较频繁的有"交叉媒体叙事"（cross-media storytelling）、"多媒体叙事"（multimedia storytelling）、"混合媒体叙事"（hybrid media storytelling）、"数码叙

1　程丽蓉：《跨媒体叙事：新媒体时代的叙事》，《编辑之友》2017 年第 2 期。

2　施畅、梁亦昆：《全球视野下 2023 年度跨媒介艺术研究述评》，《艺术学研究》2024 年第 2 期。

事"（digital storytelling）、"多模式叙事"（multimodality storytelling）等。同时，在中国，文艺研究界也提出了"跨媒介叙事"的说法。一时间，概念分歧迭现，颇有必要予以清晰梳理。

跨媒体叙事运用多种媒体平台和传媒产品来讲述故事，但与一般的交叉媒体叙事区别很大。后者只是用不同的媒体手段和平台来讲述同一个故事，即便版本稍有变化，也是利用不同的媒体手段和形态以不同面貌来讲述和呈现同一个故事，"改编"（adaption）是其内容处理的主要方式，其着重点在讲述者，无须也无意让受众过多参与。前者则是在不同的媒体平台上叙述整个故事的一部分，充分利用不同媒体平台和传媒产品的优势互补来达到最佳的叙事效果，实现经济效益和社会效益最大化。

跨媒体叙事必然要使用多媒体技术手段，将静态图像（picture）、动态影像（video）、声音（audio）和文字（literature）等多种媒介有机组合运用，但与多媒体叙事和混合媒体叙事强调多样化地运用声光影音等技术手段不同，"跨媒体叙事"更注重对网络和各种社交媒体的运用以及线上与线下的互动，更注重媒体作为系统的运作机制和团队协同机制对于各种媒体平台和传媒产品以及相关经济、社会、文化资源和资本的综合运用。

跨媒体叙事是运用数字媒体技术的典型代表，与数码叙事一样，其力图通过新媒体的互动性、参与性特征经营粉丝圈，扩大传播与消费。但二者又有显著不同。

数码叙事是依托于计算机硬件和软件系统的技术开发，以数码为媒介的叙事方式和策略。美国叙事学家玛丽·劳里·瑞安将数码叙事分为三类：其一，基于人工智能生成的数码叙事；其二，人类创作的作品以数码媒介进行传播流通的数码叙事；其三，以人工智能开发的软件为技术支撑，使人机之间展开互动的数码叙事。数码叙事主要关注的是网络文学叙事，重点在数码技术带给文学叙事的新技巧及由此而生的新面貌，主要类型包括互动小说、全息小说、超文本小说、互动戏剧和具有叙事性的游戏等。而跨媒体叙事的应用则广得多，所有故事叙述都是其实践形式。跨媒体叙事先在文化创意产业和娱乐行业实践成功并繁荣发展，后迅速扩展到市场营销、品牌传播等领域，移动互联网和机器智能更是深度介入，借助虚拟现实与物质现实互动转化的力量，正在以更为灵活的方式向更多行业发展。

　　跨媒体叙事与多模式叙事的契合点在于综合运用文本、语言、语音、空间和视觉等多种资源（或模式）和媒介来建构讯息，并吸引受众参与建构，其形象设置和内容组织等各种细节都在产生意义。二者建构意义的方式不再是传统叙事依赖的单一孤立的文本，而是更多运用相互关联的数码媒体形象来传播。然而，二者也存在根本区别。"多模式叙事"集合多种模式（媒介）来创作一个单一的文化产品（如艺术品），产生不同的修辞和审美效果。中国当代小说家西西的小说就是典型的多模式叙事。

　　中国学界也提出了"跨媒介叙事"的概念。2008 年 8 月 2 日，由江西省社会科学院中国叙事学研究中心主办的"跨媒介叙事"学术研讨会在南昌召开。会议内容包括跨媒介视野中的中国叙事传统、跨媒介叙事与广义叙事学、叙事中的"出位之思"、媒介模仿与媒介转换、跨媒介传播演变中的叙事、互文性叙事等。实际上，这里的跨媒介叙事正如董乃斌的会议发言所说，"是指一个叙事行为在不止一种媒介中进行，一个叙事作品由一种媒介转换为另一种媒介，从而以不止一种形态出现在受众面前这样的情况"[1]。即便是赵毅衡的会议论文《"叙述转向"之后——广义叙述学的可能性与必要性》，也主要探讨"叙述学转向"在史学、法学、医学、政治学等多学科领域的扩张，以及如何根据叙述媒介进行文本分类。从会议之后发表的相关论文来看，跨媒介叙事仅限于在"传播介质"的意义上使用"跨媒介"，与欧美商界、新闻界和文艺娱乐界等领域欣欣向荣的跨媒体叙事完全不是一回事。

　　传统的跨媒介叙事是将封闭的文本利用不同媒介载体进行传播，而新媒体时代跨媒体叙事的文本则是开放的、无限衍义的，更多利用新媒体手段和移动互联网技术，采取多种传播手段打破现实世界与虚拟世界的界限，技术和工具意义上的媒介融合带动的是资本、文化、观念乃至思维、消费习惯上的巨大变化。前者可以由创作者独立完成，无须大型跨专业团队的力量支持；后者则必须由跨专业的媒体创作团队、市场营销团队以及管理团队共同完成。简言之，跨媒体叙事，就是综合运用多

1　程丽蓉：《跨媒体叙事：新媒体时代的叙事》，《编辑之友》2017 年 第 2 期。

种媒体平台、传播策略和传媒产品来建构一个可延展的、衍义性很强的故事以谋取资本增值。

二、跨媒体叙事的特征

跨媒体叙事具有以下几方面的特征。

1. 运用多种媒体平台和传媒产品讲述故事

跨媒体叙事充分利用各种不同媒体平台和技术手段的优势讲述不同的故事片段或部分内容并使之互文互补。以加拿大桑顿斯电影节开创的"新前沿故事实验室"所创作的跨媒体叙事项目为例，无论是*Bear 71*、*Pandemic*，还是*Welcome to Pine Point*、*Rome*，都有效利用了人脸识别、虚拟现实、地理定位、遥感、数据可视化等现代数字技术手段以及整个社交媒体和移动终端平台。

2. 故事是一个开放的有机整体

在跨媒体叙事中，每一种媒体讲述的故事都只是整个故事叙事系统的一个片段或要素，同时这些片段或要素又是可单独欣赏体验的故事，而要理解和完成整个叙事系统，就需要读者（观众、消费者、受众）的积极互动与参与创造，受众的每一次参与创造都会丰富故事世界，使之更加细节化。例如，《黑客帝国》重要的信息点是通过三部真人电影、一系列动画短片、两套漫画书和若干视频游戏来传播的，这些电影、动画、漫画和视频游戏可以单独欣赏和体验，但是每个信息源中可供观众理解的信息只是《黑客帝国》整个叙事系统的一部分。比如电影里的有些内容只能在漫画小说或视频游戏里才能找到进一步的解释；某个角色在一种媒体中退出，接着又会出现在另一种媒体当中，跟踪相关的所有媒体内容才能对故事里发生的一切有全面的掌握和理解，而观众的追踪阐释也反过来推动故事不断延伸。

3. 故事与受众的每一次互动都意味着虚拟世界与现实世界的深度交织与互补

故事与受众交互影响，推动虚拟与现实的界限逐渐模糊，甚至导向无缝融合。随着这种互动的不断深入，叙事生态系统逐步扩大，受众和消费者群体也随之不断扩展与成长。例如，专门从事品牌传播研究的帕米拉·茹特里基博士用《三只小猪》这一民间故事设计的跨媒体叙事项目，其以故事中的四个角色为核心，分别采用网站、博客、推特和脸书等社交媒体，以及 YouTube 视频、动漫、互动游戏等新媒体手段、途径和平台来展开他们各自的生活故事或家族故事。狼和三只小猪各自的故事都因其性质和媒介手段不同而吸引了不同层次、性别的受众参与创造、分享，进而开展多种文化产品和商品的推广营销，形成了不同的社区文化和教育产品。

4. 利用传播策略提升文化和商业产品的传播黏性和附着性

跨媒体叙事旨在培植和聚集大批忠实粉丝，跨越时空局限，形成持久、深广的影响力，进而产生相应的经济、文化、社会、政治效益，实现资本增值最大化。例如，2008 年《蝙蝠侠：黑暗骑士》以一个名为"why so serious"的网站为中心，衍生出一系列活动：线上有电影角色"双面人"哈维·丹特的竞选活动和小丑的团员招募活动；线下有支持哈维的游行和小丑追随者依据指令举办的各种活动和竞赛；还有将近 30 个"病毒式"营销网站，比如电影中虚拟城市哥谭市的监察局、警察局、大学、电视台的官方网站，其中哥谭市电视台还围绕着蝙蝠侠、哈维·丹特制作了一系列访谈节目。整个活动在全球 75 个国家吸引了超过 1000 万的参与者，《蝙蝠侠：黑暗骑士》最终获得超十亿的票房成绩，这项造势活动也获得了 2009 年戛纳广告节"病毒类"网络大奖。

5. 跨媒体叙事的最终指向是现实物质世界

跨媒体叙事将虚拟的符号化的故事转化到受众的行动和活动之中，从而形成虚拟世界对现实物质世界的干预和参与。欧美国家越来越多地利用"跨媒体叙事"进行品牌营销、教育与社区文化建设，甚至用之建构政治团体。

从哲学理念上讲，跨媒体叙事与传统的文艺历史叙事有着本质区别。后者是通过叙事使现实世界的事件虚拟化、通过编码使之符号化进而实现传播（纵向或横向），而跨媒体叙事则是将象征符号进行最大限度的多样化、多元化编码后，在现实世界将其解码和现实化的过程。也就是说，传统的文艺历史叙事中，客观真实是文艺真实和历史真实的基础，借助叙事（必然带有阐释性）的符号化，文艺文本和历史文本反映了现实生活或历史事件的逻辑和世界观，即便是神话，如马克思所说，也是上古时代人们为解释和描述其所接触的自然现象和社会现象而幻想出来的带有艺术意味的集体口头创作。而跨媒体叙事则往往倚重于想象，力图创造一个有机完整而又迥然不同于客观现实的虚拟故事世界，在这个虚拟故事世界里，世界观、叙事逻辑、人物关系、空间建构乃至时间顺序都与客观物质世界相疏离，甚至是颠覆性的。虽然为最大限度地赢得受众，这个故事往往会包含"元"意义上的普适性很强的伦理价值观念，如爱、勇气、毅力、自由等。这个虚拟故事的各个不同组成部分被有意分布到不同的媒体平台和传媒产品之中，以吸引不同的受众群体参与其中，进而将虚拟的象征符号转化成现实生活场景、活动或行动，对现实物质世界产生经济的、政治的、文化的、社会的各种影响。因此，跨媒体叙事是个开放的、延伸的、可以无限衍义的系统，而非传统叙事所建构的单一封闭文本，它不再仅仅是一种传播方式和传播策略，而更重要的是在思维方式上与传统叙事分道扬镳了。

并非所有的故事文本都适合进行跨媒体叙事的运作。亨利·金肯斯认为，"跨媒体叙事"作为一种叙事策略，特别适用于那些人物形象有不同系列、叙述的故事世界非常丰富，且拥有强大的神话背景或幕后故事的故事，可由电影或电视连续剧中的具体片段延展开来。显然，他的这种判断主要是针对影视网游娱乐业。实际上，美国和加拿大的一些商界人士和社会工作者运用"跨媒体叙事"策略进行品牌传播和社区文化建设时，所构建或利用的元故事文本并不那么复杂。《三只小猪》就是一个完整的跨媒体叙事策划案，三只小猪和狼的故事同样可以延展得非常成功，具有生动的场景性、强烈的行动性和实践性。可见，跨媒体叙事的故事并不必然需要众多的人物和复杂的人物关系，也无须太复杂的背景和情节，关键在于这个故事要具有"元"特征，也就是内涵的普适性、丰富性以及由此而来的人物、场景、情节等各个要素的超强延展性。选择或创造一个精彩的核心故事，这是跨媒体叙事文本内容策划至关重要的第一步。

三、跨媒体叙事文本内容构建的原则

跨媒体叙事文本内容建构需要遵循以下原则。

1. 整体性原则

跨媒体叙事具有很强的系统性，其关键所在——故事的建构与扩展——须具有整体性视野，以元故事为根基，不断将叙事地图铺展开来，各延展故事与元故事之

间要有千丝万缕的联系，能让受众感到其中的"迁移线索"，但又不能太过简单浅显；要非常注意故事世界自身的建构逻辑，叙事必须情境化，人物形象、人物背景、人物关系、地理要素、文化要素，等等，一切可感知的要素均要做到栩栩如生、真实细致，没有知性和感性上的漏洞和缝隙，令受众沉浸其中，不分虚拟与现实，并使虚拟世界在现实世界中得以付诸行为实践和进一步发展。

2. 互文性原则

以元故事为根基的故事延展是以互文为前提的，相对独立的分支故事与元故事之间的线索是"草蛇灰线"式的，同时各故事要素之间又构成很好的互文互补性，并能不断吸引受众参与到互文游戏之中，从而既极大丰富叙事的内涵和趣味，又加强受众对叙事的忠诚度和黏着度。譬如大型国产武侠动画《秦时明月》，其剧情分散于动画番外特别篇、游戏、电影和小说之中，不同媒介中讲述的故事、呈现的人物都是互相补充、相互指涉的，观众必须结合漫画或游戏中交代的故事背景才能更好地理解人物关系和电影场景，从而不断地参与故事的创造和延展，形成庞大的忠实粉丝群。

3. 多媒体适用原则

叙事各要素和各分支故事的设计都要将媒体适用问题置于重要地位。需要精准掌握每一种媒体平台和传媒产品在技术和传播效果上的优势与劣势，扬长避短，实现优势互补，以确保叙事内容与媒介形式和技术和谐契合，达到最佳传播效果。

4. 广纳受众原则

媒体融合与新媒体时代是分众化传播和差异传播的时代，受众因性别、年龄、婚恋状况、教育背景、社会地位、宗教、种族等因素而形成不同的消费群体。在跨媒体叙事的整体内容设计之中，需要详细研究各种受众群体的特征及其消费需求和消费偏向，通过多层次文本、多媒体平台和传媒产品来塑造和挖掘各种层次和不同需求的潜在受众，将之尽可能多地吸纳到叙事建构之中，从而将这些受众成功转化为消费者或受益者。

5. 虚拟世界与现实世界有效互动原则

如前文所述，跨媒体叙事的出发点是由叙事所建构的虚拟世界，而其最终指向是现实物质世界，如此方能成功实现跨媒体叙事的现实目标（资本增值）。因此，叙事设计要精致地留下若干"入口"和"出口"。"入口"吸引受众沉浸其中、参与其中，进入虚拟世界并产生真实的生活、情感和情绪体验；"出口"则诱使受众出乎其外，将从虚拟世界所得的知识经验、精神情感等转移到现实世界的行动实践之中，实现虚拟世界与现实世界的有效互动。正如加拿大的麦克·西蒙斯和保罗·休布里奇制作的 *Welcome to Pine Point* 一样，其让受众沉浸于 Pine Point 这个小镇的记忆之中，并在现实世界建构起一个真实的温馨社区。

四、跨媒体叙事的运作机制与资本运营

1. 资本整合与循环发展

运营跨媒体叙事最能体现皮埃尔·布尔迪厄所谓的经济资本、文化资本与社会资本整合是如何驱动叙事并实现循环发展的。

"哪吒"系列（包括《哪吒之魔童降世》《哪吒之魔童闹海》）作为近年中国动画电影的杰出代表，完美诠释了跨媒体叙事如何整合并增值经济资本、文化资本和社会资本。《哪吒之魔童降世》成功地将中国传统神话人物哪吒进行了现代化和颠覆性改编，赋予其"逆天改命"的全新精神内核。它不仅继承了传统文化的精髓（如《山河社稷图》、太乙真人等元素），更以精良的动画技术和富有共鸣的叙事重塑了这一经典 IP 的文化形象。这部电影的巨大成功为"哪吒"这一 IP 在当代文化语境中积累了丰厚的文化资本，使其成为国漫崛起的重要标志之一，也为后续如《哪吒之魔童闹海》等作品的文化延续和拓展奠定了坚实基础。《哪吒之魔童降世》上映后，凭借其优质内容引发了全民热议，迅速在社交媒体上形成了巨大的讨论热潮。观众们围绕电影剧情、角色设定、主题寓意进行深度讨论，产生了大量的自发式传播和二次创作（如同人图、表情包等）。这种由粉丝热情驱动的"社会资本"形成了影片坚实的社群基础，并随着《哪吒之魔童闹海》等后续作品的推出持续凝聚和活化粉丝群体，使"哪吒" IP 的社会影响力不断扩大。在强大的文化和社会资本支撑下，"哪吒"系列实现了惊人的经济成就和多元增值——《哪吒之魔童降世》以超过 50 亿元人民币的票房直接创造了巨大的经济收益，证明了 IP 的市场号召力。《哪吒之魔童闹

海》全球总票房超过 159 亿元人民币，位列全球影史票房榜第五位，并成为全球动画电影票房冠军。电影热映期间，哪吒、敖丙等角色形象的玩具、手办、服饰、文具等周边产品供不应求，版权授权收入丰厚。"哪吒" IP 还与多个品牌进行跨界合作，拓宽了商业变现渠道，实现了 IP 价值最大化。

由此可见，在跨媒体叙事的整个运营中，经济资本是关键驱动力。新传媒时代，全媒体融合催生了跨媒体叙事，而虚拟现实带动了巨大产业效益，两者共同形成了资本漩涡，大量资本涌入文化产业领域，与文化生产团队的文化资本强强联手，将打造的文化产品推向消费市场。其间众多社会资本形成合力或抗力，聚合起大量消费者，使得文化产品成功转换成经济资本，重新投入新的资本运营与循环之中。一整套文化产品价值转化的流程会持续不断地在整条产业链中运转，直到消费衰减，资本转移至新的跨媒体叙事实践中。

2. 成功运营的关键点

在整个运作过程中，成功的关键点在于产品生产团队的创新设计能力和团队分工合作能力。跨媒体叙事是基于核心"元故事"的整体叙事，因此"元故事"的选取和设计是全盘项目的命脉所在，团队核心人物必须对此有深刻理解。首先，围绕这个故事展开的叙事衍生出多种媒体产品——电影、电视、书籍、漫画、动画、游戏，以及现实物质世界对应的文化及科技产品、服务项目、实景体验项目，等等，这些需要相应专业团队和各种媒介平台的大量分工协作，才能实现整个跨媒体叙事逻辑的合理布局。其次，成功的推广也需要调配整合各种资源——媒介资源、粉丝资源、名人影响力、社交平台乃至实体推广产品等。跨媒体叙事主要运用沉浸传播策略，结合社区化、仪式化手段，强化受众对叙事产品的黏性，其中粉丝经营占据着至关重要的位置。

3. 沉浸传播与粉丝经营

近年来，中国业界在粉丝经营方面积极探索。腾讯的"明星 IP+ 泛娱乐思维"、华谊兄弟的"明星 IP ＋ 星影联盟 ＋ 娱乐家 ＋ 多屏运营 ＋ 实景娱乐"，以及光线传媒的"经典 IP 储备"等，都是粉丝运营的成功开拓。不过，成功的沉浸传播除了从外在于故事的粉丝入手，最关键的是从故事本身的内容、形式、风格、技术等多方面增加用户各种感官知觉的强度和深度，让用户积极、自愿、主动地参与到互动叙事之中，甚至沉浸其中无法自已。这需要非常细致周到的设计和创作来全方位"抓住"消费者，无论是空间、时间、认知、情感各方面都达到极致的归属感，这是依靠沉浸传播实现跨媒体叙事效益最大化、最理想的状态。

"哈里·波特魔法世界"就是利用沉浸传播的典型案例。这个项目根据 J. K. 罗琳原著的故事和角色进行设计，并邀请包括"哈利·波特"系列电影的场景设计师斯图尔特·克雷格在内的数十名艺术家参与建造。其建构了小说中最具代表性的几处场景，如霍格默德小镇、神秘森林、霍格沃茨魔法学校等。哈利·波特迷们在这里深入城堡中心，体验书中所有的细节，甚至晚上还可以自己选择住在魔法学校四个学院的任一休息室。整个设计俨然小说场景栩栩如生的再现。这种沉浸体验无疑进入了感知体验的深层，成功地实现了从虚拟空间向物质现实空间的转化，极大地强化了哈利·波特迷们的归属感和忠诚度，从而最大限度地稳定并扩展了消费群体及其消费欲望和行为，实现了文化资本与经济资本的良性循环。

在欧美国家，跨媒体叙事已远远超越了传统的叙事范畴，其应用范围溢出了文史哲领域和影视娱乐行业，迅速向商业、教育、政治、新闻传播、旅游、电子商务、心理学、社会文化建设以及科技虚拟技术等领域渗透发展。然而，在我国，这种传播策略、传播方式和思维方式还远未能释放出其应有的能量，值此产业升级、文化产业大发展的关键时期，跨媒体叙事思维和传播方式的运用必将带来新的动力和活力，实现多种资本的有效循环和高效增值。

◆ 文艺经典的文化产品项目转化实践指导与训练

跨媒体叙事系列产品的核心元素提取训练

1. "福尔摩斯"跨媒体叙事系列产品核心元素提取

为了有效地从"跨媒体叙事"作品中提取核心元素，确定不同媒体格式的故事中必不可少的组成部分至关重要。"福尔摩斯"的故事已被改编成书籍、电影、电视剧，甚至游戏。接下来，我们以"福尔摩斯"的故事为例，练习提取其核心元素，以用于设计"福尔摩斯"跨媒体叙事系列产品。

（1）确定在所有媒体上保持一致的中心故事情节

夏洛克·福尔摩斯是一位才华横溢的冒险侦探，他凭借敏锐的观察能力和逻辑推理解决复杂案件。这个核心故事是所有改编故事的基础。

（2）识别不同媒体叙事中的核心人物

例如，夏洛克·福尔摩斯和约翰·华生博士等角色在每一部改编作品中都是必不可少的。他们的特点，如福尔摩斯的分析思维和古怪行为，以及华生的忠诚和医学专长，都得到了始终如一的描绘。

（3）确定不同媒体中反复出现的主题

在夏洛克·福尔摩斯的故事中，神秘、正义以及理智与犯罪之间斗争的主题很普遍。

（4）寻找对叙事至关重要且受众可识别的标志性场景或引语

例如，贝克街221B号的场景、福尔摩斯的伪装，或他著名的台词"注意，我亲爱的华生"（尽管这句台词从未出现在原著中），都是福尔摩斯媒体世界不可或缺的一部分。

（5）分析不同媒介如何适应叙事技巧

小说可能会通过华生的叙述深入展现福尔摩斯的思维过程，而电视剧可能会使用视觉线索和镜头来制造悬念，揭示福尔摩斯的推论。

（6）考虑不同的媒介样态如何吸引受众

游戏的互动性质使其可能更侧重于福尔摩斯冒险的解谜方面，让玩家直接参与侦探工作，体验破解谜团的乐趣。

（7）注意各种改编中发生的任何重大变化

例如，英国广播公司的现代改编电影《神探夏洛克》将背景更新为21世纪的伦敦，并引入了先进技术作为侦探工作的工具。

2.《灰姑娘》跨媒体叙事系列产品核心元素提取[1]

（1）《灰姑娘》童话版本与起源

我们现在所熟知的灰姑娘的故事来自欧洲，原在欧洲民间广为流传，后来才由法国作家夏尔·佩罗和德国的格林兄弟加以采集编写。在许多种语言包括法语、德语、意大利语、瑞典语，甚至汉语（叶限的故事）、斯拉夫语、凯尔特语中都有不同版本的类似故事。

灰姑娘的形象可以追溯到很早的时期。希腊历史学家斯特拉波曾在公元前 1 世纪记述了一位嫁到埃及的希腊少女洛多庇斯的故事，这被认为是《灰姑娘》故事的最早版本。洛多庇斯当时正在溪水边洗衣服，突然一只鹰飞过，将她的鞋子攫去并让鞋子掉在了位于孟斐斯城的法老的脚下。法老随后要求国内所有的女子试穿这双鞋子，看看是否合脚，最后找到了洛多庇斯。法老爱上了洛多庇斯并娶她为妻。这个故事后来也见于克劳狄俄斯·埃利安的《史林杂俎》中。

在欧洲，《灰姑娘》的最早版本名为 *La Gatta Cenerentola*，也称 *The Hearth Cat*，见于意大利童话采集者吉姆巴地斯达·巴西耳 1635 年的《五日谈》一书。这一版本为后来法国作家夏尔·佩罗和格林兄弟的版本奠定了基础。

（2）《灰姑娘》童话流传最广的两个版本

《灰姑娘》最为流行的一个版本出自法国作家夏尔·佩罗。这个版本中新增了南瓜、仙女和水晶鞋。曾有人认为，佩罗版本中的灰姑娘穿的原是松鼠毛皮做的鞋（pantoufle en vair），只是在故事被翻译成英文之后，鞋子被误当作是水晶做的，导致了水晶鞋的出现。这个版本中灰姑娘最终原谅了两个姐姐和后妈。

另一个著名的版本出自格林兄弟。在这个版本中，帮助灰姑娘参加舞会的不是仙女而是母亲坟头的许愿树，树上的小鸟为灰姑娘带来幸运的金舞鞋，同时，两个姐姐想要通过把脚削掉一部分的方式穿上鞋子，以骗过王子。两只小鸟提醒了王子，在故事的最后还把两个姐姐的眼珠啄掉了。

1　该习作出自本教材主编所讲授的专业选修课"文艺经典大众传播"的学生作业，特别感谢浙江工商大学人文与传播学院汉语 1701 班曹中雪同学的分享。

（3）童话故事基本要素

法国作家夏尔·佩罗版本：仙女教母、水晶鞋、礼服、南瓜马车、午夜十二点魔法等。

德国格林兄弟版本：许愿树、小鸟、礼服、金舞鞋等。

（4）改编版本

1）1950年动画版电影《仙履奇缘》

美国动画电影，迪士尼出品，剧本采用夏尔·佩罗版本的《灰姑娘》童话。二战结束后，为拯救萎缩的迪士尼电影市场，华特·迪士尼策划了该电影，电影带有浓郁的迪士尼动画色彩。

基本元素及其改变：

①保留

夏尔·佩罗版故事最具代表性的仙女教母、水晶鞋、礼服、南瓜马车、午夜十二点魔法等元素。

②添加

老鼠符号：作为灰姑娘的朋友起到巨大的作用。

黑猫符号：黑猫作为后妈的宠物成为后妈对灰姑娘迫害的影射。

小鸟符号：在格林兄弟版本《灰姑娘》中占据主要地位的小鸟在这里则成为"配角"，作为灰姑娘的动物朋友之一，对灰姑娘参加舞会起到一定的帮助作用。

音乐符号：开场灰姑娘美妙的歌声塑造了其勤劳善良、心怀向往的形象，整部电影带有音乐剧的色彩。

喜剧元素：老鼠与猫的斗智斗勇成为剧情的看点之一，增添喜剧元素。

人物元素：增添的老国王与大臣的人物设定更加讨喜，对手戏也充满趣味性。

2）2015年真人版电影《灰姑娘》

迪士尼出品，电影内容更像是1950年动画版《仙履奇缘》的翻版，基本架构不变，更加还原夏尔·佩罗版故事。主创成员有美国编剧克里斯·韦兹、英国导演肯尼思·布拉纳，由英国演员莉莉·詹姆斯饰演灰姑娘。

基本元素及其改变：

①保留

夏尔·佩罗版故事最具代表性的仙女教母、水晶鞋、礼服、南瓜马车、午夜十二点魔法等元素。

②添加

老鼠元素：灰姑娘生活中唯一的倾诉对象，关键时刻被仙女教母变成了马。

灰姑娘母亲角色：母亲的教育是灰姑娘性格中坚韧品质的最初来源。

老国王角色：因为王子挑选妻子而引出了盛大舞会的举行，对王子与灰姑娘的爱情加以阻挠，也为爱情元素增添了常见的曲折情节。

3）2004年版电影《魔法灰姑娘》

颠覆传统的另类童话电影，由汤米·奥·哈沃执导，安妮·海瑟薇主演。影片以魔法为娱乐元素，集合了灰姑娘、白雪公主、睡美人、怪物史莱克、哈利·波特故事中的元素，重新演绎出一个另类搞笑的浪漫喜剧。

影片是一幅有着浓重奇幻色彩的浪漫画卷，也是《灰姑娘》故事的改编。小女孩儿艾拉出生在一个奇幻世界中，这里的孩子在出生时都能得到仙女的礼物，而艾拉得到的则是露欣达仙女那伴随终生的咒语——无条件的顺从。这种不幸咒语使得她饱受后妈与两个姐姐的虐待。她决心寻找露欣达仙女，恳请她收回咒语，其间偶遇王子，并很快坠入爱河。虽然遭到王子恶毒的叔叔的阻碍，但艾拉最终还是解除了咒语，与王子幸福地生活在了一起。

基本元素及其改变：

①保留

两个姐妹和后妈角色、仙女教母角色、礼服、午夜十二点魔法。

②改变

水晶鞋：重要元素水晶鞋未被采用。

两个姐妹和后妈角色：苛待灰姑娘，造成其苦难命运。

仙女教母角色：不同于原版故事中仙女教母在关键时刻现身帮助灰姑娘，这里的仙女教母形象并不靠谱，行为举止怪异，行踪难定。她带给刚出生的灰姑娘"无条件的顺从"作为礼物，从而导致其命运悲剧。

礼服：灰姑娘为避免在咒语的作用下午夜十二点伤害王子，将自己绑在城外的树上，仙女教母出现为她变出礼服并将她解绑。

午夜十二点魔法：恶毒的叔叔意图谋杀王子夺取王位，利用灰姑娘的诅咒，令她在午夜十二点王子求婚时刻杀死王子，关键时刻灰姑娘通过内心的力量摆脱了咒语的束缚。

（5）小结

《灰姑娘》的故事广为流传，其中夏尔·佩罗的版本流传最广，相比于格林兄弟的暗黑血腥童话，它的受众范围更大，故事内容更容易被大众接受，因而也受到大众和改编者的青睐。众多《灰姑娘》改编版本实际上离不开原有故事的架构，同时受到时代、改编者本身、电影类型等的影响，传达给受众的是不变的真、善、美与爱的主旋律。

◈ 文艺经典的文化产品项目转化案例

文艺经典的跨媒体传播案例

1. 外国文艺经典的跨媒体传播案例一：帕慕克小说《纯真博物馆》与伊斯坦布尔"纯真博物馆"

扫描二维码
获取文本

2. 外国文艺经典的跨媒体传播案例二："哈利·波特"系列产品

扫描二维码
获取文本

3. 中国文艺经典的跨媒体传播案例：文创系列产品"秦时明月"

扫描二维码
获取文本

第二节　故事世界建构

一、跨媒体叙事概述与故事世界建构

跨媒体叙事是一种使用当前数字技术在多个平台以多种媒介样态讲述单个故事或系列故事的技术。这种讲故事技术的关键不仅是从一个平台到另一个平台的简单改编，而是扩展叙事，融入每种媒体的独特贡献，增强故事的整体性，优化用户体验。宏大的世界建构是跨媒体叙事的核心组成部分，它为故事提供了一个丰富的、沉浸式的背景，以使故事在不同的媒体上延展变化，角色得到更深入的展开，通过不同媒体展示故事或人物的不同方面。跨媒体叙事不仅用于娱乐，还用于营销、教育和社会活动，通过每种媒体的优势最大限度地提高观众的参与度和影响力。

在跨媒体叙事浪潮之下，由叙事建构的故事世界引发了研究者和业界的普遍关注。美国学者玛丽·劳尔·瑞安认为，成功的跨媒体叙事关键在于故事世界的建构，而故事内容或人物的选择，以及制作者与粉丝用户之间的参与程度又对故事世界的建构起着决定性的作用。[1]《世界构筑综合指南》一书作为构筑世界的工具手册，对塑造人物、推进情节、强化故事结构等给出了细致而具体的建议。

跨媒体叙事的前提并非"互文性"，而是"共世性"，即基于各种媒介的若干故事发生在同一个故事世界之内。故事世界构建是指创造一个全面、连贯的宇宙，故事的叙事在其中展开。这一概念在小说、电影、电子游戏和跨媒介项目等各种讲故事的媒体中至关重要。一个构建良好的故事世界提供了控制叙事的动作和事件的环境、背景和规则。故事世界成立的必要条件，不在于其本质是幻想还是现实，而在

1　玛丽-劳尔·瑞安、赵香田、程丽蓉：《跨媒体叙事：行业新词还是新叙事体验？》，《北京电影学院学报》2019年第 4 期。

193

于历史、地理、人物等维度的"可扩展性"，其扩展方式包括填补历史的空白、探索未知之疆域，以及补充人物的经历。基于"共世性"原则，跨媒体叙事扩展可以借助"协同论"与"冲突论"两类视角予以考察：前者关注与典范版本保持一致的叙事扩展，后者则关注与典范版本存在明显冲突的叙事扩展，尤其是草根创作者有意为之的"另类叙事"。[1]

"架空历史"是故事世界的一种形态。这种形态除了增加叙事空间、避开历史禁忌之外，也能通过"尽设幻语""作意好奇"的虚拟方式满足读者或观众的好奇心，增加作品的娱乐性。特别是穿越剧情的设计，故事主角因所处时代不同而产生的错位感使剧本更富传奇色彩和张力。例如，《庆余年》中的现代青年范闲，其灵魂穿越到庆国，成为庆国武帝的私生子，从而引发一系列的传奇故事；《步步惊心》中的都市白领张晓，因一场车祸穿越到清朝，成为满族少女，卷入康熙朝的皇位之争。古今时空交叉及人物情感带来的强烈错位感体现了后现代社会文学娱乐至上的消费逻辑。[2]

故事世界的消费者因未知驱动而不断探索，其模式可归为"体验收集"与"问题研究"：前者迁徙游历，收集新鲜事物；后者博闻强识，致力于深入钻研。故事世界吸纳了宏大叙事凋零之后的众多细小叙事，是后现代社会宏大叙事的替代品。故事世界为人们提供了"复数的世界""多元的群体"等丰富的选择，人们借此重建个体与世界的连接，进而在故事世界中寻找相似的文化记忆与身份认同。[3]

二、故事世界建构的要素

故事世界的建构包括但不限于以下要素。

1. 环境

这包括地理位置、历史时期和故事发生的物理环境。它可以是现实的地球环境，也可以是拥有自己的物理和魔法定律的幻想宇宙。故事世界构建的背景不仅是动作

1　施畅：《共世性：作为方法的跨媒介叙事》，《艺术学研究》2022 年第 3 期。
2　黄玲、王乃璇、程砾瑶：《网络文学跨媒介叙事：后经典叙事时代的液态文学及叙事特征》，《辽宁师范大学学报（社会科学版）》2021 年第 4 期。
3　施畅：《共世性：作为方法的跨媒介叙事》，《艺术学研究》2022 年第 3 期。

的背景，它对故事的基调、主题和人物发展都有重大影响。

故事世界的自然地理包括其景观、气候和自然资源。这些元素可以塑造情节和人物的行为。例如弗兰克·赫伯特的《沙丘》以沙漠星球阿拉吉斯为特色，其恶劣、缺水的环境构成了其社会文化规范和冲突的基础，特别是对宝贵资源"香料"的控制。

建筑和其他建筑空间反映了社会的技术和文化水平，可以象征主题元素。例如，《银翼杀手》展示了未来的洛杉矶，那里有高耸的摩天大楼、霓虹灯和永恒的烟雾，营造出一种腐朽和技术饱和的氛围，反映了电影的存在主义主题。

历史背景可以通过其技术、社会规范和主流意识形态来影响故事。比如F. 斯科特·菲兹杰拉德的《了不起的盖茨比》与20世纪20年代的美国深深交织在一起，捕捉到了美国梦的奢华、爵士乐和幻灭，这是小说的核心主题。

故事世界中人们的信仰、组织、行动和人造物有助于创造一个可信的环境。比如J. K.罗琳的《哈利·波特》系列在现代英国构建了一个由巫师和魔法生物组成的隐藏世界。魔法世界的文化组织和文化活动细节包括政府、学校以及魁地奇等体育项目，使得故事细腻丰富，为受众的欣赏体验提供了足够的可信度。

故事世界中采用的各种技术可以推动情节发展，影响人物的生活方式和相互交往。例如，《黑镜》系列每一集都在探讨未来的背景，先进的技术影响着人类行为和社会规范，往往会导致反乌托邦的结果。

在幻想环境中，超自然的景观和现象可以给人带来一种惊奇和危险的感觉。J. R. R.托尔金的《指环王》以中土世界为特色，这个复杂的世界充满了不同的种族、语言和风景，从田园的夏尔到恐怖的魔多，每一个都是史诗叙事的组成部分。

经济环境可以影响角色的动机和故事的冲突。例如，维克多·雨果的《悲惨世界》生动地描绘了19世纪法国的经济和社会斗争，这些斗争推动了小说中个人和政治冲突的发展。

可见，背景不仅是一个被动的环境，而且是故事的一个主动组成部分，它与叙事的每一个元素都相互作用，由故事本身塑造，又反过来塑造故事。

2. 人物

人物即故事世界的居民，包括他们的背景、文化和人际关系。这些角色必须以在世界背景下可信的方式发展。人物是任何故事世界都不可或缺的核心元素。正是通过他们的抉择、成长轨迹以及彼此间的互动，叙事得以向前推进，并深深吸引着观众。因此，有效的角色塑造和发展，在于创造出那些不仅在故事所设定的环境中具有高度可信性，更能从情感层面上与读者或观众建立起强烈共鸣的角色。

（1）主角和反派

他们是故事的主要人物，往往决定着故事的冲突和进展。J. K.罗琳的《哈利·波特》主人公哈利·波特是一位年轻的巫师，他的个人成长经历、能力和道德抉择推动了故事的发展。伏地魔作为反派，代表黑暗主题，对魔法世界构成生存威胁。

（2）主要人物的变化

主要人物的变化往往成为故事的主线。主要人物随着自身经历和面临的挑战的变化而不断发展。比如《绝命毒师》中，沃尔特·怀特从一个温顺的高中老师转变为一个无情的毒枭，反映了权力、腐败和道德的主题。

（3）静态人物

静态人物角色在整个故事中基本上保持不变，是其他角色发展的陪衬或基准。简·奥斯汀《傲慢与偏见》中的柯林斯先生就是一个静态角色，他减缓了这部小说的喜剧性推进，也与更具活力的主人公伊丽莎白和达西形成鲜明的对比。

（4）符号人物

符号人物是体现抽象概念或主题的人物，经常被用来强化叙事的道德或信息。比如赫尔曼·梅尔维尔《白鲸》中的亚哈船长，他痴迷于杀死白鲸，象征着偏执和复仇的破坏性。

（5）原型人物

原型人物代表普遍的模式或经历，使故事在不同的文化和时代之间具有相关性。比如《星球大战》中卢克·天行者是英雄，达斯·维德是恶棍，欧比-万·克诺比则是导师，他们在史诗般的太空传奇中成为英雄之旅的基本原型。

（6）合奏人物

合奏人物即故事有多个主要人物，他们之间的相互关系与个人的发展线索交织在一起。比如《权力的游戏》系列由来自不同背景的众多角色组成，每个角色都有自己复杂的动机和故事情节，为丰富、相互关联的叙事作出了贡献。

（7）陪衬人物

陪衬人物即与主人公形成对比的人物，以突出其某些特征或问题。在奥斯卡·王尔德的《道林·格雷的画像》中，巴兹尔·霍尔沃德就是道林的道德陪衬，他用自己的善良和正直来凸显道林的道义沦丧。

角色如何与他人交谈和互动可以揭示他们的性格、背景以及随着时间的推移而发生的变化。通过培植全面发展的角色，积极参与人物彼此的世界，可以创造让人身临其境的故事，与观众产生共鸣。《火线》系列中人物的对话互动就是成功的典范，既揭示了对社会经济斗争和人物性格的深刻见解，也描绘了巴尔的摩城市现实环境中人物的务实行径。

3. 文化与社会

规范、价值观和社会结构决定了人物如何在故事世界中互动以及社会如何运作，包括政治、宗教、经济和社会礼仪等。故事世界中的文化与社会对于创造深度和现实感，以及为角色的运作和互动提供语境框架至关重要。以下这些元素反映了影响故事情节和角色行为的规范、价值观和结构。

（1）社会阶级

阶级结构可以深刻地影响人物的际遇、冲突和互动。比如《唐顿庄园》系列精心描绘了 20 世纪初的英国阶级制度，探讨了贵族家庭与其仆人之间的复杂关系，以及影响他们传统生活方式的社会变革。

（2）政治制度

故事世界中的政治制度可能是情节和人物的主要驱动因素。乔治·奥威尔《1984》的反乌托邦叙事围绕着一个极权主义政权展开，该政权利用监视、宣传和审查方式来控制其公民，寄寓了深刻的政治和社会批判。

（3）宗教和信仰

宗教和信仰既可以塑造人物的道德和伦理抉择，也可以成为冲突或团结的根源。C. S.刘易斯的《纳尼亚传奇》系列充满基督教的象征意义和主题，影响着角色的行为选择和故事的寓言结构。

（4）经济系统

财富在一个社会中的产生和分配方式会影响其文化和人物生活的许多方面。苏珊·柯林斯的《饥饿游戏》描绘的社会就深受经济因素左右，在这里，富裕、技术先进的国会大厦压榨和利用周围的地区，导致巨大的经济差距和社会动荡。

（5）性别角色

不同性别的角色期待，即分配给不同性别的角色，可以定义故事中的关系、权力动态和个人愿望。比如《广告狂人》系列以 20 世纪 60 年代为背景，探讨了美国历史上那个变革时代不断演变的性别角色，重点关注女性在工作场所和社会中争取平等的斗争。

（6）文化传统与仪式

文化传统与仪式可以增加故事世界的丰富性，提供故事世界的价值观和历史观。比如《黑豹》这部电影将各种非洲文化的元素融入瓦坎达这个虚构世界，展示了非洲传统的仪式、服装和语言，将幻想元素根植于非洲现实之中以达成文化共鸣。

（7）语言与身份

语言交际、文化身份和群体归属关注语言在塑造人类思想和文化中的作用。比如《达·芬奇密码》围绕语言学家、符号学家与"杀人狂"的符号谜语拆解之战，探索了理解和感知的深刻主题。

（8）文化冲突

文化差异引发的冲突可以推动叙事和人物性格发展。谭恩美的《喜福会》即描绘了中国移民母亲和其在美国出生的女儿之间的文化冲突，深入探讨了身份认同、代沟和文化同化问题。

通过将这些文化和社会元素编织到故事世界的结构中，作家和创作者不仅可以提高叙事的深度，而且可以在多个层面吸引受众，鼓励他们通过虚构世界的镜头反思现实世界。

4. 规则和逻辑

每个故事世界都有自己的内部逻辑和规则，其中包括自然规律、魔法系统、技术和人类（或生物）能力的极限。这些规则的一致性对于确保故事的可信度至关重要。这些规则决定了物理、魔法、技术和生物学等元素在虚构宇宙中的运作方式。一套定义明确的规则有助于保持沉浸感，并让观众了解角色所面临的可能性和局限性。

（1）物理和自然定律

坚持或创造性地改变现实世界的物理定律会对叙事产生重大影响。《星际穿越》这部电影使用了时空、黑洞和相对论概念，这些概念与星际旅行的情节和可行性密不可分，为科幻小说提供了现实基础。

（2）魔法系统

魔法系统必须具有内在的逻辑性和一致性，从而避免其成为解决故事中所有障碍的万能钥匙。布兰登·桑德森的《迷雾之子》系列有一个定义明确的魔法系统，在这个系统中，个人消耗金属来赋予他们特定的力量。这个系统非常详细，有明确的规则和限制，影响着故事的情节和组织。

（3）技术水平

技术水平定义了故事世界中可能发生的事情，并可以推动情节和角色的发展。比如《银翼杀手》中先进的生物工程复制品的出现为探索技术先进社会中的人性、身份和伦理主题奠定了基础。

（4）生物学和生态学规则

这一规则包括物种如何进化、互动和影响其环境，可能是世界建构的核心，尤其是在科幻小说和幻想小说中。比如《阿凡达》中潘多拉星球的生态非常发达，有发光的植物群和像神经网络一样连接的树根网络，突出了万物连通和环境保护的主题。

（5）社会和文化规范

社会互动、法律制度和文化规范指导着角色的行为和互动方式。比如玛格丽特·阿特伍德《使女的故事》中的反乌托邦社会对性别角色和社会行为有着严格的神权规则，深刻影响着人物的生活，并强化了叙事张力。

（6）经济原理

这是指资源的价值和交易方式可以构成故事世界的经济支柱。比如动漫《狼与香辛料》聚焦于中世纪的一位旅行商人，贸易法、货币价值和经济原则在故事情节的开展和人物的互动中发挥着重要作用。

保持既定规则的一致性对于增强观众参与度和故事可信度至关重要。比如《权力的游戏》系列尽管有幻想元素，但叙事遵循了关于季节、地理和政治决策后果的既定规则，确保了支撑复杂故事的逻辑流程。角色发现或突破已知规则的界限可能会引发情节并产生冲突。比如《黑客帝国》就叙述了故事主要人物发现模拟环境的秘密，进而不断探索和操纵这个模拟环境系统的规则，这构成了电影情节和动作序列的核心。

建立清晰、一致的规则不仅能够丰富故事世界，还能够使观众或读者更深入地参与叙事，了解角色必须面对的利害关系和挑战，支持情节的发展，推动故事的主题探索。

5. 背景和历史

开发一个支持多平台叙事的丰富、详细和连贯的世界关乎跨媒体叙事项目的成功。整合背景和历史要素需要一套细致的方法，包括历史研究、时间线开发、建立文化规范、多种媒介平台叙事并保持一致性，以及吸引受众互动等元素。

（1）历史研究

从深入的历史研究开始，收集灵感，了解与故事世界相关的现实世界历史和文化背景，进而为故事世界创建一部全面的历史，包括概述主要的历史事件、文化规范和自然地理。在漫威电影宇宙中，二战等历史事件对于理解美国队长等角色的起源和九头蛇等团体的形成至关重要。假设团队正在创作一个以青铜时代为背景的故事，就需要研究青铜时代历史社会的技术进步、政治结构和文化实践。可以从米诺斯人或迈锡尼人等地中海文明中汲取灵感，探索他们的神话、艺术和考古记录，创造一个与真实世界产生共鸣的环境。

（2）时间线开发

构建一个按先后顺序排列的时间线，概述你所在世界中重大历史事件的进展，包括不同王国的建立、重大战役、和平条约和自然灾害等。这个时间线在战略游戏中至关重要，玩家可以参与不同的历史时期，并根据当时的世界状况选择他们的战略和互动方式。

（3）建立文化规范

在故事世界的构建中，明确的文化规范是其核心支撑。每个角色、地点乃至重要的物件都应拥有精心设计的背景故事，这些背景故事不仅揭示了塑造该世界中角色行为模式与互动方式的社会价值观和文化准则，也直接增强了主要叙事的深度与说服力。比如，在一个充满政治阴谋与社会攀升的故事世界里，如果荣誉和血统被设定为决定个人地位与成就的关键因素，那么故事中的人物就必须精准地理解并驾驭这些文化规范，才能有效地实现他们的目标，并推动剧情发展。以《巫师》系列为例，它正是通过对主角杰洛特及其他关键人物的详细背景故事进行深度挖掘，极大地丰富了其主要情节。这些背景故事不仅在系列游戏中得到细致展现，也在Netflix改编剧中得到了进一步探索，使得《巫师》世界中的道德困境、社会阶级和种族偏见等文化规范得以鲜明呈现，从而让整个叙事更具层次感和真实感。

（4）多种媒介平台叙事

利用不同的媒体形式和平台探索故事世界的各种历史和文化方面。比如《刺客信条》的每款游戏都聚焦于不同的历史时期，深入探讨了重要时代及其对刺客和圣殿骑士之间持续冲突的影响。可以创建一个交互式网站或移动应用程序，用户能够在其中探索故事世界的交互式地图，并将历史事件标记到特定位置。这可能包括多媒体条目，如短片、文本条目和语音叙述，以深入阐述过去的事件及其意义。

（5）保持叙事一致性

结合背景故事和传说，丰富故事世界，为当前的叙事提供深度，并使得所有媒体平台叙述的故事具有一致性，以确保故事世界的可信度和沉浸感。创建和保留一份详细、全面的主文件，以保持所有媒体平台上各种模态叙事的一致性，其中包括所有历史事件、人物背景故事、地图、政治制度和文化信息。这在角色扮演游戏中尤为重要，开发人员需要确保游戏机制和故事情节与世界既定历史保持一致。例如，开发一个影响地缘政治格局的传奇英雄的背景故事，这个英雄的故事可以通过一个动画系列来展开，详细介绍其任务、战斗和留下的文物，这对主故事的情节至关重要。正如《星球大战》的特许经营权要求所示，即使是微小的细节在各种媒体平台上也必须保持一致。

（6）增强互动

设置互动元素，让观众探索故事世界的历史和背景并与之互动，这种反馈可能会影响未来的剧集，甚至影响故事在其他媒体平台上的叙事发展。可以根据观众对不同媒体方式的接受程度灵活调整历史元素，并随着故事系列的发展而扩展。比如迪士尼主题公园的"星球大战·银河边缘"，粉丝们在一个完全沉浸式的环境中演绎自己的《星球大战》，但必须保持特许经营授权的所有《星球大战》故事的历史元素不变。而《星球大战》电影中的新历史细节往往会导致新系列或漫画书的开发，进一步探索这些方面。

通过精心制作每个元素，从核心故事和详细的历史背景到设置多种模态叙事并确保故事世界的一致性，创作者可以构建一个丰富、动态的跨媒体故事世界。这种方法不仅使叙事在各种平台上保持吸引力，还会加深观众与故事的联系，使其成为一个更具沉浸感和互动性的充满活力的故事世界。

6. 母题和主题

母题和主题是赋予故事深度和共鸣的基本元素，能够使叙事传达更广泛的信息，并在更深刻的层面上与观众互动。其通常被编织到故事世界的结构中，反映在视觉设计、人物发展和叙事事件中。主题反映故事所涉及的潜在信息或道德问题，而母题是支持这些主题反复出现的符号或元素。

（1）主要主题

主要主题是故事探索的核心思想或信息，通常反映普遍的人类经历或社会问题。例如，哈珀·李的《杀死一只知更鸟》通过斯各特和杰姆·芬奇在种族分裂的美国南部目睹的事件，探讨了种族不公正、道德成长和失去无辜等主题。

（2）母题

母题即故事中反复出现的符号或图像，可以强化叙事的主题，有助于构建一个连贯的故事世界。例如，《了不起的盖茨比》中，黛西码头尽头反复出现的绿光母题象征着盖茨比遥不可及的梦想和美国梦难以捉摸的本质。

（3）心理学主题

心理学主题深入探讨人物的思想和行为，经常探索心理和情感景观。例如，《搏击俱乐部》讲述了身份、消费主义和自我毁灭的主题，主角的双重人格是这些探索的载体。

（4）社会和文化主题

该元素反映故事世界中社会和文化的规范、斗争和动态。例如，简·奥斯汀的《傲慢与偏见》在19世纪初的英国背景下审视婚姻、阶级和社会流动的主题，通过人物互动和浪漫纠葛来批判社会规范。

（5）环境主题

环境主题侧重人物与环境之间的互动，通常用于有关生存、探索或环境保护的叙事。例如，《阿凡达》探索了殖民主义和环境保护的主题，潘多拉星球郁郁葱葱的世界及其毁灭是叙事的关键元素。

（6）历史和政治主题

该主题涉及历史事件或政治意识形态，提供对治理、权力和抵抗的评论。例如，乔治·奥威尔的《1984》就是对极权主义和监视的政治批判，描绘了一个政府绝对控制、不存在个人自由的社会。英国历史学家克里斯·肯普歇尔的《星球大战的历史与政治：死亡之星与民主》一书考察了《星球大战》系列的跨媒介叙事历史，发现这部系列文化产品折射了那些影响深远的当代政治事件，包括法西斯主义和银河帝国、民主的失败、冲突与战争、绝地武士的道德以及性别、种族等议题。[1]

（7）象征性主题

象征性主题即重复出现在故事中并象征特定想法的元素。例如，托尔金的《指环王》使用戒指母题象征权力及其腐败带来的影响，这是权力、道德和牺牲这一总

1　Chris Kempshall, *The History and Politics of Star Wars: Death Stars and Democracy* (NY: Routledge, 2022).

体主题的核心。

将多个主题编织成复杂关联的故事，可以进行丰富的解读和分析。例如，《云图》探索了不同时间和地点的连接、转世以及个人行为的影响等主题，使用环环相扣的故事来研究生命和行为是如何相互关联的。

三、跨媒体叙事中的故事世界建构实践

故事世界的建构必然会涉及种族、跨文化、身份认同等议题。娜塔莉·M.安德伯格–古德聚焦于漫画和超级英雄，包括基于漫威《黑豹》（2018年）的粉丝小说，为电影《莫阿纳》（2016年）和《花木兰》（2020年）创作的粉丝小说和艺术，以及美国和国际独立漫画艺术家和作家的创作。通过跨媒体文本的细读以及对跨媒体故事讲述者和观众的采访，她考察了欧美超级英雄的叙事惯例，以理解跨媒体叙事中不同文化的多重媒介呈现方式，探讨非欧美文化如何借助跨媒体叙事打造本土意义上的超级英雄，并追求文化多样性。比如漫画《蜘蛛侠：印度》将超级英雄的故事移植到孟买街头，而绿魔则变成印度神话中的恶魔罗刹。[1] 作家、设计师和制片人都有一套使用超级英雄文化符号和概念的方式，这些叙事选择都不同程度地影响观众，包括那些认同和不认同超级英雄所代表的文化的人。

有效的故事世界构建能够提高观众的参与度和沉浸感，提供可信和丰富的故事背景，以支持情节和人物的发展，增强叙事的独特性和吸引力，这对奇幻和科幻等类型的叙事作品来说尤为重要。比如，李广益主编的《科幻导论》就讨论了科幻故事世界的建构问题，涉及科幻创意的激发、设定网络的构建、科幻设定的呈现等方面内容。[2]《电视共同世界：小屏上扩展融合的故事世界》一书可以帮助我们理解自20世纪60年代以来电视连续剧如何跨越离散的虚构文本，形成"共享世界"（shared universes），这不仅是叙事和创作的问题，还涉及网络公司的政策策略。[3]

1　Natalie M. Underberg-Goode, *Multiplicity and Cultural Representation in Transmedia Storytelling: Superhero Narratives* (NY: Routledge，2022).

2　李广益：《科幻导论》，重庆大学出版社，2023，第241-259页。

3　CarrieLynn D. Reinhard and Vincent Tran (eds.), *Televisual Shared Universes: Expanded and Converged Storyworlds on the Small Screen* (Lexington Books, 2023).

　　跨媒体叙事为传统文化的传承与传播提供了新思路。欧洲学者尼科尔·巴萨拉巴建议以虚拟博物馆、严肃游戏、互动纪录片等跨媒体方式为观众提供一种自下而上的关于文化遗产的虚拟叙事体验。在非遗影像中引入跨媒体叙事策略，打造非物质文化遗产的故事宇宙也是一种思路。差异性艺术的跨媒体融合有利于吸引年轻观众，从而为传统戏曲在现代社会的复兴带来新的可能，比如粤剧《白蛇传》就通过跨媒体融合展现了新的活力。何成洲提出的"跨媒介表演性"（intermedial performativity）概念将表演的过程及其影响因素视作一个整体，讨论它们如何共同生成了一个动态关联的文化现象或事件，分析其对历史和现实的影响。"跨媒介表演性"是电视舞蹈《唐宫夜宴》制作并产生影响的一个显著特点。舞蹈在对荷花奖中国古典舞作品《唐俑》的引用中形成自己的影像化存在，即"舞蹈影像"；同时在引用中形成一种特殊形态的舞蹈，即"影像舞蹈"。通过AR技术呈现建筑、绘画、文物等，影像化、历史化、具体化、陌生化的身体存在构成了演员的舞蹈身体，形成一种关乎人存在的"身体网络"，从而在凝视、共鸣、想象中完成审美缝合。现代化进程中身体文化、审美及身体重压等促成了身体的反向能动性：人主动寻找基于身体的文化、审美或消费，通过与艺术、社会间的跨媒介表演性而达到人的现实确认。[1]

　　西方跨媒体叙事研究者通常以编撰百科全书、故事世界创作指南等方式，系统盘点跨媒体叙事资源，进而为创作实践提供灵感与助力。"三国""封神""山海经"等经典IP是当下跨媒体叙事故事世界的主要来源，此外，比较重要的故事世界还有金庸武侠传统所构筑的武侠世界、《仙剑奇侠传》系列游戏所构建的瑰丽奇幻的仙侠世界、刘慈欣的《三体》所构建的恢宏壮阔的宇宙世界、《鬼吹灯》《盗墓笔记》等中式奇幻探险作品所构建的鬼灵精怪的异域世界、《凡人修仙传》等"男频"修仙网文所构建的"穷小子逆天改命最终逆袭"的故事世界、《甄嬛传》所构筑的等级森严且充满争斗的后宫世界、《狄仁杰》系列所开辟的大唐世界，等等。我国本土的故事世界资源还有很大的开掘空间。

　　故事世界的建构在运用跨媒体叙事铸牢中华民族共同体意识、对外讲好中国故

1　王斌：《身体与姿态：舞蹈〈唐宫夜宴〉的跨媒介表演性》，《北京舞蹈学院学报》2022年第3期。

事等方面蕴含着丰富潜能。比如，中国当代民族动画电影的共同体意识借助故事世界的述真与通达得以实现。[1] 建构与完善中国故事世界、打造全媒体传播矩阵、策略性介入多级文本是推动中国故事国际传播升维的基本路径。[2] 跨媒体叙事所构筑的故事世界将召唤现实中的原子化个体融入想象的共同体之中，从而助力构建人类命运共同体。[3]

◇ **文艺经典的文化产品项目转化实践指导与训练**

一、跨媒体叙事系列产品的"世界建构"练习

以《星球大战》系列为具体案例，模拟其跨媒体叙事的"世界建构"设计。这个系列涵盖图书、电影、戏剧、主题公园和数字游戏。

1. **核心世界元素**

背景：一个广阔的宇宙，有各种各样的行星和恒星系统，每一个都拥有独特的文化、气候和居民。著名的地点包括塔图因、科洛桑和死星。

时间线：故事跨越了多代人，有前传、原创三部曲、续集和探索不同时代的众多衍生作品。

2. **跨媒体角色发展**

主要角色：卢克·天行者、达斯·维德、莱娅·奥加纳、汉·索洛等角色，以及雷伊和芬恩等新角色。

角色演变：角色在各种媒体上发展，其背景故事在动画系列、漫画和小说中得到了丰富。

3. **主题探索**

冲突与平衡：包括西斯和绝地之间正在进行的战斗以及原力黑暗面和光明面之间的平衡。

1　彭佳、何超彦：《跨媒介叙事中故事世界的述真与通达：中国当代民族动画电影的共同体认同凝聚》，《民族学刊》2022 年第 9 期。

2　邓祯：《跨媒介叙事：中国故事国际传播的升维》，《中国编辑》2023 年第 10 期。

3　施畅、梁亦昆：《全球视野下 2023 年度跨媒介艺术研究述评》，《艺术学研究》2024 年第 2 期。

遗产与命运：许多角色都在努力应对自己的过去和命运，塑造自己的道路和更大的叙事。

4.叙事的一致和扩展

电影：作为核心故事情节的载体，引入并解决主要情节点和角色弧线的问题。

电视节目：像《曼达洛人》和《星球大战：克隆人战争》一样，探索侧故事、新角色和详细的背景故事，扩展宇宙。

书籍和漫画：提供对电影中未充分探索的人物思想和历史的更深入见解。

5.交互和用户参与

电子游戏：《星球大战：旧共和国骑士》和《星球大战：前线》等游戏允许玩家探索宇宙，做出影响银河系的选择，并体验战斗的乐趣。

主题公园：迪士尼乐园的"星球大战：银河系的边缘"提供沉浸式体验，游客可以驾驶"千年隼"，制作"光剑"，并与角色互动。

6.文化衍生和媒体改编

本地化：改编电影和调整商品以适应不同的文化背景，同时尊重其原初文本的核心特征。

商品化：设计人物、动作、服装等衍生产品，增强粉丝对这个故事世界中有形物品的参与感。

7.营销和交叉促销策略

活动发布：协调发布电影和主要电视剧作品，通常伴随着全球营销活动和商品更新。

合作伙伴关系：与多家公司合作推出联合品牌产品，从乐高玩具到高端时尚，将"星球大战"品牌传播到不同的消费领域。

《星球大战》系列的"世界建构"表明，叙事可以在多种媒体上无缝扩展，同时保持其故事世界的完整性。每种媒体都为这个世界的丰富性作出贡献，也为粉丝提供多个切入点和多种参与叙事的方式，满足他们不同的偏好和兴趣。

二、跨媒体叙事系列产品的"故事建构"练习

创作"跨媒体叙事"作品需要精心制作一个在多个媒体平台上展开的故事，每一部分都对整个叙事作出独特而重要的贡献。我们以一个名为《失落的活力之城》的虚构故事来模拟构建这个跨媒体叙事项目。

1. 概述

书名:《失落的活力之城》

主题: 探险、神秘、古代文明

目标受众: 年轻人和成年人

2. 核心故事

故事主要围绕一位名叫建华的考古学博士展开，她发现了神秘活力城的线索，据说活力城拥有远远超出我们理解的知识和技术。故事探讨了冒险、历史神话和科学事实之间的冲突以及对知识的追求等主题。

3. 媒体平台及其作用

（1）小说

小说介绍建华博士的身份、背景以及她发现的一幅通往活力城的古代地图。这幅地图引发了主要的冲突，包括竞争对手的寻宝者和一家想要利用这座城市技术的秘密公司。

（2）互动网站

地图探索: 用户可以探索一张交互式地图，了解建华博士访问过的更多地点。

益智游戏: 用户需要解决谜题以访问建华博士的日记条目和笔记，从而更深入地了解她的发现和活力城的神话。

（3）手机游戏

玩家可以扮演建华博士团队中的探险家。游戏包含收集资源、解码古代文本和保护网站免受竞争对手攻击的任务。AR功能允许玩家在现实世界中"发现"文物。

（4）网络系列

重点介绍活力城的背景故事和建造它的古代文明。每一集都以一个悬念或一个

谜团结束，鼓励观众探索其他媒体以发现更多细节。

（5）播客系列

故事讨论了这些"现实世界"的含义，包括对考古学和神话学虚构专家的采访。特别剧集可能包含与整个故事相关的"隐藏"线索。

（6）社交媒体活动

运行一个社交媒体叙事，涉及各种角色的文物、编码信息和日记的"泄露"。让社区参与解码信息并预测建华博士将访问的下一个地点。

每个平台不仅拥有自己的内容，而且是更大的叙事难题的一部分。例如，在互动网站上解决的谜题可能会提供解锁手机游戏新领域所需的代码，而从播客中获得的见解可以为基于小说的谜题提供解决方案。

《失落的活力之城》跨媒体叙事的模拟展示了如何有效地利用不同的媒体平台来构建一个丰富、引人入胜的故事，以鼓励观众积极参与和探索。每个平台都为展开的故事作出独特的贡献，增强了整体体验，加深了观众与叙事的联系。

◇ 文艺经典的文化产品项目转化案例

文艺经典的跨媒体叙事案例

1. 外国文艺经典的跨媒体叙事案例一："指环王"系列产品

扫描二维码
获取文本

2. 外国文艺经典的跨媒体叙事案例二："权游"系列产品

扫描二维码
获取文本

3. 中国文艺经典的跨媒体叙事案例一：文创系列产品"白蛇传"

扫描二维码
获取文本

4. 中国文艺经典的跨媒体叙事案例二：文创系列产品"大唐长安"

扫描二维码
获取文本

5. 中国文艺经典的跨媒体叙事案例三：文创系列产品"宋韵"

扫描二维码
获取文本

◆ 文艺经典重生创意策划文稿

"封神系列"跨媒体叙事案例分析——以电影《哪吒之魔童降世》和《新神榜：

杨戬》为例

扫描二维码
获取文本

第三节　数字交互沉浸叙事

数字叙事只能在计算机环境下存在和体验，主要表现为互动小说、超文本小说、虚拟现实叙事以及具有叙事性的电子游戏。故事和游戏可视为建构虚拟世界的两种不同但互补的模式，其背后的符号意指过程分别是表征和模拟；故事呈现为游戏的脚本，而游戏则是潜在的故事。叙述和互动作为虚拟世界的体验方式，可以经过重构达到恰当的结合。故事的空间化逻辑为数字游戏实现叙事潜力提供了可能，而叙事学的人物观可以成为计算机人物创作的灵感源泉。[1]

数字互动沉浸式叙事（digital interactive immersion narrative，DIIN）是指将数字技术与互动元素相结合，让用户沉浸在叙事体验中的一种讲故事形式，强调深度、沉浸感和互动性。DIIN利用先进的技术手段，如VR、AR、MR以及高度互动的故事叙述技术，创造一个让用户感觉身临其境的故事世界。与故事以线性方式展开的传统叙事不同，DIIN允许观众与故事互动，并可能影响故事的结果。这种互动既可以是做出影响故事路径的选择，也可以是探索对用户行为做出反应的环境等多种方式。跨媒体叙事中的沉浸体验是指观众深入参与并沉浸于跨多个媒体平台的叙事宇宙。这种身临其境的体验通过叙事技术和数字技术的结合而实现，让观众感觉自己是故事世界的一部分，其目标是创造一种超越传统媒体消费的、跨越真实与虚构界限的体验。

数字交互是指用户通过与数字系统、平台或环境的互动影响体验或结果的行为。这一概念在娱乐、教育、电子商务等各个领域发挥着重要的作用。

数字交互的主要类型包括：用户输入，交互通常从键盘、鼠标、触摸屏或语音命

1　张新军：《故事与游戏：走向数字叙事学》，《武汉理工大学学报（社会科学版）》2010年第2期。

令等设备的基本用户输入开始，在更高级的设置中，还可以使用手势和眼球运动；响应性反馈，数字系统实时响应用户输入，提供视觉、听觉或触觉反馈，以指导或奖励互动；自适应内容，许多系统根据用户行为、偏好或过去的交互来调整其内容，从而增强个性化和相关性。

实现数字交互的技术主要包括：人工智能技术，比如机器学习和自然语言处理，使系统能够从互动中学习，改善反应或个性化体验；VR 和 AR 技术，创造身临其境的体验，用户不仅可以与平面屏幕互动，还可以在三维空间内互动；物联网技术，物联网设备可以彼此交互，也可以与用户交互，形成响应迅速、互联互通的环境。

数字交互的应用主要有：电子游戏，这是数字交互的核心应用之一，环境会对每个玩家的动作做出反应，并根据这些互动改变叙事或游戏结果，比如 Telltale Games 的《行尸走肉》和 Quantic Dream 的《底特律：成为人类》等游戏提供显著影响故事进展和结局的选择；电子学习，互动课程可能会根据用户对内容的理解程度来调整难度或提出新的主题，像可汗学院这样的网站会通过互动测验和自适应学习技术根据每个学生的需求定制教育内容；电子商务，根据用户浏览历史、互动行为或产品的互动视图来推荐产品，例如虚拟试穿，以及时尚和美容行业的增强现实应用程序，用户可以看到产品的虚拟外观；智能家居，根据用户的存在或喜好调整照明、温度甚至播放音乐。

数字交互能够提供更为个性化和身临其境的用户体验，这极大地增强了用户的参与度，进而促使在各个领域实现更高的满意度和更为出色的结果。

跨媒体故事叙述中的数字互动是使用多个媒体平台来讲述一个单一的、有凝聚力的故事，每个平台都提供独特的内容，以丰富整个故事。这种讲故事的形式利用数字互动来创造更具沉浸感和吸引力的体验，让观众参与甚至改变叙事流程，受众不仅是被动的消费者，更是主动的参与者。他们的行为可以影响故事的进程，从而形成一种动态的叙事，这种叙事可以基于观众的互动而发展，也可以结合实时数据和用户反馈进行修改或扩展，包括基于用户决策调整故事情节，或响应观众互动从而生成内容。例如，改编自简·奥斯汀名著《傲慢与偏见》的《莉兹·贝内特日记》项目以视频博客、社交媒体帖子和跨平台实时互动为特色。粉丝可以在推特上追踪角色动态，在YouTube上观看他们的日常，感受到前所未有的参与感，仿佛在与真实的人物互动，这就将经典故事重塑为现代体验。另类现实游戏是另一种强大的沉浸式互动叙事方式，比如为推广电子游戏《光环2》的另类现实游戏《我爱蜜蜂》就将在线谜题、现实世界活动和宏大叙事巧妙结合，玩家通过与特定网站互动、接听付费电话以及在全球范围内合作解开谜团，亲身影响着故事的走向，极大地扩展了《光环》系列的故事宇宙。

J. K.罗琳通过"波特商场"这一个互动网站扩展了哈利·波特的世界。用户可以在这个网站上探索故事情节，发现书中未提及的隐藏内容，增强他们对故事的参与感。漫威电影宇宙虽然以电影为核心，但也包括数字漫画、游戏和短片，这些作品可以让读者更深入地了解角色和故事情节，鼓励粉丝采用多种媒体形式来获得完整的叙事体验。通过让观众以有意义的方式与故事互动，跨媒体叙事促进了观众与叙事和人物的更深层次的联系。互动元素可以增强故事的感染力，因为用户更有可能分享独特的个性化体验。通过跨媒体叙事提供的教育内容会更具吸引力和可访问性，能够吸引不同学习风格的用户。

跨媒体叙事中的数字交互需要叙事技术和现代数字技术的复杂融合，以创造丰富的沉浸式世界，吸引来自多个平台和媒体类型的观众。创造沉浸感的技巧首先是感官参与，通过视听媒体、触觉体验，甚至是嗅觉元素来刺激感官，使受众的体验更加真实和直接。

近年国内这方面的成功案例是"遇见莫奈：沉浸式光影艺术展"。该展览由遇见博物馆分别在上海、杭州、南京等多城分馆举办，以《日出·印象》《花园中的女人》等54幅莫奈经典作品为创作背景，携手国际权威艺术团队，采用数字多媒体技术渲染，通过声、光、影的精湛呈现，打造沉浸式光影艺术空间，带领观众穿越百年画境，探索莫奈的人生与创作秘密，沉浸式感受印象派光、色、影、声交融的艺术之美。从《日出·印象》到《睡莲》，从精美巴黎沙龙到氤氲花园池塘；从莫奈迈上艺术道路的第一步，到从精美的巴黎沙龙"出逃"；从穿过工业时代瞬息万变的城市，到登上一辆南行的蒸汽列车；从脚踏异域的热土观察自然奇观，到步入万物葳蕤的花园与池塘，观众在流光溢彩的沉浸观赏中全面了解莫奈的光影之梦与回忆之旅，直观体验天才的技艺和细腻的心灵。

创造沉浸感有赖于互动元素的设计，使观众通过他们的决定和行动与故事元素互动或直接影响故事发展。具体设计要素包括：游戏、交互式网站和实时投票，允许观众直接参与叙事；深度叙事，开发详细的故事背景和可以通过不同媒介探索的复杂世界，加深观众对故事的理解；跨媒体的角色发展，角色可能会在不同平台上以不同的形式出现，提供更全面、更复杂的刻画，增强观众对其旅程的依恋；在所有平台上保持叙事的一致性和连贯性，既能够适应用户的选择，又能够保持故事情节结构化，这对保持沉浸感至关重要，任何差异都可能破坏用户身临其境的体验。

沉浸式跨媒体叙事的成功案例很多。例如《星球大战》的宇宙，除了电影，《星球大战》的传奇还延伸到书籍、电视剧、漫画和游戏中，每一个都为宇宙增添了层次。"星球大战：银河边缘"主题公园和虚拟现实游戏《星球大战：维德不朽》等让粉丝们可以直接进入故事世界。《魔兽世界》最初是一款电子游戏，随后扩展成了小说、电影和漫画。游戏本身提供了一种身临其境的体验，玩家可以探索广阔的世界，而其他媒介形式则提供了背景故事和角色发展，进一步增强了体验感。《黑客帝国》系列使用电影、动画短片、漫画和电子游戏（如《进入黑客帝国》）讲述相互关联的故事。每个平台都提供了独特的视角和体验，丰富了总体叙事，增加了沉浸感。《抗争》系列是一个存在于共享宇宙中的电视节目和视频游戏，其中一个宇宙中的事件可以实时影响另一个宇宙。不同媒体平台之间的这种同步叙事提供了独特的沉浸式体验，鼓励观众参与节目和游戏，以获得完整的故事。

沉浸式跨媒体互动叙事带来更深的沉浸感，既能增强受众与故事和人物的情感联系，提高受众的忠诚度和参与度，还能鼓励受众在多个平台上探索故事，增加收入来源，拓宽营销范围。沉浸式叙事通常会建立积极的社区氛围，社区成员为叙事、讨论理论或参与活动出谋划策，从而延长故事的生命周期，提高其娱乐价值，加深观众在故事世界中的情感和智力参与。

当代数字媒体艺术融合艺术学、传播学、叙事学、社会学等学科，结合沉浸式跨媒体互动叙事技术和理念，为文化产业创新创造注入了新的活力。这些创新包括超文本、网络交互式小说的图文互涉文体，实验影像、互动影视的时空交错叙事，网络游戏、新媒体艺术的人机互动、人际互动，媒介互动的新媒体艺术叙事作品等。数字媒体艺术的创作与鉴赏不仅承继了传统美学与艺术创作规律，而且在艺术创作、文本本体、艺术鉴赏等范畴形成独特的艺术形态与语言并提出新的问题。交互式媒体叙事的时间观与虚拟空间隐喻显示出数字超文本的多种时空交互，在多个层面对社会生态、媒体生态及精神生态和美学构成消解与重造。[1]

近年来，"元宇宙"概念的提出为人类世界创造了故事叙述的无限可能性。元宇宙（metaverse）是一个由"meta"（超越、元）和"verse"（宇宙）组成的词语，最早由美国科幻作家尼尔·斯蒂芬森于1992年在其小说《雪崩》中提出。元宇宙是一个平行于现实世界的虚拟世界，是互联网的下一个阶段，是由AR、VR、3D等技术支持的虚拟现实网络世界。它是一个整合多种新技术的虚实相融的新型互联网应用和社会形态。元宇宙具有几个核心特征：追求与现实世界高度同步和拟真的体验；开源和创造，用户可以在元宇宙中进行内容生产和世界编辑，感受其开放性和创造性；持续运行、不断进化的虚拟世界；闭环经济系统，元宇宙拥有自己独立的经济体系，包括虚拟货币、交易市场等。用户可以在元宇宙中进行经济活动，如购买虚拟商品、参与虚拟劳动等。

元宇宙是虚拟世界与现实世界融合为一体的世界。这种融合不仅限于表面的视觉和听觉体验，还包括数字经济与实体经济、数字资产与实物资产、数字社会与现实社会、数字身份与现实身份等多个层面的深度融合。元宇宙允许用户以虚拟形象进行社交互动，形成与现实世界类似的社交网络和社区。元宇宙由虚拟世界（数字世界）和现实世界（物理世界）两个子系统构成。这两个世界在元宇宙中无缝接合，形成一个全新的、超越现实的世界。元宇宙的核心技术包括扩展现实技术、数字孪生技术和区块链技术，搭建经济体系，确保虚拟数字资产的安全性和可追溯性，同时支持去中心化的交易和互动。

在元宇宙中，数字孪生、数字原生、物理孪生和物理原生形成大回路。这个过程包括从现实世界到虚拟世界的映射（数字孪生）、虚拟世界内部的自我创造和进化

1　孙为：《交互式媒体叙事研究》，南京艺术学院，2011，第116-174页。

（数字原生）、虚拟世界对现实世界的反作用（物理孪生）以及现实世界自身的演变（物理原生）。这四个过程相互交织、相互影响，共同推动元宇宙的运行和发展。

元宇宙是一个复杂而庞大的虚拟世界系统，它整合了多种新技术并形成了自己独特的运行原理和生态系统。随着技术的不断进步和应用场景的不断拓展，元宇宙的未来充满了无限可能。元宇宙与"故事世界"结合，为"中国形象"的IP化提供了可能——从中国故事"传统—现代—全球"的历史观出发，围绕"传统中国文化故事、现代中国发展故事、全球中国互惠故事"三大中国故事体系，在元宇宙中建构以"中国实践、中国经验、中国体验"为超级大IP的中国故事世界。[1]

◈ 文艺经典的文化产品项目转化实践指导与训练

跨媒体叙事数字交互沉浸叙事策划训练

芬兰游戏公司Remedy Entertainment围绕视频游戏《量子突破》开发的多媒体项目是一个精心策划的跨媒体叙事项目。这个项目包括视频游戏、真人系列、社交媒体内容和数字互动沉浸式元素，形成全面的叙事体验。试模拟策划这个项目的跨媒体数字交互沉浸叙事。

1.项目概况

核心思想：《量子突破》聚焦杰克·乔伊斯的故事，他因时间旅行实验出错而获得了操纵时间的能力。这个项目在科幻小说的框架内探讨命运、时间操纵和蝴蝶效应等主题。

2.主要媒体组件

电子游戏：讲述故事的主要媒介。玩家控制杰克·乔伊斯，做出影响叙事结果的选择，引入互动式叙事，玩家的决定会导致不同的场景和结局。

真人系列：与游戏玩法交织在一起，扩展了玩家在游戏中进行选择所产生的结果。该剧主要聚焦于次要角色的背景故事和动机，而这些次要角色在游戏中并没有被深入探讨。

1　陈先红、杜明曦：《在元宇宙里讲故事：中国IP故事世界的建构》，《新媒体与社会》2022年第1期。

　　网站和移动应用程序：主要包含背景故事、额外的传说和玩家可以发现的秘密，丰富了主要故事情节，提供关键叙事决策的实时统计数据和社区驱动的结果。

　　社交媒体整合：利用推特和脸书等平台发布角色更新、新闻报道和对游戏世界的内容揭秘。让玩家参与平行实境游戏，暗示即将到来的情节发展或隐藏的故事元素。

　　3.计划和执行

　　制作前：故事和剧本开发集成在所有媒介中，确保连续性和深度。规划每个媒体组件将如何与其他组件交互，绘制用户流和交互点。

　　制作进程：电子游戏的开发和真人系列的拍摄同步。为网站和移动应用程序创建与游戏和真人系列进展相一致的数字资产。

　　后期制作：将影响真人系列的互动元素整合到游戏中。同步游戏更新和真人剧集的发布时间表，以保持叙事的连续性和参与度。

　　营销与发布：预告片在不同平台上同时发布。在主游戏发布之前推出平行实境游戏等的参与策略，以建立预期并让玩家沉浸在故事世界中。

　　4.用户参与和沉浸感

　　《量子突破》的互动性和沉浸式特性通过其游戏和真人系列的无缝融合而得到凸显。玩家的决定直接影响不同媒体的叙事流，使用户成为故事发展的积极参与者。平行实境游戏和社交媒体互动通过使叙事变得普遍和连续，超越了游戏或其他系列产品，进一步加深沉浸感。

　　5.小结

　　这个模拟策划展示了如何有效地规划和执行跨媒体叙事，以创造数字互动沉浸式体验。通过围绕一个中心叙事与各种媒体协作，互动元素得以影响每个部分，从而创造独特的叙事体验，在多个层面上吸引用户，既增强叙事的深度，又提高跨平台的用户参与度。

◆ **文艺经典的文化产品项目转化案例**

> **文艺经典的跨媒体传播案例**
>
> 1. 跨媒体叙事项目策划案例一："莉兹日记"项目策划
>
> [二维码]
>
> 扫描二维码
> 获取文本
>
> 2. 跨媒体叙事项目策划案例二："仙剑奇侠"项目策划
>
> [二维码]
>
> 扫描二维码
> 获取文本

◆ **文艺经典重生创意策划文稿**

> 西方神话与游戏跨媒体叙事：以《战神》《神祇战争》《苏丹的复仇》为例
>
> [二维码]
>
> 扫描二维码
> 获取文本

第四节　大运河诗文的跨媒介转化

大运河，作为世界上最长的人工运河，不仅是中国古代水利工程的杰出代表，也是中华优秀传统文化的重要组成部分。大运河连通中国南北，促进了经济的繁荣发展，巩固了政治统治，加强了南北方之间的文化交流与融合，在历史上发挥了举足轻重的作用。它见证了官吏文士、三教九流的交通往来与情感生活，催生了一大批优秀的诗文作品。

大运河的开凿始于春秋时期，但真正形成规模并对文学产生深远影响的是隋唐大运河和京杭大运河。随着运河的开通和商贸的繁荣，许多文人墨客开始沿运河游历，留下了大量描绘运河风光、市井生活和文化交流的诗篇。隋炀帝杨广在开凿隋唐大运河之前曾作《春江花月夜》："暮江平不动，春花满正开。流波将月去，潮水带星来。"这首诗境界开阔，气象恢宏，可见其后来开凿大运河的大气象。唐代诗人李白《黄鹤楼送孟浩然之广陵》中的"烟花三月下扬州"，写出了运河作为西域和中原人士抵达扬州的交通要道的显著意义，扬州的繁华与运河通道的流畅结合在一起，为唐代以降诗文对运河沿线城镇乡村的想象设定了意象与意境基础。

唐代诗文灿如繁星，如白居易、刘禹锡、杜牧、皮日休等人都留下了许多关于大运河的诗文佳作。"汴水流，泗水流，流到瓜洲古渡头。吴山点点愁。思悠悠，恨悠悠，恨到归时方始休。月明人倚楼。"白居易的这首《长相思·汴水流》以汴河和泗水为媒介，将运河沿岸的自然风光与离愁别绪巧妙结合。作为运河上的一个重要渡口，瓜洲古渡见证了无数行旅的悲欢离合，成为文人抒发情感的空间意象。刘禹锡的《杨柳枝词九首》则通过杨柳这一意象寄托了对运河两岸生活的怀念之情。"月落乌啼霜满天，江枫渔火对愁眠。姑苏城外寒山寺，夜半钟声到客船。"张继的这首《枫桥夜泊》描绘了诗人夜泊苏州大运河枫桥时宁静而略带愁绪的夜景图，寄托了诗人对远方家乡的深深思念。晚唐诗人多借古讽今，以批评隋炀帝开凿大运河之是非，讽喻当下衰颓政局，一批怀古诗文由此产生，如杜牧的《汴河怀古》写道："锦缆龙舟隋炀帝，平台复道汉梁王。游人闲起前朝念，折柳孤吟断杀肠。"李商隐的《隋宫》二首有言"春风举国裁宫锦，半作障泥半作帆"；徐凝的《汴河览古》道："炀帝龙舟向此行，三千宫女采桡轻。渡河不似如今唱，为是杨家怨思声。"这些诗都以隋炀帝建龙舟下江南大肆铺张挥霍浪费之事为当下之鉴。文宗时任台州（今浙江省临海县）刺史的李敬芳作《汴河直进船》："汴水通淮利最多，生人为害亦相和。东南四十三州地，取尽脂膏是此河。"此诗直指运河既带来沿岸的富庶，也使之成为地方官员搜刮民脂民膏之地。皮日休的《汴河怀古》二首，其一言："尽道隋亡为此河，至今千里赖通波。若无水殿龙舟事，共禹论功不较多。"这首诗对隋炀帝开凿大运河的功绩做出了较为公允的评价。

正有赖于大运河将中原与江南连接起来，运河沿岸城镇在宋代迎来群星般繁华，大运河诗文因此更为繁盛。北宋诗人秦观的《望海潮·广陵怀古》与南宋诗人柳永的《望海潮·东南形胜》分别描绘了扬州与杭州的城市景象，堪称运河都市词之双璧：

　　星分牛斗，疆连淮海，扬州万井提封。花发路香，莺啼人起，珠帘十里东风。豪俊气如虹。曳照春金紫，飞盖相从。巷入垂杨，画桥南北翠烟中。

　　追思故国繁雄。有迷楼挂斗，月观横空。纹锦制帆，明珠溅雨，宁论爵马鱼龙。往事逐孤鸿。但乱云流水，萦带离宫。最好挥毫万字，一饮拚千钟。

——秦观《望海潮·广陵怀古》

　　东南形胜，三吴都会，钱塘自古繁华。烟柳画桥，风帘翠幕，参差十万人家。云树绕堤沙。怒涛卷霜雪，天堑无涯。市列珠玑，户盈罗绮，竞豪奢。

　　重湖叠山巘清嘉。有三秋桂子，十里荷花。羌管弄晴，菱歌泛夜，嬉嬉钓叟莲娃。千骑拥高牙。乘醉听箫鼓，吟赏烟霞。异日图将好景，归去凤池夸。

——柳永《望海潮·东南形胜》

大运河对于有宋朝廷统治城市经济文化发展的推动大有裨益，如陆游《入蜀记》所言："自京口抵钱塘，梁、宋以前不通漕。至隋炀帝始凿渠八百里，皆阔十丈……朝廷所以能驻跸钱塘，以有此渠耳。汴与此渠，皆假手隋氏，而为吾宋之利，岂亦有数邪！"王安石《泊船瓜洲》中的"春风又绿江南岸，明月何时照我还"表达了对故乡和运河的深深眷恋；苏轼的"细雨斜风作晓寒，淡烟疏柳媚晴滩。入淮清洛渐漫漫"以词作优美的方式描画了洛水汇入淮河再与大运河相连，构成古代中国南北交通大动脉的景象。对自然景色的细腻描绘寄寓了诗人旅途中的闲适与淡泊。杭州深受诗人喜爱，白居易有"乱花渐欲迷人眼，浅草才能没马蹄。最爱湖东行不足，绿杨阴里白沙堤"；苏轼有"欲把西湖比西子，淡妆浓抹总相宜"；杨万里有"毕竟西湖六月中，风光不与四时同。接天莲叶无穷碧，映日荷花别样红"，写不尽的四时风光与城镇意趣。

元明清时期，以北京、临清、南京、苏州、杭州等为代表的运河城市文化圈逐渐形成，这些城市成为文学创作的重镇和高地。众多文人墨客在这些城市聚集交流，共同推动了大运河诗文的繁荣与发展。

元代关汉卿有曲《一枝花·杭州景》赞杭州：

普天下锦绣乡，寰海内风流地。大元朝新附国，亡宋家旧华夷。水秀山奇，一到处堪游戏。这答儿忒富贵，满城中绣幕风帘，一哄地人烟辏集。

【梁州】百十里街衢整齐，万余家楼阁参差，并无半答儿闲田地。松轩竹径，药圃花蹊，茶园稻陌，竹坞梅溪。一陀儿一句诗题，行一步扇面屏帏。西盐场便似一带琼瑶，吴山色千叠翡翠。兀良，望钱塘江万顷玻璃。更有清溪绿水，画船儿来往闲游戏。浙江亭紧相对，相对着险岭高峰长怪石，堪羡堪题。

【尾】家家掩映渠流水，楼阁峥嵘出翠微。遥望西湖暮山势，看了这壁，觑了那壁，纵有丹青下不得笔。

苏轼的《自河北方舟归江南》描写了运河交通的快捷与沿途城镇的物候变化："晓来铜雀东风起，春风凌乱漳河水。郎官惊起解归舟，一日风帆可千里。侵晨鼓舵发临清，薄暮乘流下济宁。南宫先生先我去，花时想达瓜洲步。寻君何处典春衫，杏花烟雨大江南。"唐寅的《阊门即事》夸耀了苏州的富庶与文化的交流融合："世间乐土是吴中，中有阊门更擅雄。翠袖三千楼上下，黄金百万水西东。五更市卖何曾绝，四远方言总不同。若使画师描作画，画师应道画难工。"李东阳的《过鳌头矶》描绘了临清码头的壮观景象："十里人家两岸分，层楼高栋入青云。官船贾舶纷纷过，击鼓鸣锣处处闻。折岸惊流此地回，涛声日夜响春雷。城中烟火千家集，江上帆樯万斛来。"可见运河运输的繁忙与码头城镇的热闹兴隆。

我国四大名著《三国演义》《水浒传》《西游记》《红楼梦》及"三言二拍"等小说都与大运河有着千丝万缕的联系。《红楼梦》作为中国古代小说的巅峰之作，其创作离不开大运河的滋养。曹雪芹的家族与运河有着深厚的渊源，他的曾祖父曹玺、祖父曹寅等都曾担任过江宁织造等官职，与运河的漕运、商贸等活动紧密相连。小说中多次提到扬州、苏州等运河城市的风土人情和商贸活动，这些描写不仅丰富了小说的内容，也展现了运河文化的独特魅力。《水浒传》中的一些重要情节也发生在运河沿岸的城市。《醒世姻缘传》第三十三回写书生水运销书的情况，在苏杭地区买书，附船而行，北上行销，路上不必担心横征税费。《拍案惊奇》卷一写苏州客商张承运等，"专一做海外生意""原来这边中国货物，拿到那边，一倍就有三倍价。换了那边的货物，带到中国，也是如此。一往一回，却不便有八九倍利息？""白娘子永镇雷峰塔"这一传说在杭州与扬州的运河文化交流中定型。

晚清民国时期，运河运输虽因近现代公路运输和火车运输的兴盛而逐渐衰落，但运河地区文化教育和经济发达，诗文仍然昌盛。龚自珍、王国维、鲁迅、徐志摩、丰子恺、朱自清等都为这片嵌入他们生命里的土地留下了大量诗文。

当代小说家刘绍棠、徐则臣等的运河小说书写了当代运河人与镇的变迁，广受欢迎。随着新媒体和数字技术的兴起，大运河诗文有了更多的传承与创新形式。大运河诗文通过影视作品、舞台剧、数字媒体等跨媒介形式，以更加生动、多元的方式呈现给公众，创意产品的开发也使得大运河诗文元素融入日常生活，成为传播运河文化的重要途径之一。大运河诗文以电子书的形式出版，通过在线书店、图书馆或专门的阅读应用程序进行传播。这种方式不仅便于用户随时随地阅读，还可以集成多媒体元素，如插图、朗诵音频等，增强阅读体验。此外，还有专门的移动应用或小程序，集成了大运河诗文的阅读、朗诵、解析、互动等功能，用户可以通过手机等移动设备轻松访问，享受个性化的阅读体验。

影视作品是一种直观、生动的传播媒介，能够将大运河诗文中的场景、情感以视觉和听觉的形式展现出来。例如，以大运河为背景的影视作品《运河风流》通过再现运河两岸的风土人情和运河人家的悲欢离合，将大运河诗文中的意境和情感具象化，使观众在欣赏故事的同时也能感受到大运河文化的魅力。

舞台剧作为一种集表演、音乐、舞蹈等多种艺术元素于一体的综合艺术形式，能够为大运河诗文的跨媒介转化提供广阔的舞台。例如，舞台剧《遇见大运河》通过演员的深情演绎和舞台布景的精心设计，将大运河的历史变迁和文化内涵生动地展现在观众面前。这种转化方式不仅保留了诗文中的文学韵味，还通过舞台艺术的加工和创新赋予其新的生命力和时代感。

数字媒体日益成为大运河诗文跨媒介转化的重要平台。通过VR、AR、全息投影等技术，大运河诗文中描绘的场景以更加生动、沉浸的形式呈现出来，让观众身临其境地感受运河风光和文化底蕴。利用AR技术，用户可以通过手机摄像头扫描特定图案或物体，触发与大运河诗文相关的虚拟信息展示，如历史场景重现、诗文意境展示等；VR技术则能提供沉浸式体验，让用户仿佛置身于大运河沿岸的诗意世界中；在博物馆、文化中心等场所，全息投影技术被广泛运用，以展示大运河诗文的历史背景、文化内涵和艺术特色，通过互动展览形式让观众在参观过程中与诗文内容进行互动体验和学习。例如，江苏扬州的中国大运河博物馆就运用了互动屏、AR等多媒体交互技术，在"运河上的舟楫"展厅中展示古代舟船文化，使观众在互动体验中加深对运河文化的理解和认同。

社交媒体作为新媒体的重要组成部分，具有传播速度快、覆盖范围广、互动性强等特点。在社交媒体上，大量的自媒体博主通过直播、短视频、图文等形式传播大运河文化，比如在短视频平台上发布大运河诗文的朗诵、解析，介绍运河沿线的风景名胜和人文故事等，邀请专家学者或文化名人进行大运河诗文的直播讲解和互动，吸引更多年轻观众，使大运河诗文得以在更广的范围内传播和传承。

虚拟数字人正在成为短视频内容生产的重要组成部分。虚拟数字人因其虚拟性、具身性、人格化等特点延伸了中华优秀传统文化短视频的影像叙事主体。国风虚拟数字人短视频通过古今交汇的叙事时空、虚实融合的美学场景重构中华优秀传统文化影像美学，以数字化方式再现中华优秀传统文化灵韵，通过共情叙事引发受众对中华优秀传统文化故事的情感共振和价值理念的共享认同。[1]

建立大运河诗文的在线互动平台或社区，鼓励用户分享自己的阅读心得、创作感悟或相关作品。通过UGC机制，大运河相关诗文内容的创作、分享和传播主要由用户（如游客、文化爱好者、诗人等）自主发起，并通过各种平台和技术手段实现，激发了更多人的参与热情和创造力。许多用户出于对大运河文化的热爱和兴趣，自发地进行诗文创作和分享。游客在游览大运河时，会创作与沿途风景和历史文化相关的诗文，以记录自己的旅行经历和感受。同时，用户希望通过分享自己的诗文作品，与其他文化爱好者进行交流互动，获得认同感和归属感。用户生成的诗文作品为大运河文化增添了新的元素和视角，丰富了其文化内涵和表现形式，并增进了公众对大运河文化的认识和了解。对于游客而言，参与UGC创作和分享本身就是一种独特的旅游体验方式，有助于提升其对大运河旅游的满意度和忠诚度。需要注意的是，由于UGC内容的多样性和不确定性，相关平台需要建立有效的审核和管理机制以确保内容的质量和合法性。同时，对于优秀的UGC作品可以给予一定的奖励和激励以鼓励更多用户的参与和贡献。[2]

利用大数据技术分析用户的阅读习惯和偏好，为不同用户推荐个性化的大运河诗文内容。同时，借助人工智能技术如自然语言处理和机器学习算法，实现诗文的智能解析、翻译和创作辅助等功能。利用机器翻译技术将大运河诗文翻译成多种语言版本，在国际平台上进行传播和推广。这有助于增进不同国家和地区人民之间的文化交流和理解。

大运河诗文的跨媒介转化还可以助力创意产品的开发。大运河诗文中的经典名

1　叶秀端：《虚拟数字人短视频传播中华优秀传统文化的影像叙事逻辑》，《中国编辑》2024年第6期。
2　王润、龙飞、田大江等：《场所精神意象：基于UGC的城乡休闲打卡地情感分异研究》，《资源开发与市场》2025年第2期。

句、意境等元素被融入文创产品中，如书签、明信片、文化衫等，使这些产品成为传播大运河文化的重要载体。将大运河诗文与旅游文化相结合，开发相关的文化旅游线路和产品。通过实地游览大运河沿岸的历史遗迹和文化景点，结合诗文内容的讲解和体验活动，让游客在旅途中感受诗文的魅力和大运河文化的深厚底蕴。

　　大运河诗文的跨媒介转化涉及多种行业、文化企业、现代媒介和技术手段，它们不仅使大运河诗文的传播更加广泛和深入，也为其注入了新的活力和创意元素。大运河诗文的跨媒介转化是一个多元化、立体化的过程，随着技术的不断发展和创新应用领域的不断拓展，我们有理由相信大运河诗文的跨媒介转化将会呈现出更加丰富多彩的面貌。

第五节 大运河国家文化公园的跨媒体叙事及其产业转化探索 [1]

一、大运河国家文化公园建设的战略意义

1. 大运河的历史使命与新时代价值

京杭大运河作为漕运史上的奇迹，其交通运输、经贸往来的辉煌已成为历史。清代以后，作为交通大动脉的大运河已然衰落，但这并不意味着大运河使命的终结，而是预示着另一段使命的开启。2014 年 6 月 22 日，第 38 届世界遗产大会宣布，中国大运河项目成功入选《世界遗产名录》。2022 年 4 月 28 日，京杭大运河全线水流贯通。2019 年 7 月 24 日，中央全面深化改革委员会会议审议通过了《长城、大运河、长征国家文化公园建设方案》。推进大运河国家文化公园建设，是贯彻落实习近平总书记重要指示精神和党中央、国务院重要决策部署的具体行动。"国家文化公园"不仅是国家层面提出的重大战略举措，还是历史积淀传承而来的文化遗产，本身便拥有极为丰富的文化内涵和极高的文化资本价值。重视大运河的文化资本意义并不是仅仅强调其商业价值，更要强调运河作为文化遗产本身的文化价值，可以且应该探讨并实践其在市场语境下的历史传承和社会再生产机制，并从国家文化话语体系、提升国家软实力等层面去引导和发展。

2. 反环境理论与大运河的文化意义

黑格尔说"密涅瓦的猫头鹰，只有在黄昏的时候才起飞"，也许某一事物或某一历史时期的深刻意义只有在跳出该事物或等这一历史时期结束之后，我们才能真正

1　本节内容在程丽蓉等撰写的《浙江窗口：大运河国家文化公园》（浙江工商大学出版社，2023）的前言，以及调研报告《加强浙江省"运河国家文化公园"研究与传播的对策建议》《关于大运河国家文化公园"虚拟现实＋行业落地"路径建设的建议》基础上修改而成。

地、全面地认识到。这就是马歇尔·麦克卢汉的"反环境"理论，也称为"后视镜"理论。他指出："大多数人都是从我称为'后视镜'的视角来看世界。我的意思是说，由于环境在其初创期是看不见的，人只能意识到这个新环境之前的老环境。换句话说，只有当它被新环境取代时，老环境才成为看得见的东西。因此，我们看世界的视角总是要落后一步，因为新技术使我们麻木，但它反过来创造了一种全新的环境，因此往往使老环境更加清晰可见，老环境之所以能够变得更加清晰可见，那是因为我们把它变成了一种艺术形式，是因为我们使自己依恋于体现它特征的物体和氛围。"[1]

随着陆运、海运、空运以及云端网络的繁盛，京杭大运河作为交通运输要道的历史已渐渐远去。在当今万物互联与无界传播的时代，回望过去，我们才能更清晰地认识到大运河对中国的政治、经济、地理以及凝聚、传播中华民族文化艺术的重要意义。尤其重要的是，由中华历史智慧凝聚而成的大运河底层思维"生成性思想"的价值才充分彰显出来。京杭大运河新的历史篇章正在开启，在文化旅游繁荣发展和新媒体风起云涌的背景下，以新的文化地理学和符号政治经济学理念为支撑，将大运河建设成为国家文化公园就是具有重大意义的"生成性思想"实验。更重要的是，这个思想实验并非止于理念或想象，而是可以在经济文化建设中逐步落地和实现的。

二、大运河国家文化公园建设的思维与方法

1. 系统思维

大运河国家文化公园的思想实验与现实实践需要在"反环境"中运用系统思维和递归思维进行。约翰·杜海姆·彼得斯在《奇云：媒介即存有》中曾将谷歌原创的网络检索算法"佩奇排名"与学术界的互引网络"影响因子的形成机制"相提并论，即一个网站或文档在网络中位置的重要性是由其获得的入链数量决定的，只要能获得文档所处的位置，就能推断出该文档的内容。谷歌对网页价值的判断类似于索绪

1　转引自约翰·杜海姆·彼得斯：《奇云：媒介即存有》，邓建国译，复旦大学出版社，2020，第 20 页。

尔对"语义银行"的解释：一词之意义储存于另一词中并需要后者来解释。同样地，词典中的任何一个词，其意义并不是它对所谓"实在"的把握，而是由一系列其他词所组成的超链接网络来确定的。因此，所有词的意义都是缺乏先验"金本位"支持的浮动汇率网络。一个网页的价值取决于系统中其他网页对它的评价，而这些其他网页具有的评价能力又取决于更多其他网页对它们的评价。可见，在万维网中，空间的意义远远超过了时间的意义，链接的意义远远超过了定点的意义，其思维特质本质上就是系统思维。

作为媒介的一种形态，无论古时还是今日，大运河都承载着无数生活于此或往来其间的祖祖辈辈的记忆。这种记忆可以被视为一种寄存于人脑之中的时间数据。不仅如此，大运河建设从吴国开凿邗沟始，历经各个朝代的不懈努力，最终形成庞大的网络系统。漫长的建设时间凝聚在大运河这个网络空间里，同时，这个不断延伸扩展的水系网络也不断塑造新的自然、生态、生产、社会经济、政治和文化环境。巨大的网络蔓延四海五洲，城市星罗棋布，商贸往来如云，中央集权和中国大一统的政治格局因之得以长久维系，中华文化与外来文化因之得以滋养、交融。有学者赞曰，大运河是中国 3000 多年历史的现实见证，是保存中国古代灿烂文化最丰富的文化长廊、博物馆和百科全书。[1]

也有人称，大运河就是中国历史上的物联网。其实，从传播学的角度看，大运河更像是谷歌式的超级搜索引擎，入链网页与文本无数，其所具有的空间和链接价值不可估量，其链接形成的网络系统更是力量无穷。从文化意义上看，大运河则像是轴心时代出现的各种具有"元文本"意义的经典，堪称文化基因，早已融入中华民族的文化躯体。就这个意义层面而言，大运河正是约翰·杜海姆·彼得斯所谓的超级"基础设施型媒介"（或称为"后勤型媒介"）。这种媒介的功能在于"对各种基本条件和基本单元进行排序，能将人和物置于网格之上。它既能协调关系，又能发号施令。它能整合人事，勾连万物"[2]。德国媒介哲学家弗里德里希·基特勒认为："媒介不是被动接收内容的容器，而是具有本体论意义的撼动者；媒介使这个世界成为可

---

1 安作璋：《中国运河文化史》，山东教育出版社，2009，第 8 页。
2 约翰·杜海姆·彼得斯：《奇云：媒介即存有》，邓建国译，复旦大学出版社，2020，第 42-43 页。

能，是世界的基础设施；媒介作为载体，其变化可能并不显眼，却能带来巨大的历史性后果。"[1]从历史的"后视镜"看大运河这个超级媒介，更能洞悉大运河对于国家统一、稳定、繁荣与中华文化传承的重大意义，由此方能真正领会设立和建设大运河国家文化公园的宏阔视域与宏伟雄心。这不仅是形而下层面的城市建设、文化旅游与经济追求，而且是通过这个文化窗口和数据处理器的建设，重启大运河的历史智慧赋能。大运河沟通南北东西、辐射四海内外、联动各行各业、融通各阶层力量的中华文化思维方式在当今世界尤为重要。

我们认为，不应仅对大运河国家文化公园进行物质主义的短视使用，简单将之视为文化产业，进行文化生产和传播，或者仅将之作为生态文化旅游资源，紧盯着其当下的资源开发利用价值，而是要进行一种思想实验，将大运河作为基础设施型媒介。就如"一种数据处理器将处于不同时间和空间中的主体和客体联系起来"，我们要看到大运河所代表的中华文化思维和文化符号所承载的影响深远的思想价值与文化价值，以及以大运河为媒介而入链建构的跨越时空的多元网络格局。

2. 递归思维

当然，大运河国家文化公园的建设不仅要仰望星空，运用媒介系统思维从宏观层面思考其在连接历史与未来、运河区域与全国、中国与世界的大坐标上的价值意义，充分顾及网络链条的相互关联与影响作用，而且要脚踏实地，在系统思维的指导下，回归大运河国家文化公园建设的各层面、各环节乃至各细节，运用递归思维稳扎稳打。阿里巴巴的智能设计平台"鲁班系统"采用的就是自上而下的递归设计思路，由视觉设计专家把设计问题抽象为"风格—手法—模板—元素"这样的数据模型：顶层是风格，往下一层是设计手法，再下一层是模板，最底层则是设计框架，即构成广告展示图的每一个设计元素，如商品主体、背景、修饰等。其基本原理就是从上向下嵌套，最终将一个复杂问题分解为一个个机器能够解决的简单问题。鲁班系统依靠这样的神经网络学习，其效率远超人类设计师。在谷歌模式中，网页的检索工具就是检索的对象和网络本身，谷歌的架构方式也体现了万维网架构的递归

1　约翰·杜海姆·彼得斯：《奇云：媒介即存有》，邓建国译，复旦大学出版社，2020，第29页。

思维——将关于事物的"元信息"递归到事物本身之中，这是图灵时代的媒介具有的一个显著特征。在当今云计算时代，大运河国家文化公园建设更需要这种自上而下的递归设计，要考虑到每个层级之间和各层级诸方面之间的关联性，而不是条块分割、各自为政，造成文化资源的巨大浪费甚至异化。

三、大运河国家文化公园建设策略

1. 重视运河文化资本价值

建设大运河国家文化公园，应该充分认识和肯定"运河文化"作为文化资本的重大价值和重要意义。运河文化蕴含着政治、经济、文化、教育、娱乐以及日常生活等多个层面，关联着帝王庙堂与民间城镇、国家民族经济命脉与民众日常生活生产，以及南北交通交流乃至海内外贸易经济文化往来。推动运河文化符号深入人心，可增强民族自信心和自豪感，增强中华民族文化的国际知名度和影响力，提升国家软实力。因此，要力争将"运河国家文化公园"的意识形态融入文化市场的传播运作，增强传播受众黏性与接受度。这一目的的实现可参考借鉴英国莎士比亚文化资本传承运用的成功经验。研究显示，莎士比亚的文化资本运作四百多年来经久不衰、历久弥新、多元跨界，形成了莎士比亚"产业帝国"，文化与市场、经济、资本共生互荣，既是英国的一种"文化资产"，更是一种"软实力资产"，成功实现了英国增强软实力和促进经济发展的目标。

2. 深入细化大运河文化研究

当下应进一步深入细化大运河文化研究。在宏观层面，可结合全国大运河文化建设进程，放眼世界运河文化，挖掘运河文化精神内涵，建立"运河国家文化公园"符号话语体系；同时运用大数据手段，建立运河文化数据库。在中观层面，在比较研究大运河各段文化时凸显运河文化与吴越文化、齐鲁文化等地方文化的关联，研究运河制度与国家制度、运河文化与其他社会时代文化变迁的关系及其原因。在微观层面，以跨学科研究视野和理论方法，注重运用数字化、数据分析等技术，深入细化研究运河文化的各个方面和层次，挖掘运河文化新内涵，分析其未来发展趋势。

3. 融入"虚拟现实与行业应用融合发展"理念

《中华人民共和国国民经济和社会发展第十四个五年规划和2035年远景目标纲要》将"虚拟现实和增强现实"列入数字经济重点产业，提出以数字化转型整体驱动生产方式、生活方式和治理方式变革，催生新产业新业态新模式，壮大经济发展新引擎。[1] 2022年5月，中共中央办公厅、国务院办公厅联合印发了《关于推进实施国家文化数字化战略的意见》；2022年11月，工业和信息化部、教育部、文化和旅游部、国家广播电视总局、国家体育总局等五部门又联合发布《虚拟现实与行业应用融合发展行动计划（2022—2026年）》（下文简称《行动计划》），加速推进虚拟现实多行业多场景应用落地。近年来，大运河沿线各省市已经在大运河遗产保护、文献整理、文化研究、博物馆建设、文旅开发、交通运输、实景演艺等多方面取得了重要进展，数字化和虚拟化建设也多有建树。然而，大运河国家文化公园建设总体上仍主要集中在物质实体层面，大运河文化开发也受限于"文献＋数据库＋学术研究"路径，建设重心虽在于活化传承，但活化转换用于创新创造还很不够。《行动计划》为建设大运河国家文化公园提供了新思路，大运河国家文化公园的建设应当融入"虚拟现实与行业应用融合发展"的理念，更多聚集于"数字＋文化＋虚拟现实＋行业落地"这一路径，以数字化和虚拟现实技术带动大运河文化资源整合与行业转化应用，构建"虚拟＋现实"跨界转换的国家文化公园新形态。

（1）理念提升

大运河国家文化公园沿线省市在保护传承、研究发掘、环境配套、文旅融合、数字再现五个重点工程建设方面都取得了可喜进展，"集成推出一批标志性项目，以线串珠，以珠带面"的建设稳步推进。与此同时，相关调研和研究成果也不断推出。但总体上看，大运河国家文化公园建设主要还集中在物质实体层面，"数字化再现"虽取得一定成效，但多局限于VR技术图像可视化呈现和文献数据库化。许多研究者和建设者对于"国家文化公园"与一般"国家公园"的理念和建设路径差异的认识仍不够清晰，思路还囿于一般"国家公园"的物质实体层面，仅将其视为"公众了

---

1 《中华人民共和国国民经济和社会发展第十四个五年规划和2035年远景目标纲要》，中国政府网，https://www.gov.cn/xinwen/2021-03/13/content_5592681.htm。

解、体验、感知中国历史和中华文化的游憩空间"，对于运河文化的转化运用认识还很有限。千百年来，中华文化和运河文化在国民头脑与精神情感中不断积淀，形成了虚拟想象世界与文化共同体，"国家文化公园"应该结合元宇宙和"想象世界"理论，融入"虚拟现实与行业应用融合发展"理念，运用数字技术和虚拟现实技术，实现可视化呈现、沉浸式体验和社区化分享，与行业场景落地相结合，建构虚拟与现实、云上与地面互文互动的多维立体"文化公园"，真正将国家文化公园建设融入数字经济发展大势之中，使中华大运河智慧造福于民、造福于世界。

（2）路径迭代

"数字再现"是国家文化公园建设的五大重点内容之一。从现有建设情况看，大运河文化的"数字再现"主要包括图像化、影像化和数据库化三种方式，主要应用于博物馆、图书馆、研究机构和部分旅游景点。例如，聊城大学运河学研究院与京杭大运河旅游官网等联合开发的"大运河 HGIS 大数据与服务平台"（http://www.gchgis.com/）基本处于数据库层面；江苏省文投集团开发的"大运河国家文化公园数字云平台"在"数字再现"方面具有代表性，但其"企业服务端"仅限于为大运河相关博物馆、景区、旅行社、酒店等运河企业服务。随着数字信息技术的发展和虚拟现实技术运用的拓展，仅靠这种"数字再现"还远不能使大运河文化与更多行业场景结合而服务于数字经济发展需要。《行动计划》提出将"沉浸式内容集成开发平台"作为重点建设内容之一。大运河作为跃动千年、生生不息的文化大 IP，可进行沉浸式内容开发的空间大、维度多，将大运河国家文化公园建设的"数字再现"路径迭代为"数字＋文化＋虚拟现实＋行业落地"急需完成。相较于长城、黄河、长征三个国家文化公园，大运河国家文化公园的独特之处就在于，大运河本身是"基础设施型媒介"。它贯通南北、连接古今中外、融汇物质精神财富，内涵博大精深、独一无二，而且还在不断生长发展，又得到"国家文化公园"理念的加持，本身就具有内容集成的性质。利用数字技术、虚拟现实技术和沉浸传播策略，绘制大运河文化资源地图，充分挖掘利用大运河物质与非物质文化符号、元素与思维方法，研究和实践大运河文化资源"虚拟—现实"跨界、跨行业、跨场景集成开发创新创造，可以广泛应用于政府管理、工业设计、产品设计、建筑设计、交通运输、城市景观、社区建设、文旅、文创、会展、动漫、游戏、演艺、主题公园、教育、商业策划、品牌形象、国际交往等诸多行业领域的不同场景之中。将大运河国家文化公园想象为一个"虚拟—现实"跨界的元宇宙，依托沉浸式内容集成开发平台进行建设，推动虚拟空间和现实世界的全面连接和高度协同，能够更为纵深地开掘大运河文化作为超级大IP和中华文化共同体的丰富功能与价值。

（3）跨界建构

打造国家文化公园的数字孪生体，建构"虚拟—现实"跨界的大运河国家文化公园元宇宙，实现全国乃至全世界大运河资源的跨时空共享与共建，将过去千年大运河历史的历时性文化积淀转换成虚拟现实可视化的共时性沉浸式行业应用场景。这种承载着深厚文化底蕴的元宇宙既可以熔铸中华民族物质与非物质文化的审美元素和符号象征，又可以接入多种接口，对接现实世界多行业、多场景、多层次的需求和应用，在大运河国家文化公园这个元宇宙当中积聚现实世界的需求和供应，实现文化—经济—社会的良性循环，在教育、广告、文旅、商贸、交通、国际交流交往、会展、文创、游戏、动漫、设计等行业领域落地生长。大运河国家文化公园元宇宙的建构可以借鉴智慧城市大脑的架构，包括技术参考架构（由能力支撑层、能力开放层、智慧应用层、用户接入层、安全保障和运营运维部分组成），部署架构（市、区、县、街道等多级平台），业务架构（用户与应用场景之间的逻辑关系），以及数据架构（政府、企业等组织的数据资源汇聚互联）。例如，百度希壤与中国传媒大学动画与数字艺术学院联合打造了向元宇宙平台开放的数字孪生校园"虚拟大学"，用户能够在希壤元宇宙世界中实现视觉、触觉等感官的全方位"连接"；中国动漫集团有限公司"沉浸式交互动漫文化重点实验室"与文化和旅游部基于虚拟现实技术研发制作的"文物遗址互动展示"作品《敦煌奇幻之路VR》屡获大奖；中央广播电视总台"超高清制播呈现国家重点实验室"研发的5G + VR制播系统在总台春节联欢晚会节目制作和2022北京冬奥会等多个大型综合赛事转播中大放异彩。这些实践表明，建构大运河国家文化公园数字孪生体、实现"虚拟—现实"跨界转换的国家文化公园完全可行。这需要在政府有关部门协同管理下，汇聚大运河文化研究学者、大运河建设者和管理者，以及大数据技术、虚拟现实技术、AI 技术等技术专家协作共建。

（4）产学研合作

自"国家文化公园"概念提出与建设以来，大运河研究与大运河文化研究、理工人文学术界与政府管理部门的跨学科跨界合作明显加强。但是，围绕大运河国家文化公园建设的产学研合作仍很有限，局限于文旅和文创领域，且产学研合作在带动地方与高校复合型人才培育方面仍非常滞后。大运河国家文化公园"数字+文化+虚拟现实+行业落地"路径的建设既可以落实"国家文化数字化战略"，又可以推进《行动计划》提出的"支持高等院校加强虚拟现实相关学科专业建设，鼓励产学研合作"的行动，为高等院校有关学科专业教育和沉浸式内容集成平台的技术框架设计提供内容支撑和行业接口。大运河国家文化公园的产学研一体化建设策略可以借鉴全球最大的 PC 端游戏分发平台 Steam 的运作模式（Steam 在全球游戏分发领域的地位相当于亚马逊在全球电商领域的地位）。Steam 平台的母公司维尔福软件（Valve Software，业内简称"V社"）是与游戏大厂暴雪、育碧等齐名的游戏开发商。Steam 之所以能在一众游戏平台中脱颖而出，在于它不同于其他平台的两个关键举措：一是提供对自研游戏的 MOD 支持，允许玩家基于游戏建模和世界观进行再创作，开放给其他玩家玩；二是提供在线分发平台，为独立游戏开发者提供渠道触达玩家，既能吸引更多的游戏入驻，又能够吸引更多玩家，从而形成一个相互促进的良性循环。在大运河国家文化公园的产学研一体化建设中，文化学术研究和教学提供内容，高校学生就是最具创造潜能的"玩家"，产业界则打造内容集成平台，由政府提供监管和政策支持，各行业领域也可以进驻平台吸引玩家（消费者、合作者），从而使国家文化公园建设进入数字经济循环圈，同时也自然将中华优秀文化的传承、利用和发展融入人才培养，实现培育社会主义文化新人的育人目的。

（5）促进数字公平

数字信息时代虽然产生了"数字鸿沟"问题，但虚拟现实技术却有望在一定程度上实现"数字公平"。比如 AR 硬件厂商以及上游光学厂商积极研究和探索视力障碍人群的辅助产品，应用耐德佳光学解决方案的 Acesight AR 助视器，同时采用增强现实技术＋AI智能算法将邻近物体的图像进行区分，以达到重建患者视觉的效果。将类似的虚拟现实技术运用于"大运河国家文化公园"的数字孪生体或元宇宙，有望使各类残障人士和行动不便者同普通人一样感受和体验到大运河与大运河文化的多姿多彩、博大精深，更充分地体现大运河作为中华文化共同体的价值意义。

（6）"云上"国际交流合作

《行动计划》指出，要着力拓展虚拟现实领域的国际交流合作渠道，加快国际市场开拓步伐。江苏省创办的"世界运河城市论坛"为运河国际交流合作提供了良好的对话平台，但论坛的持续时间毕竟有限，推进的国际合作也有限。江苏文投集团开发的"大运河国家文化公园数字云平台"虽设立有"国际传播端"，但其定位在于构建中国大运河的国际传播矩阵，追求在The Golden Canal（金色运河）海媒账号、Facebook、Twitter、Instagram等平台的曝光率，尚未涉及运河国际交流合作。《世界遗产名录》收录的运河遗产就包含了法国的米迪运河、比利时的中央运河、加拿大的里多运河、英国的旁特斯沃泰水道桥与运河、荷兰的17世纪阿姆斯特丹运河环形区域，以及我国的大运河等。人类的运河生态、运河管理、运河文化和运河智慧之间的交流合作对于国际社会、生态文明和人类文化发展都有重要意义，不应局限于我国大运河国际传播中的单向传递信息，而应借助虚拟现实和元宇宙空间更多地推动围绕运河和运河文化而进行的"中国—世界"双向奔赴，在水利设施设备、水利工程、运河管理运营、文旅、文创、建筑设计、教育、社区建设等诸多行业领域广泛开展交流合作，在向世界贡献中华运河智慧的同时，也吸纳世界各国的运河智慧与运河经济文化精髓，为我所用。

四、运河文化的跨媒体叙事与产业转化实践

文化的核心要素在于"人"，运河包含了空间地理内涵，运河文化因之有了"人"和"地"两大要素为坐标，围绕地理信息建构的数据库和围绕人物关系建构的数据库二者互文，可以在传统的以人系文或以文系人的方式外实现人地相系和人物关系相系，绘制大运河宋韵文化资源地图；通过大数据技术手段提取运河宋韵文化符号元素，融合建构一个宏大的大运河宋韵想象世界。运用虚拟现实可视化技术将大

运河历史人物、历史事件、百科文献和宋代文化、非遗技艺与运河物质现实、生产百业、生活百态、国际交流交往都置于虚拟空间之中。运用跨媒体叙事策略，促进生产者与消费者的互动沉浸，创造延展运河宋韵的想象世界，引导消费者参与到运河宋韵符号运用与场景转化的创新创造过程之中，实现运河宋韵文化虚拟—现实各种场景的切换与转化，使人与运河、宋韵流转其中，形成信息、体验（阅读观看）、想象、符号、产业和社交共同体，从而实现运河宋韵文化的生长繁衍不断，促成经济效益和社会效益的良性循环增长，推进大运河和宋韵文化的国际交流与传播，融入世界文化图景之中，提升国家形象与文化影响力。

正如源远流长的"白娘子"传说在当代的叙事传播，大运河国家文化公园的建设不仅彰显了中国千年运河文化之变，还以特殊的方式讲述中国故事。文艺经典的数字叙事是当代文化传承和中华文化国际化传播的重要组成部分，可以从宏观的思维模式和叙事理念、中观的叙事模式和叙事策略以及微观的数字叙事作品等多个维度进行探索。在宏观思维导向上，树立故事思维、跨界融合思维、数据算法思维、仿真模拟思维、场景沉浸思维；在叙事上，灵活结合多媒体叙事的感官集成体验、跨媒介叙事的多种媒介形态组合以及跨媒体叙事的多模态融合传播，以实现数字叙事传播效果最佳化。在数字叙事实践中，运用多种叙事策略，包括视听触嗅多感官的符号呈现策略、情感情绪价值赋能的语义修辞策略以及游戏沉浸互动的情景创设策略，[1] 凸显数字叙事的非线性、交互性、参与性、协作性、沉浸性等叙事属性和特征优势。

◇ 文艺经典的文化产品项目转化实践指导与训练

跨媒体叙事公益项目策划训练："遇见苏轼运河之旅"

1.项目背景与目的

"遇见苏轼运河之旅"是一个跨媒体叙事公益项目，将苏轼的诗歌之美与数字互动沉浸技术相结合，丰富人们对大运河以及杭州文化历史的理解与欣赏。

1　刘涛、刘倩欣：《新文本 新语言 新生态 "讲好中国故事"的数字叙事体系构建》，《新闻与写作》2022 年第 10 期。

2.核心媒体组件

（1）交互式网站和移动应用程序

虚拟之旅：用户可以浏览大运河和杭州的数字地图，在苏轼诗文所涉及的地方停留。地图上的每个点都会链接一个互动场景，用户可以在其中阅读这首诗，听音频叙述，并感受该地点的历史和现代视觉效果。

增强现实功能：通过将设备指向某些现实世界的位置，用户可以调出苏轼所处时代这些地方的增强现实场景，并进行相关诗歌的阅读。

动态诗歌叙事：结合人工智能生成的苏轼诗歌语音叙述，为用户提供现代和古代汉语以及英语翻译的语言选择。

文化注释：对诗歌进行交互式注释，解释历史参考、语言细微差别和文化意义，允许用户点击特定单词或短语以获得详细解释。

用户旅程跟踪：用户可以创建个人资料来保存他们的旅程进度，获得探索新地方或学习新知识的徽章，并在社交媒体上分享成就。

（2）虚拟现实体验

虚拟现实之旅：对大运河和杭州进行高度详细和精确的历史模拟，注意建筑细节、服装和那个时代的日常生活活动。设计完全沉浸式的虚拟现实体验，用户可以回到苏轼的时代，在虚拟的杭州或大运河边"见到"苏轼，体验激发他诗歌创作的风景、声音和氛围。

互动设计：在虚拟现实环境中，用户可以与具有时代感的物体、环境和角色互动，增强他们的参与感和学习兴趣；引入虚拟"讲故事环节"，由人工智能驱动的苏轼化身讲述他创作诗歌的经历和想法，动态回答用户问题；允许用户在虚拟现实环境中与其他虚拟游客实时互动，增强社交互动体验。

（3）教育研讨会和网络研讨会

与历史学家、诗人和技术专家举行关于苏轼诗歌、书法及其历史背景的研讨会，讨论中国古代文化与现代技术的融合；与中国或世界知名大学合作，围绕该项目开发课程模块，可用于与中国文学、历史和数字人文相关的课程；组织由中国诗歌、增强现实／虚拟现实技术和文化遗产保护专家主持的会议，重点讨论跨学科项目；开发与应用程序和网站集成的可下载资源、互动测验和教育游戏，以补充研讨会。

（4）社交媒体活动

定期发布苏诗节选、大运河和杭州有趣的历史事实，以及用户从应用程序或虚拟现实体验中生成的内容；举办各类活动，鼓励用户创造性地参与，如摄影比赛、苏轼风格的诗歌创作或受访问地点启发的数字艺术展；与历史学家、技术专家和诗人定期进行现场对话，讨论项目的不同方面，并回答观众的问题；在TikTok、Instagram和YouTube等平台上发布突出项目各个元素的内容，以吸引具有文化影响力的人士和教育工作者；鼓励用户创作自己的诗歌或艺术品，以及灵感来自苏诗的作品。

（5）直播和虚拟导览

与大运河沿岸的文化遗产地合作，进行现场直播和诗歌朗诵；利用360度视频技术，对大运河沿线重要地点进行实时导览，让在线用户控制他们的视角和焦点；在与苏轼相关的重要文化节日或纪念日期间组织虚拟现实聚会，增强社区参与度；提供由历史学家或诗人领导的虚拟探险，深入研究特定的诗歌或主题，并设置实时投票和观众驱动的探索路径等互动元素。

3.整合策略

内容整合：确保所有诗歌和历史内容在各个平台上得到准确呈现，并使用专门定制的互动元素来增强文本内容。

用户参与：利用游戏化技术，如奖励，鼓励用户探索所有虚拟地点或为关于诗歌的社区讨论作出贡献。

跨平台交互：允许应用程序中的数据对虚拟现实体验产生影响，例如应用程序上访问的位置信息能够解锁虚拟现实叙事中的其他内容。

4.技术和生产要求

应用和虚拟现实开发：与专门从事教育技术研究的软件开发人员合作，确保应用和虚拟现实体验用户友好且历史准确。

内容开发：与历史学家、文学专家和翻译家合作，确保苏诗和历史细节的真实性。

营销和外联：与教育机构、文化遗产组织和具有影响力的社交媒体工作者合作，使项目和产品触达广泛的受众。

5. 小结

"遇见苏轼运河之旅"利用尖端的数字互动技术，将历史诗歌融入现实生活。这个项目通过苏轼的诗意镜头让受众了解中国文化遗产，以一种身临其境、个性化的方式吸引受众，促进中国文化文学遗产的传承与创新。

◆ **文艺经典重生创意策划文稿**

外国文学经典跨媒体叙事文化项目策划：以"莎士比亚"与英国国族品牌塑造为例

扫描二维码
获取文本

结　语

规模化、系统化与协作创新：

文艺经典生长的三种力量

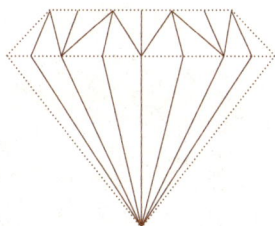

文学艺术因其超越时空的独特能力，在人类文化中占据着举足轻重的地位。那些经久不衰的文艺经典之所以能够保持持久的吸引力并持续发展，离不开以下三种关键力量的支撑：规模化、系统化和协同创新。正是这些力量共同推动了对经典作品的再创作、改编和重写，从而赋予它们新的生命和影响。纵观人类文化发展的漫长历史，我们可以清晰地看到，正是这三股力量的合力，持续地推动着文艺经典的演变、传承与扩张，使其在不同时代、不同语境下焕发出新的光彩。

一、规模化

　　在大众传媒时代，我们可以更为清晰地看到，规模是决定文学经典的影响范围、影响力和持久相关性的关键。部分文艺作品之所以被称为经典，是因为它们拥有跨越时间、语言和地理界限，并与世界各地的不同受众产生共鸣的能力。

　　文艺经典之所以能超越国界，在全球范围内产生持久而强大的文化影响，其原因在于作品本身的普适性与深刻内涵。以莎士比亚为例，他的作品已被翻译成 100 多种语言，并在世界各地的剧院持续上演。从印度宝莱坞的改编电影到日本的漫画版本，莎士比亚戏剧在不同文化背景下被不断改编。英国文化协会在 2016 年发起"莎士比亚生活"倡议，旨在全球范围内纪念莎士比亚的文化遗产。这项倡议的规模令人瞩目，在全球 140 多个国家和地区组织了活动、展览和教育项目。该倡议不仅展示了莎士比亚作品的深远影响，更吸引了数百万参与者，有力地凸显了文学经典的全球共鸣和文化意义。

　　《西游记》在全世界的翻译、改编、重写以及跨媒体叙事吸引了来自不同文化地区的受众，充分表明了这部中华文学经典经久不衰的文化影响力。19 世纪末至 20 世纪初，阿瑟·韦利等西方学者和赫伯特·贾尔斯等翻译家将《西游记》翻译介绍给英语读者，激发了他们对中国民俗和精神文化的兴趣。《西游记》在全球各地形成了丰富多样的改编、解读和规模化的文化产品生产。在日本，这部经典小说启发了风靡世界的漫画和动漫系列《龙珠》，其主角孙悟空在力量、敏捷和变形能力上与《西游记》中的孙悟空高度契合。马来西亚与印度尼西亚的皮影戏表演中，孙悟空、猪八戒等形象会以当地化的造型出现，与本土神话人物互动，伴随着甘美兰音乐，形成独特的东南亚风情故事。在泰国的一些寺庙壁画中，可以看到《西游记》中唐僧师徒取经的场景，这反映了佛教文化在当地的影响力以及《西游记》作为佛教叙事的传播。在西方，《西游记》的影响力也无处不在，其主题、人物和精神被广泛吸收到各种流行文化产品中。比如，由日本制作、英国广播公司引进的电视剧《悟空》（1978—1980 年）在西方拥有大量拥趸，是许多西方观众首次接触《西游记》的主要途径。Netflix 推出的动画电影《齐天大圣》（2023 年）以幽默和现代的视角重新演绎了孙悟空的故事，吸引了全球观众。尼尔·盖曼的奇幻小说《美国众神》（2001 年）中有对"行者"（The Monkey King）的描写，他作为东方古神在美国现代社会中存在。电子游戏《英雄联盟》中的角色"齐天大圣孙悟空"明显借鉴了《西游记》中的孙悟空形象，拥有分身、变身等标志性技能。《王者荣耀》游戏中，"孙悟空"是一个备受玩家喜爱的角色，其技能设计灵感来源于《西游记》中的神力。《黑神话：悟空》这款国产动作角色扮演游戏在全球范围内引起轰动，它以黑暗奇幻风格重构《西游记》，通过精细的场景（如"小雷音寺""紫云山"）和怪物设计（如"刀狼教头""赤尻马猴"），向全球玩家展现了中国神话的美学深度与叙事潜力。海外玩家通过游戏对"金箍棒""七十二变"等元素产生兴趣，甚至引发外网对《西游记》原著的讨论，类似于《原神》带动日本玩家研究中国山水画。2024 年 8 月 20 日正式发售后，《黑神话：悟空》首周销量突破千万份（含 PC/ 主机平台），创国产买断制游戏纪录，Steam 同时在线峰值超 200 万。PlayStation、Epic 等国际平台将《黑神话：悟空》作为重点推广项目，助力中国游戏进入全球主流发行渠道。可见，《西游记》不仅是中国的文化瑰宝，通过不断的翻译、改编和再创作，其已成为一部具有全球影响力的文学经典，作品中的人物和主题在不同文化背景下焕发出新的生命力。《西游记》中丰富的人物和复杂的叙事不断激励学术界进行新的研究和阐释，使其成为全球文学研究的重要遗产，表明其在塑造跨文化对话和理解方面具有重要价值。

在数字时代，文学经典的获取更为民主化，规模化趋势也更为明显。比如，古腾堡项目提供了六万多本免费电子书，包括荷马的《奥德赛》和简·奥斯汀的《傲慢与偏见》等经典作品。这个数字档案馆不仅保存文学经典，还能被全球读者、学者和教育工作者访问，促进了作品新的解读和跨国界的学术交流。来自中国、美国和欧洲数字公共图书馆和档案馆的大规模数据为在线访问文学经典提供了新的便捷方式。这些数字平台汇集了数量庞大的数字化文本、图像和录音资料，使研究人员能够更便捷地追踪文学的跨文化影响，并深入挖掘跨文学传统的共同主题。

规模化数据在文学经典的学术分析和跨文化研究中也起着关键作用。学术机构和研究中心对文艺经典研究论著的系统编目为考察它们在不同语言和文化景观中的深度主题、叙事技巧和历史背景提供了可能。现代语言协会的国际文学引文和翻译数据库能够追踪经典作品在不同语言和地区的影响程度。学术期刊和会议，如美国现代语言协会年会和国际比较文学协会的会议，通过比较分析和跨学科合作，为讨论文学经典的全球影响和持久遗产提供了平台。

规模化是文学作品获得经典地位的关键影响因素之一。通过全球传播、数字访问和学术分析，文学经典超越了时间和空间的限制，丰富了人类对不同文化叙事的理解和欣赏。随着技术的发展和全球联系的加强，"规模化"将进一步延续文艺经典的持久生命力。

二、系统化

文艺经典的系统化是其传承不衰的重要保障。系统地保存文艺经典的不同版本是传承的根基。比如，图书馆、档案馆和数字存储库系统地对列夫·托尔斯泰的《战争与和平》或简·奥斯汀的《傲慢与偏见》等作品进行编目和数字化保存，使得这些文学珍品免受物理腐蚀，确保未来的读者和学者能够阅读。系统化不仅有助于对文学经典进行深入的学术研究，还有利于对其主题和历史背景展开全方面、多维度的分析阐释。例如，学术机构和研究中心对荷马的《奥德赛》和塞万提斯的《堂吉诃德》等作品进行详细注释和批判性研究，加深了读者对文学文本的理解，也增强了其传播效果。学术数据库和引文索引中的数据能够追踪特定时间段内对经典作品的学术研究状况。这为规范文本的批判性阐释以及理论研究的全球传播提供了坚实保障。通过细致的编目、数字保存和持续的学术研究，这种系统化的方法确保了文艺经典能够在后世的人类生活和文化中绵延不绝，持续润泽后世。

世界各国都将文艺经典纳入各级各类教育教学课程。文艺经典在正规教育中经久不衰，国家教育标准和大学教学大纲通常会规定将经典作品作为文学课程的基础文本。中国各级学校的语文课本选文非常严格，凸显了《红楼梦》《三国演义》《西游记》等经典塑人育人的重要价值。美国大学预修英语文学与写作课程包括莎士比亚的戏剧和其他经典作品，以培育学生的文学文化素养。从学校教学到终身学习，系统化的学习可以培养不同受众对经典文本的阅读习惯和欣赏偏好，产生持久而深远的影响。

三、协同创新

协同创新是文学经典成长的动力，通过不同媒体和艺术形式的改编、重新解释和当代化，文艺经典得以重获新生。例如，柯南·道尔的福尔摩斯侦探小说，从英国广播公司由本尼迪克特·康伯巴奇主演的《神探夏洛克》等标志性电视剧，到互动电子游戏和图画小说，每一种跨媒介的改编与重写都赋予这一系列小说新的生命力。作者、导演、剧作家、研究者、视觉艺术家、数字技术专家等不同领域的专业人士以及多种媒体平台相互合作，应用当代叙事技巧探索文艺经典的多维度文化阐释，为旧故事注入新的活力，塑造新一代受众对经典文本的理解与想象，也促进跨时代和跨文化的创造性对话，文艺经典的代代传承将不断开启新的场景与景观。

通过AI工具、多媒介平台和多种社会力量的协同创新，文艺经典转化为文化产品，不仅拓宽了文艺作品的受众基础，也为文艺经典提供了新的表现形式。AI可以协助内容创作与解析，基于文艺经典的风格和内容生成诗歌、故事或音乐；AI可以解析复杂的文学作品，提供深入的主题和情节分析，帮助读者更好地理解和欣赏文艺经典；AI翻译工具可以将文艺经典作品翻译成多种语言，扩大其全球影响力。自然语言处理技术可以使文艺作品更易于理解，适配现代观众的语言习惯。利用AI生成的图像和视频可以将文艺作品中的场景和人物生动地呈现出来，增加作品的吸引力。结合VR和AR技术，读者可以亲身"进入"文艺作品的世界，体验故事发生的环境和情境。通过电影、网络剧、播客、漫画等多种媒介分布式地讲述同一个故事，各平台可以互为补充，提供不同角度的故事体验。利用在线课程、游戏化学习等方式，文艺经典的学习可以更加有趣和有效，尤其吸引年轻一代。通过现代技术的应用，文艺经典得以跨越时间和空间的限制，为更广泛的观众所知晓和欣赏。创新的教学方法可以激发学生对文艺经典的兴趣，增强其文学修养和批判性思维能力。多媒介平台的应用使不同文化背景的观众都能找到适合自己的接触和理解文艺经典的方式。文艺经典的多媒介转化开辟了新的商业路径，版权合作、衍生产品开发等方式为文化产业带来了新的经济增长点。通过多样化的技术和平台，文艺经典的当代转化不仅保留了其原有的文化价值，还赋予了它们新的生命力和现代相关性，促进了文化的持续传承与创新发展。

生成式AI、机器视觉、虚拟现实、无人机等技术变革日新月异，正在深刻地重塑人工智能时代数字叙事的创作实践、艺术形态与美学风格。文艺经典的中国故事和数字叙事必然焕发新的光彩，有待我们的进一步探索。

参考文献

［1］ 安作璋. 中国运河文化史 [M]. 济南：山东教育出版社，2009.

［2］ 陈力丹. 传播学纲要（第二版）[M]. 北京：中国人民大学出版社，2015.

［3］ 陈先红，杜明曦. 在元宇宙里讲故事：中国IP故事世界的建构 [J]. 新媒体与社会，2022 (01)：24-42.

［4］ 陈悦莹. 网络公开课在我国的传播模式和传播效果分析 [D]. 沈阳：辽宁大学，2017.

［5］ 程丽蓉. 跨媒体叙事：新媒体时代的叙事 [J]. 编辑之友，2017(02): 54-58+64.

［6］ 程丽蓉，等. 浙江窗口：大运河国家文化公园 [M]. 杭州：浙江工商大学出版社，2023.

［7］ 邓祯. 跨媒介叙事：中国故事国际传播的升维 [J]. 中国编辑，2023(10): 79-84.

［8］ 范志忠，潘国辉. 网剧改编的性别策略、网感呈现与价值建构 [J]. 上海大学学报(社会科学版), 2024, 41(03): 60-69.

［9］ 傅守祥，等. 外国文学经典生成与传播研究(第 1 卷总论卷)[M]. 北京：北京大学出版社，2019.

［10］ 傅守祥. 外国文学经典的跨文化沟通与跨媒介重构 [J]. 淮阴师范学院学报(哲学社会科学版), 2012, 34(01): 95-99+140.

［11］ 郭海霞. 新型社交网络信息传播特点和模型分析 [J]. 现代情报，2012, 32(01): 56-59.

［12］ 郭英剑. "慕课"与中国高等教育的未来 [J]. 高校教育管理，2014, 8(05): 29-33.

［13］ 韩模永. 超文本文学研究 [M]. 北京：中国社会科学出版社，2013.

［14］ 洪子诚. 中国当代的"文学经典"问题 [J]. 中国比较文学，2003(03): 35-46.

［15］ 胡振明. 窥视与劝诫:笛福的文学生产实践 [J]. 文艺理论研究，2020, 41(04): 122-130.

［16］ 华杉，华楠. 超级符号原理 [M]. 上海：文汇出版社，2019.

［17］ 黄玲，王乃璇，程砾瑶. 网络文学跨媒介叙事：后经典叙事时代的液态文学及叙事特征 [J]. 辽宁师范大学学报(社会科学版), 2021, 44(04): 83-87.

[18] 纪兰香 . 晚清小说域外图像叙事的兴起及其变革 [J]. 明清小说研究, 2024(01): 200-215.

[19] 杰克·齐普斯, 张举文 . 记忆·重访·重写: 作为美国神话的《绿野仙踪》[J]. 遗产, 2021(01): 240-255.

[20] 李丹丹 . 新媒体视域下《红楼梦》传播现状及规律 [J]. 红楼梦学刊, 2023(05): 276-298.

[21] 李广益 . 科幻导论 [M]. 重庆: 重庆大学出版社, 2023.

[22] 李志民 . "慕课" 的兴起应引起中国大学的觉醒 [J]. 中国高等教育, 2014(07): 30-33.

[23] 刘雷 . 知识付费行为的影响因素分析及发展对策探究 [J]. 中国管理信息化, 2017, 20(21): 147-149.

[24] 刘涛, 刘倩欣 . 新文本 新语言 新生态 "讲好中国故事" 的数字叙事体系构建 [J]. 新闻与写作, 2022(10): 54-64.

[25] 龙迪勇 . 空间叙事本质上是一种跨媒介叙事 [J]. 河北学刊, 2016, 36(06): 86.

[26] 龙迪勇 . 文学艺术化: 德国浪漫主义文学的跨媒介叙事 [J]. 思想战线, 2018, 44(06): 98-109.

[27] 龙迪勇 . 跨媒介叙事研究 [M]. 成都: 四川大学出版社, 2024.

[28] 玛丽 – 劳尔·瑞安, 赵香田, 程丽蓉 . 跨媒体叙事: 行业新词还是新叙事体验?[J]. 北京电影学院学报, 2019(04): 13-20.

[29] 彭佳, 何超彦 . 跨媒介叙事中故事世界的述真与通达: 中国当代民族动画电影的共同体认同凝聚 [J]. 民族学刊, 2022, 13(09): 44-54+157.

[30] 施畅, 梁亦昆 . 全球视野下 2023 年度跨媒介艺术研究述评 [J]. 艺术学研究, 2024(02): 78-87.

[31] 施畅 . 共世性: 作为方法的跨媒介叙事 [J]. 艺术学研究, 2022 (03): 119-131.

[32] 施畅 . 故事世界的兴起: 数字时代的跨媒介叙事 [M]. 成都: 四川大学出版社, 2024.

[33] 沈嘉熠 . 知识付费发展现状与未来展望 [J]. 中国编辑, 2018(11): 35-39.

[34] 宋佳露 . "稗中有画": 论《红楼梦》绘画与叙事的交融——以 "宝琴立雪" 为中心 [J]. 曹雪芹研究, 2024(01): 47-60.

［35］孙为. 交互式媒体叙事研究 [D]. 南京：南京艺术学院，2011.

［36］孙泽宇. 快感与版权之间：影视剧二次创作与其法律界限 [J]. 全媒体探索，2024 (03): 107-109.

［37］童庆炳. 文学经典建构诸因素及其关系 [J]. 北京大学学报 (哲学社会科学版)，2005(05): 71-78.

［38］王斌. 身体与姿态：舞蹈《唐宫夜宴》的跨媒介表演性 [J]. 北京舞蹈学院学报，2022 (03): 13-19.

［39］王润，龙飞，田大江，等. 场所精神意象：基于UGC的城乡休闲打卡地情感分异研究 [J]. 资源开发与市场，2025, 41(02): 292-302.

［40］王秋月. "慕课""微课"与"翻转课堂"的实质及其应用 [J]. 上海教育科研，2014 (08): 15-18.

［41］王若玮. 网络公开课的叙事形态及传播研究 [D]. 天津：天津师范大学，2013.

［42］王一楠. 中国传统艺术主题的跨媒介属性及其哲学基础 [J]. 中国文艺评论，2023 (05): 50-62+126.

［43］王一楠. 以舞入画：从《千里江山图》到《只此青绿》的跨媒介探索 [J]. 北京舞蹈学院学报，2022 (05): 8-13.

［44］吴万伟. "慕课热"的冷思考 [J]. 复旦教育论坛，2014, 12(01): 10-17.

［45］谢开来. 在幻想的冰山下：欧美奇幻文学的故事世界和文本系统 [M]. 北京：社会科学文献出版社，2022.

［46］杨莉. 如画与风景：英国浪漫主义诗歌的跨媒介书写 [J]. 艺术广角，2023 (06): 76-83.

［47］杨嬿桦. 解读勒菲弗尔翻译改写及操纵理论 [J]. 海外英语，2022 (07): 41-42.

［48］谢育任. 互文视域下的《三体》[J]. 名作欣赏，2022(36): 139-141.

［49］叶秀端. 虚拟数字人短视频传播中华优秀传统文化的影像叙事逻辑 [J]. 中国编辑，2024(06): 71-76.

［50］于梦淼，林熙，梁雯. 生产、图像与观者：《金瓶梅》插图与《清宫珍宝皕美图》的空间想象 [J]. 创意与设计，2024 (01): 69-77.

［51］张劲雨. 新世纪中国小说的电影改编研究 [D]. 长春：东北师范大学，2023.

［52］张新军. 故事与游戏：走向数字叙事学 [J]. 武汉理工大学学报 (社会科学版)，2010,

23(02): 248-252.

[53] 张焱. 浅析《赎罪》从小说到电影的改编 [J]. 文教资料, 2014(36): 136-138.

[54] 张艳, 邹赞. 网络小说影视改编的游戏化叙事策略 [J]. 当代作家评论, 2024 (03): 52-57.

[55] 张宇. 试论全球化语境下的中国戏曲跨文化改写——以《麦克白》的昆剧改写为例 [J]. 哈尔滨工业大学学报 (社会科学版), 2018, 20(01): 105-110.

翻译文献:

[1] 安德烈·勒菲弗尔. 文学名著的翻译、改写与调控 [M]. 蒋童, 译. 北京: 商务印书馆, 2023.

[2] 巴里·威宁. 透纳 [M]. 孙萍, 译. 北京: 北京美术摄影出版社, 2019.

[3] 蒂费纳·萨莫瓦约. 互文性研究 [M]. 邵炜, 译. 天津: 天津人民出版社, 2003.

[4] 哈罗德·A. 伊尼斯. 传播的偏向 [M]. 何道宽, 译. 北京: 中国人民大学出版社, 2003.

[5] 哈罗德·布鲁姆. 西方正典: 作家与书院时代 [M]. 江宁康, 译. 南京: 译林出版社, 2005.

[6] 琳达·哈琴, 西沃恩·奥弗林. 改编理论 [M]. 任传霞, 译. 北京: 清华大学出版社, 2019.

[7] 马尔科姆·安德鲁斯. 寻找如画美: 英国的风景美学与旅游, 1760—1800[M]. 张箭飞, 韦照周, 译. 南京: 译林出版社, 2014.

[8] 马歇尔·麦克卢汉. 理解媒介: 论人的延伸 [M]. 何道宽, 译. 北京: 商务印书馆, 2000.

[9] 悉德·菲尔德. 电影剧本写作基础 [M]. 钟大丰, 鲍玉珩, 译. 上海: 世界图书出版公司, 2012.

[10] 雅克·德里达. 书写与差异 [M]. 张宁, 译. 北京: 中国人民大学出版社, 2022.

[11] 约翰·杜海姆·彼得斯. 奇云: 媒介即存有 [M]. 邓建国, 译. 上海: 复旦大学出版社, 2020.

外文文献:

[1] Karpinski, Eva C., Kębłowska-Ławniczak, Ewa, editors. *Adaptation and Beyond: Hybrid Transtextualities*. Routledge, 2023.

[2] Kempshall, Chris. *The History and Politics of Star Wars: Death Stars and Democracy*. Routledge, 2022.

[3] Meyer, Christina, Pietrzak-Franger, Monika, editors. *Transmedia Practices in the Long Nineteenth Century*. Routledge, 2022.

[4] Reinhard, CarrieLynn D., Tran, Vincent, editors. *Televisual Shared Universes: Expanded and Converged Storyworlds on the Small Screen*. Lexington Books, 2023.

[5] Underberg-Goode, Natalie M. *Multiplicity and Cultural Representation in Transmedia Storytelling: Superhero Narratives*. Routledge, 2022.